JN089476

小泉八雲論考
ラフカディオ・ハーンと日本

付録 英文学講義録抄（英文）

高 瀬 彰 典 著

ふくろう出版

目　次

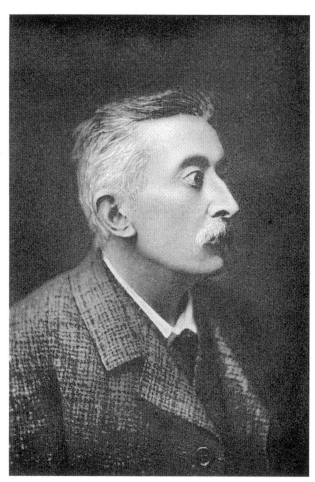

Lafcadio Hearn

序　文

　ラフカディオ・ハーン（帰化名、小泉八雲）の家庭的な環境や生い立ちは複雑で、恵まれた家庭に生まれたのではなかった。正確には家庭を持たなかったと言っても過言ではない。両親の結婚は双方の親族から祝福されなかった。ハーンの伝記はその波瀾万丈の特異な生涯のために、国内外で数多く出版されてきた。中には、ハーンの作品よりも彼の生涯の伝記的事実に関心が集まり、彼を主人公にした小説風の創作的伝記物語まで出されている。ハーンの世界に内外の多くの研究者や読者が魅了されるのは、彼の人生と文学に他の追随を許さない特徴的な魅力が存在するからである。

　1869年に19歳のハーンはアメリカへ渡り、21年間滞在するが、1869年から1877年の8年間をシンシナティで、その後1877年から1887年までの10年間をニューオーリンズで過ごし、1887年から1889年の2年間をマルティニーク島で長期に及ぶ取材活動を敢行し、さらに1889年から1890年の1年間をニューヨークで過ごした。アメリカ時代の21年間は文学研究と作家への修業時代であり、彼は不断の努力で文無しの浮浪者から記者へと成長し、シンシナティでは異様な事件や凄惨な事件、スラムへの潜入取材などを通じて、後の『怪談』や『奇談』の著作へと発展し結実する独自の資質を育成させた。また、ニューオーリンズではフランスやスペインの統治時代の名残を漂わせる異国情緒に惹きつけられ、ラテンと黒人の混血時代のクレオール文化に夢中になった。

　クレオール文化のような消えて行く弱小文化や黒人奴隷の伝説に取材し、ハーンは近代文明が捨て去ろうとしている不可思議な伝承物語や神秘的な想像力の世界を書き残そうとした。ニューオーリンズでもマルティニーク島でも、古い文化の伝統が近代文明によって、すべて画一的に塗りつぶされて消滅していく悲劇を彼は目撃していた。ニューオーリンズではルイジアナの地域文化が巨大なアメリカ文化に飲み込まれ消えゆく様を眼前にし、マルティニークでは島の古いささやかな風習が消滅していく様子を彼は目にして、昔からの土着の文化が近代文明の下で埋没し塗りつぶされていく姿を彼は悲しみの目で見つめていた。さらに、ハーンは混血の祖国喪失の悲哀を共感をもって眺め、貧困に喘ぐ移民や黒人奴隷に豊かな文化的背景を繊細な想像力で読みとることができた。

　ハーンは生誕の地ギリシアを思慕し、南国の島に憧れる抒情的なロマンティストであった。北からの白人文明の支配で南国の自然やその豊かな土着の文化の伝統が破壊される姿を目撃し、その貴重な文化が消滅する前にすべてを取材し書き留めておこうという使命感を彼は抱いていた。また、彼は南国の楽園に憧れる単なるロマンティストではなかった。その美しい文化の伝統が時代の趨勢と近代化の流れの中で滅びて行くという歴史の冷徹な必然性を冷静に見つめることのできたハーンは、近代的な懐疑精神を兼ね備えた文明批評家でもあった。

　14年間の日本時代において、ハーンは西洋に向けて日本文化の素晴らしさを紹介しようとして熱心に原稿をアメリカに書き送った。日中は教育者として学校で授業を担当し、夜は遅くまで著書の執筆に励んだ。南北戦争や奴隷解放によるアメリカ社会の動乱期を見つめてきたハーンは、来日後、新旧日本の価値観のぶつかり合う動乱期の明治日本に、古来の伝統を捨て去り祖国の文化を自ら喪失していく人々の悲哀を冷静な眼で見つめることができた。

家庭的な幸福に縁の無かったハーンは、満たされない心の渇きを日本の風物や人情で癒される思いであった。日本時代の彼は、妻子を守り家庭を何よりも大事にする事に熱中して日本に帰化した。永遠に故郷を持たないコスモポリタンのハーンは、当てのない漂泊の旅の終焉の地を妻子のいる日本に見いだしたのである。幼年期に過ごした地中海やギリシアの温暖な気候の微かな思い出は、生き別れた母親の面影と共に、彼の原体験としていつまでも記憶の中に止まっていた。来日後も永遠の母性や楽園を思慕するハーンは、「夏の日の夢」のなかでギリシアの島と海の幻想的な思い出をロマン主義的な筆致で見事に描いている。畢竟するに、彼の人生の旅路はこのような仙境を求めての精神的探究の生涯であった。

　　「私はある場所とある不思議な時を覚えている。その頃は日も月も今よりももっと明るく大きかった。それがこの世のことであったか、もっと前の世のことであったかは定かでない。ただはっきりと分かっているのは、空がもっともっと青かったこと、そして大地に近かったこと ―― 赤道直下の夏に向けて港を出てゆく汽船のマストのすぐ上に空があるかと思われた。海は生きていて、言葉を語った ― 」

小泉八雲『日本の心』（講談社学術文庫、1990）p.24.

　日本の自然風土に対するハーンの感性と想像力は、日本人の自然観と宗教観を優れた洞察力で把握することを可能にした。日本文化に古来浸透してきた自然の感化力や教化力を彼は心から理解し、日本文化のほとんどが自然との独自の交流や融合という宗教的な関係において成立したことを認識した。日本古来の伝統文化の意義を民族学的考察を加えながら解明しようとしたハーンは、特に旧日本の伝承と神話、西洋の個人主義的自己主張とは隔絶した平和な集団的共同意識や自己抑制の精神、自然にとけ込んだ芸術などに強い関心を抱いた。日本人の集団意識や自己犠牲の精神の源泉を探究して、先祖崇拝を中心とした家の観念、その背景として存在する神道から生まれた日本古来の宗教感情、外来仏教の宗教教義や儀式の影響、神道と仏教の共存と相互作用による日本人の精神の確立、特に自然に対するアニミズム的宗教感情に基づく日本独自の倫理観などをハーンは丹念に取材し考察したのである。異文化としての日本は、彼にとって自己表現と自己実現のための運命的な出会いの地であった。

　　　　　　　　　　島根大学ラフカディオ・ハーン研究会会長
　　　　　　　　　　島根大学教育学部教授　　　　　　　高瀬彰典

第一章　西洋と日本

1．自然環境

　ギリシアとアイルランドの混血であったハーンは、幼年期をアイルランドで過ごし、少年期をイギリスやフランスの神学校で学んだ。不幸な運命に翻弄された歳月の後、呻吟の苦労の末にアメリカで新聞記者として名を成し、さらに新進作家としての地位を確立した。異文化探訪の作家として来日して後、彼は日本と西洋の間の文化的仲介者として業績を重ね、特に明治維新で変貌する日本になおも残る古来の伝統文化を地方の田園生活に取材し、日常生活を庶民の目線で観察して豊かな旧日本の魂を見事に描いたのである。来日した外国人の中でも、ハーンだけが日本文化の深層の中まで入り込み、その内奥にとどまり庶民の生活感情と一体になって日本の精髄に迫るという献身的な努力を実行していた。彼はその努力の結晶としての作品を西洋の読者に送り続け、日本と西洋の深い文化的隔絶の橋渡しをした。庶民生活、宗教、言語、教育、政治、経済、民族などのあらゆる分野において存在する日本と西洋の相反する価値観や文化的背景を考察すれば、ハーンが苦闘した脱西洋と異文化としての日本理解や日本論の構築の意義が明確になる。まず第一に自然環境の相違がある。

　日本は山と森林に囲まれ平野は少なく、国土の半分以上が険しい山地である。反対に、西欧では全体的に平原が多く、低い丘がなだらかに起伏して牧草地が広がっている。イギリスの３分の２は平坦な平野で、スコットランドの山岳地方でも、山と言うよりは丘で1000mぐらいの高さしかなく、日本の山に比べたら丘のようなものである。アルプスやピレネー山脈は数少ない例外である。西欧の地形的特徴としては、丘のような山が高地を形成していて、全体的に平野が広がり、河川も雨量も穏やかである。イギリスでは比較的に冬になると雨が多く降る。西欧の最南端がちょうど日本の北海道の最北端にあたるが、暖流のおかげで厳しい寒さから逃れている。しかし、気温も湿度も雨量も日本ほどでなく、肥沃でない土地は農耕には適さないため、西欧では主に牧畜に食糧を頼るしかなかったので、このような平原が牧畜用に人工的に改良されてきた。稲作には摂氏20度以上の気温が数ヶ月間必要であるし、1000ミリ以上の年間雨量が必要な条件である。

　険しい山が海岸線まで迫っている日本では、河川も急流が多く、降雨量も非常に多いので、梅雨や台風による集中豪雨がある。また、国土のほとんどが山地の日本では、地震や洪水のために、激しい山の隆起や河川の氾濫があり、険しい山河の自然環境を生みだしてきたが、同時に肥沃な土壌と豊かな森林と植物をもたらしていた。山に囲まれた日本では、人々は山中の盆地の閉鎖的な村落に分散して住み、山から流れる川水で水田を営んできた。15世紀頃まではこのような状態が続き、平野に多くの人が住むのは17世紀のことであった。狭い国土の島国日本では、大量の雨が植物を繁殖させ、川水は急流となり、山や谷が国土を分断し、森林や鬱蒼たる植物が人の自由な出入りを阻んでいた。しかし、日本はこのような自然環境の中で肥沃な土壌と豊かな森林に恵まれていた。日本の農業の中心は米であり、土壌の悪い西欧の麦などよりも遙かに高い栄養を含んでいる。広々とした西欧の土地が農業の生産性が低く、狭い山間地の貧弱な日本の田畑が実は西欧よりも遙かに高

いカロリーの生産性を保っていたのである。この農業の優れた生産性が日本の高い人口密度を支えてきたのである。

　西欧では平野が多いため、人の出入りが自由であったので、平坦な地形が様々な民族の移動を可能にし、常に厳しい民族間の生存競争を強いてきた。この熾烈な生存競争が西欧の歴史や文化に与えた影響の大きさを考慮しなければならない。アジア世界全体が王朝の栄枯盛衰にもかかわらず、社会的知的生活基盤が比較的安定していたのに対して、西洋の生活全般が不安定で変化の連続であった。西欧は絶え間ない運命の劇的な転変の舞台として、驚くべき様相を呈していた。「アジア世界と違って、その社会的秩序は絶えず変化と危機にさらされ、その混乱の最大の時期には外来の影響に対して特に敏感であった。」(1) 閉ざされた安住の島国日本に対して、開かれた淘汰の大陸西欧であった。なだらかな起伏の西欧では、土地から土地への移動が容易であったのに対して、日本の山河は山深く急流に満ちていて、人と人とを分散させ同時に閉鎖的にした。日本の閉鎖的な環境の中で、豊かな土壌を利用して、稲作を中心とした農村社会が形成された。閉鎖的な村社会では、日常的共同生活の繰り返しであり、その閉鎖性はよそ者を厳しく峻別していた。日頃のコミュニケーションは慣れ親しんだ自然環境や閉鎖的な村社会の中でのみ行われたので、多くを語らず以心伝心やあうんの呼吸が大きな役割を果たし、日本語という言語の特性を社会的に規制し決定づけるに至った。

　同じ島国でも、なだらかな国土のイギリスの麦畑や野菜畑に見られるように、西欧の農村や牧草地の風景は、広々して美しく豊かな印象を与え、山間地の狭い日本の田畑は貧弱である。しかし、なだらかな野原は実は歴史的には恒常的な貧困と厳しい生存競争の原因であった。イギリスの平均気温は日本より低く、冬に多い雨量も日本の半分にも達しない。このような特徴はほぼ西欧全体にも共通している。気温が20度を越すことも、年間1000ミリの雨量も望めない西欧では一般に雑草も生えにくく、高温多湿が必要な稲作に不適な気象であった。このような自然環境の西欧では農耕に適さず、中世時代まで恒常的な飢餓とそれに伴う食料確保の戦闘が絶えなかった。外敵の侵略による戦争経験が西欧より少ない島国日本では、豊かな自然に囲まれて平和を享受でき、民族間の厳しい生存競争と無縁であったため、閉鎖的な村社会という安易さが、西欧よりも曖昧な論理や甘い人間関係を育てることになった。

　豊かな自然に恵まれ、農村が発達した日本では、単一民族の強い共通認識や閉鎖的で同質的な社会が形成された。同質的社会は大きな家族的集団であり、自他の区別が判然としない運命共同体を築き、よく知った他人は遠い親戚よりも家族という意識が育成された。これに対して、西欧世界の厳しい弱肉強食の生存競争の影響は、現代でも西欧の精神文化に根強く残っている。食料確保のために小競り合いを続けていた初期の段階では、戦闘や略奪によって食糧を確保していたが、12, 13世紀頃以降、徐々に家畜の飼育と解体処理によって、さらに農業技術の発達によって過剰な生存競争から解放される。他者に対する警戒心や本能的に覚めた眼で論理的なアプローチを西欧人が取るのは、常に一種の戦闘態勢にあった西欧の厳しい生存競争の歴史の結果である。平和を享受できた日本では戦争は非常時であったが、西欧では平和が異常事態で戦闘は日常的現実であった。西欧の厳しい風土がもたらした恒常的な飢饉に比べれば、日本の飢饉は限定的な人口過密と異常気象によ

るものであった。江戸時代の百姓は重い年貢を課せられたが、死なぬ程度に飢えていたのであり、西欧の民族間闘争のように決して抹殺されることはなかった。

　近世以前の西欧では、現在よりも食糧生産能力は遙かに低かった。生存環境が日本より厳しかった西欧は、同時に人の出入りが激しい開放的な社会であった。固定的で閉鎖的な日本の村落と異なって、未知の人が互いに警戒しながら形成した西欧の村落は、常に見知らぬ者との間の厳しい生存競争と覇権争いに曝され、拡散し点在して流動的で、内輪的な集団化という共同意識に至らなかった。言葉による権利の主張や共通認識の確認が重要視されたが、様々な民族の人間の混合や出入りによる対立と警戒の中で、身近な家族や親戚縁者でも他人だという冷徹な人間関係や利害の対立が生まれるようになった。弱肉強食の生存競争が続いた西欧社会では、暗黙の了解による相互理解は存在し得ず、人間不信を基盤とした考え方が浸透し、誤解や対立を避けるために明確な言語表現で自己防衛に徹する自己中心的な価値観を強調した言葉が構築された。欧米では常に信頼感や愛情を言葉や態度で示す必要があり、抱擁やキスが毎日のように夫婦以外でも取り交わされていることは、家族でも他人という個人主義や人間不信を基礎とした厳しい人間関係を物語っている。握手の習慣も本来手に武器も何も持っていないことを互いに確認し合うために始まった。

　中世時代の西欧の都市では、泥と糞尿で不潔な街路が続き、衛生環境が極めて悪く、13世紀以降ペストが猛威を振るい、西欧全土で人口の４分の１が死亡した。イギリスでは人口の半分が死滅したという。このような歴史を持つ西欧では、伝染病による大量死の恐怖に極めて敏感である。略奪と戦闘の連続であった西欧では、各都市国家は高い城壁で防御されていた。過密な人口と不衛生な環境は19世紀頃まで続いていた。特に18世紀頃までは糞尿を道路に投げ捨てるほどトイレや下水道の整備がなかった。[2] 下水道整備の必要性と普及はこのような事情が影響している。雨量の少ない西欧では、飲料水にも事欠くこともあり、風呂やシャワーの習慣さえ困難であった。西欧のようなペストによる凄まじい大量死を経験しなかった日本では、疫病に対する危機意識が希薄である。大量死の恐怖の歴史を持ち、衛生意識の強い欧米では、日本に比べて早くから下水道工事と水洗化が普及した。日本では汲み取り式トイレがまだ多く、欧米からの後進性の指摘の対象の一つになっている。雨量の多い日本では糞尿処理は川に流せば良かったし、農業にとっては貴重な肥料でもあったので、西欧ほど困らなかった。下水道普及の遅れの原因もこのことが関係している。西欧のような汚物と糞尿の不潔な都市の歴史とは無縁の日本人は、元来清潔好きで繊細な生活感覚を伝統的に享受してきた。

2．言語の特性

　このような西欧世界の厳しい人間関係や生存競争の意識は、英語の言語的特性にも明確に現れている。行為の主体者である主語が中心の発想の下に、権利や自己主張のための明確な論理性を重視するのが英語の特性である。曖昧性を好んではっきりものを言うのを嫌う閉鎖的な内輪の言葉である日本語とは異なって、英語は他人やよそ者を想定した厳しい生活環境から発達してきた。

　英語は論理性と合理性を追求して簡素化されてきた点で、閉鎖的に守られてきた日本語とは対照的な発達を遂げてきた。民族的侵略と防衛の繰り返しという苛酷な歴史的経緯と多民族の混在と共

存の軋轢という社会的必然性によって、多くの他言語の影響を受けてきた。西洋と日本は行動パターンや思考様式において表裏関係の立場にあり、全てがあべこべの極致というべき関係である。あらゆる点で相反する逆の行動と方法が、東西の文化の本質的な異質性を示している。「何か一つのものの表と裏、あるいは陽と陰というような意味で、まったく対立するところが基本的に存在する。」(3)

　西欧では自己主張をせずに沈黙を続ける人を軽蔑するが、日本では沈黙は金なりで、軽はずみに発言しない人を人格者として評価する傾向が強い。しかし、自分の立場の説明義務を放棄した者は、西欧では無視され激しく嘲笑される。腹芸や暗黙の了解は西欧では通用せず、無言が重厚な人格の表象などという価値観は存在しない。多民族間で激しい生存競争が行われてきた西欧では、言葉による説明責任と自己防衛こそ最も重要な生活上の武器であった。欧米の思想は言葉による明確な論理と個の確立から始まったのであり、集団主義の日本では、明確な個の主張は全体の調和の中に情緒的に埋没されてしまう。どれほど優れた個人的な見解があっても、集団のなかで村単位、都市単位、企業単位、地方単位などの全体としての統一見解が醸成されるので、欧米のような明確な言葉と論理による個別化の思想は、借り物の知識として存在しても、実際に日本で現実として定着することはない。

　一般に西欧人は議論好きで、何らかの意見に対して必ず異論反論が積極的に唱えられ、大きな議論は国を二分するほどの論争を引き起こす。反対に、日本人は論争を嫌い、妥協や調和を美徳と感じるので、自己主張を極端に避けて相手の意見に妥協する。閉鎖的で固定した日本社会では、家族主義的な運営に重点が置かれ、人間関係を円満に処理し、自我を押さえてでも相手の立場に思いやりを示そうとする。さらに、自分が正しい場合でも、相手に謝罪して良好な関係を維持しようとする。このようなことは日本では生活の知恵であり、美徳とされている。アメリカの大学や高校では、デベイトやパブリック・スピーキングの授業があり、言葉を処世の武器として習得し、言語表現や弁論術、修辞法や説話術に磨きをかけている。つまり生活のための実践的な言語習得に重点が置かれている。自己主張や説得の苦手な日本人は、このような配慮や訓練が欠けている。むしろ日本では多くを語らずが賢者の証明のように評価されるので、率直な発言を好む西欧人は、多言を労せず暗黙の了解を意志疎通の手段とする日本型コミュニケーションをアンフェアーとか姑息なやり方としか理解できない。はっきり意見を言わず、自己表現もしない日本人は、明確な人生哲学や知的活動を拒否している軽蔑すべき民族と誤解されてしまう。

　多民族社会のアメリカでは、暗黙の了解が入り込むような共通の理解などなく、すべて言葉で説明し表現されたものだけが、存在理由を持ち考慮に値する対象となる。常に自分を言葉で説明し相手に存在価値を認めさせる努力をしなければ、存在そのものが無とされ無視されるという明快な論理がアメリカ社会を支配している。元来、人間不信のアメリカ社会において自立と孤独の中で、人種差別や偏見に満ちた苛酷な人間関係を生き抜くのは、島国で閉鎖的な温室育ちの日本人にはかなり厳しいことである。治安の安定した日本では、至る所に同族的な村社会が構成されており、家族的な人間関係の中で相互依存や甘えが堂々と通用するが、日本のこのような生活環境が生み出す常識は、西欧世界では驚愕すべき非常識である。西欧人には日本人のような甘えの観念はなく、それは自立心のなさや依頼心しかない未熟な人間のエゴと受け止められてしまう。

日本語には英語のような論理性や確固たる主語の存在はなく、主語を言わなくても文章が成立する。英語のような意味での主語を持たない日本語は、文章を構成する語順も逆の場合が多い。英語が動的で常に広い視野から発言しようとするのに対し、日本語は静的で固定的な発想の下に、比較的に部分的な狭い視野から発言する。狭い谷間に閉鎖的な生活を余儀なくされてきた日本人の言葉は、狭い周囲の自然と調和するように、ミクロ的で低い視線でものを捉え考えるようになった。閉鎖的な環境で見慣れた自然に囲まれて生活してきた日本人は、視野は狭いが繊細で緻密な直観や観察に優れている。したがって、日本人が英語を学習し理解することは、日本語との本質的な相違を認識し、その補完的な背景や知識を知り、比較文化の眼を養って異文化理解を実践することに他ならない。日本と西洋双方の思考様式の違いや文化の相違点を把握しながら、母国語と外国語の学習を通して複眼の思考を身に付けることで、思索の幅を広げ人生観や世界観をより豊なものにすることになる。また、外国語を学ぶことによって、母国語に閉じこもることなく比較対照の観点から、自らを客観的に捉え直すことが可能になる。英語で考え表現する世界は、日本語の世界と同一とはならない。英語の視点や論点が日本語の捉え方や考え方と根本的に違うからである。外国語を学習して複眼の思考を身に付けなければ、本当の意味で母国語を客観的に考察できない。比較の眼を持つことで双方の特性や欠陥に気づき、母国語の理解だけでは分からないことや見えなかったものが明らかになり、自国文化を再発見し、新たな視点で新たな言葉を発見して表現することができる。このことは母国語での思考力を強め、認識範囲を広げて外国文化を知ると同時に、自国文化を別の角度から意識するようになることを意味する。これまで当然と思われていた言語記号と概念との密着した関係が崩れて、他の言語記号を知ることで母国言語から離れた純粋概念を考察することが可能となり、全人格的な発展へ思考を深めることができる。このようにして得た思考様式はその人の人生観や世界観をも変える力を持っている。

　自然に対する感性が鋭敏で豊かな日本人は、芸術や民芸において、小さなものづくりに高い完成度と独特の繊細さを発揮する。一般的に日本人は小さく小綺麗にまとめようとして、繊細で豊かな情緒を大事にするが、全体としての計画性はまとまりに欠け、哲学思想は貧弱である。元来、山や谷間の向こう側への関心は低く、日常性に埋没して非日常的なものや遠い土地への興味は念頭になかった。自然にとけ込んだ生活をしていた日本人にとって、日常的環境だけが視野に入るので、自分の身の回りだけに注意が払われ、ミクロ的世界を微視的に捉え、具象的なものにのみ意識が集中する。日本人の繊細な感情は、例えば虫の鳴き声にしみじみとした感慨を抱き、自然と一体となった情緒的雰囲気の中で自己内面の内省へと向かわせる。アメリカの太平洋側では、夏はほとんど雨量がなく、雑草も生えない状態で西欧以上に乾燥しているため、虫の鳴き声が日本のように聞こえて来ることはない。したがって、季節の移り変わりが日本のように虫や草や風情といったはっきりとした情緒を喚起するものとして存在しない。西洋人は虫の鳴き声に季節を感じたり、審美感を抱いたりしない。虫の鳴き声は西洋人に聞こえても雑音と受け止められる。日本の様々な詩に虫が登場するが、西洋の詩には本来虫は存在しない。日本の詩には虫を歌ったものが無数にあるが、西洋ではコオロギを歌ったキーツなどが数少ない例外として存在するだけである。気候のせいで西洋では鳴く虫が非常に少ないためであろう。過酷な競争と利己的な個人主義の欧米社会で辛酸をなめつ

くしていたハーンは、むしろ無私の自己抑制と共同調和を旨とする日本の集団主義社会に新鮮な精神的安らぎを覚え、日本人の小さな虫に対する繊細な気持ちに心から共感した。

　しかし、日本人は物事に対して主観的な判断に終始することが多く、未知のものを客観的な認識で捉えることは苦手であるので、自分と違った価値観や異文化を冷静に相手の立場を考慮しながら戦略的に考察することが元来得意でない。自分を他との関係において論理的に覚めた眼で見るような巨視的な判断力に欠けているのである。西欧では開けたなだらかな土地に人の流入や流出が激しかったため、常に広くて高い視野からものを捉え、的確な論理性と判断力で意見を構成し発表する必要に迫られていた。小さなものに具体的な関心を示すよりは、西洋人は論理的に思考し抽象的に考察して、類型的判断で全体を把握する。例えば、英語の兄弟 brother や姉妹 sister には年齢の差が存在しない。英語では、兄弟や姉妹という大きな概念を把握しても、年齢の上下は重視しない。日本語では兄弟、姉妹という年齢の差がこの言葉の概念を決定している。しかし、漢字とひらがなという表意と表音の両方の文字を持つ日本語は、視覚と聴覚との結びつきを大事にしている言語である。このような言語の特性の相違が、人と文化の成り立ちに大きな影響を与えた。英語の学習は年齢の差を気にせずに進めることが可能で、小学生が大人の新聞を読むことも不可能でなく、また、アメリカなどでは親も子に奨励している。日本語は難しい漢字が存在するため、当用漢字や小学生用の漢字が詳細に定められていて、優秀な子供が学習を進めて大人の新聞を読むには多くの障害がある。日本では子供用の辞書で子供向けの読み物だけに限定されてしまうことが多い。要するに、漢字の学習に多くの時間とエネルギーが費やされ、一般の新聞や書物に触れるようになるまでの期間が、アルファベット24文字の英語に比べて、日本語の場合非常に長いという弊害がある。また、民主的で論理的な英語の構造に対して、権威的で神秘的な日本語の構造は、情緒的で曖昧な独特の表現に満ちている。日本語の漢字とひらがなの複雑で厄介な表記法のために、日本人は膨大なエネルギーを学習に費やす。この難解な日本語という巨大な障害のために、日本文化は外国から見れば理解しがたい未知の異国のものであり続けている。[4]

3. 日本の英語教育

　明治期の日本の英語教育に深く関わったハーンは、学校での英語教育の一律必修には反対する姿勢を示している。生来言語習得能力にすぐれた者にだけ英語教育を行うべきだとしている。また、英語や英文学の研究が何らかの意味で日本語や日本文学の発展に寄与しなければ無意味に帰するとも断じている。さらに、英米人と同等の語学力や西洋文化の習得のためには、裕福な家庭の子弟が、早くから海外にて英米人と同様の生活体験を積み重ねる以外方法がないと結論づけている。特に必要でない学生は可能な限り無意味な外国語学習の重荷から解放すべきであるとしている。しかし、ハーンは外国語の学習を軽視しているわけではなく、実用の目的にも到達しない人々に外国語を強制することの無意味を問題にしたのである。当時多くの優秀な若者が、過剰な学習と貧弱な衣食のために健康を損ねて早世していく現状にハーンは深く憂愁の念を抱いていた。森有礼による急激な西欧化政策や文部省による無秩序な外国語教育の弊害が、本来あるべき教育の姿を歪めていたのである。また、同時に当時の高等中学や帝国大学にすでに存在していた無気力な学生についても苦言

を呈し、進行しつつあった教育の形骸化に鋭い洞察力で批判の眼を向けていた。ハーンの時代から現代に至って、日本の英語教育の現状はどうであろうか。

　英米の異文化の理解には語学、特に英語の習得が効果的であるのは言うまでもない。実用会話のための英語とか、英語嫌いを造らない教育とか、英語教育に関する議論は盛んであるが、これと言った根本的な改善策は見つからない。何年も住んでいても日本語を一言も覚えようとはしない欧米人から、君は英語がうまいねと言われたときの何とも割り切れない屈辱感は、単に皮肉れ者の感情だけではないはずだ。全く何の努力もなしで身につけた英語を至上のものとし、外国語学習の苦労をほとんど理解しない外国人から、上から見下すようなコメントは欲しくないという気概は必要だ。欧米人にすり寄れば西洋文化が理解できるという安直な考えは、自文化を崩壊に結びつける誤ったアプローチだ。同じように苦労して英語を話している外国人とは、白人であろうが黒人でもアジア人でも妙に近親感を覚える。実用英語といえば英会話ということに限られた議論が多いが、文字を通じての意志伝達もある。つまり、音声と文字は表裏一体の関係にあるはずである。

　小学校教育に英語を導入しようとするのも、子供に出来るだけ早く英語に接する機会を与えることで、英語に対する違和感や苦手意識を取り除き、実用的運用能力をこれまで以上に高めようという文部科学省の意図であろう。しかし、母国語の学習が進み言語意識が確立されていない段階で、外国語を導入することには自我のアイデンティティの面で多くの批判がある。母国語の運用能力が確立していてこそ、外国語学習や異文化理解の意義がある。小学校英語の導入の根拠は、母国語確立前の子供の方が英語の定着を容易にするという論理である。しかし、外国語学習の意義を自覚し、異文化を理解しょうという動機づけも、自文化や母国語を自覚してはじめて可能である。つまり異文化と自文化の葛藤の中で複眼の眼を養うことこそ、外国語学習の本来の目的でなければならない。英米人のようなきれいな発音を身に付けるには、日本語の発音と同じぐらい早く英語の学習を始めるのが良いという考えは、実は多くの英語圏の中で特定の国のネイティブの発音を模倣することにどれ程の意味があるのか充分な説明として不充分である。日本人の発音でも正確に通じて意志疎通できることが本来の英語学習の目的である。東南アジアや中国が自己流の発音で充分に英語を国際語として駆使しているのに対し、日本ではあくまでも英米の発音の模倣に固執しているようである。日本語習得以前、または同時に、英語を学習し始めることには、日本人としてのアイデンティティの確立に障害がでる可能性は充分に考えられる。

　中高の学校での日本の英語の教科書は中国や韓国の半分以下の分量である。当然授業時間も少なく、中高で合計840時間程度であり、本格的な言語習得に最低1000時間必要だとすると、非常に不充分な教育システムになっている。このような不充分な授業時間にもかかわらず、英語の実用性だけを強調する議論が最近目立つようになっている。小学校から12年間学んでいる国語や算数や社会などの実用性についてはどうであろうか。高校を出てからも尚、満足な文章や挨拶の出来ない人がいる反面、方程式や幾何学にどのような実用性が発揮されているのか。社会科学から現実社会での実用的知識をどれ程身に付けているのか。英語に対する実用性の要求や批判が他の科目にはどうして発せられないのか。絵画や音楽を学んで専門の音楽家や画家になれないから教育が悪いと言うだろうか。同じことは、教育学部に対する文部科学省の教員への就職率の悪さに対する批判にも言え

る。教育学部の学生の多くが教員になれることは理想であるが、現在のような少子高齢化とリスト
ラ傾向の中では、完全な理想実現を求めるのは無理である。工学部や理学部の学生の何割が、専攻
の分野の職に就いているだろうか。教育学部が教職への就職率を高める努力を続けることは当然で
あるが、広く教育関係、出版関係、官公庁関係、一般企業への就職者があっても何ら問題はない。
主婦になり母親になっても、教育学部で受けた学識が役に立つのは言うまでもない。様々な職業を
念頭においた学生が教育学部に在籍しても何ら問題はないはずである。これを規制し管理しようと
する文部科学省は、中央集権の官僚的発想で運営されている。

　日本の英語学習の問題点は完璧主義と減点主義である。日常的生活に必要性のない日本では、自
然、英語学習は受験英語中心になり、間違わないための科目の一つにすぎなくなっている。また、
日本では大学教育修了に至るまで、すべて基本的には日本語で学習することが可能である。英語や
外書講読の時間があるにしても、限定された時間だけ我慢して試験に合格すれば、あとは全て忘れ
ても何ら支障がない。失敗を許さない減点主義と完璧主義のため、間違うことを嫌う日本人は、英
語をなるべく使うのを避ける。さらに、国際化時代に英語力が不可欠だという強迫観念にも関わら
ず、英語の教員や研究者を別にすれば、仕事で英語を是非必要とする職業は全体の一割にもならな
い。実際に英語力を必要とする職業は、英語教員以外では、通訳、観光、商社、研究者などである
が、このような仕事に就ける学生は依然少数派である。つまり、ほとんどの人が英語を使わなくて
も良い職業に就き、立派にそれなりの仕事をしている。明治期のハーンの苦言は今なお生きている。
海外旅行や留学のための英語を中高の学校で教えるのも妙な話で、各人の事情に応じて、それぞれ
特化した学校へ行けば、その方が効率的である。

　不毛な受験英語ではなく、本来の英語の学習には異文化との出会いを伴うもので、未知の世界に
積極的に接して、自文化と異文化との葛藤を経験し、常識が非常識になるというカルチャーショッ
クに耐えて、失敗を恐れず未知の領域に参入する勇気を持つ必要がある。異文化を知ることで自文
化を客観視し、外国語に触れることで母国語に対する認識を深めることになる。すなわち、外国語
を知ってはじめて母国語の何であるかを知るのである。アイヌや沖縄の例外があるにしても、島国
で単一民族である日本では、全国統一言語として日本語が標準化している。何処でも同じ言語的発
想と文化的背景で思考し発言しているという同族的閉鎖性が至る所に見られる。一言語一国民の息
苦しい窮屈な生き方や考え方が、今や日本の国全体のエネルギーを阻害し、将来像をも持てなくし
ていることを懸念するとき、異文化や外国語に触れることで新たな理念の構築に取り組む必要があ
るのは当然だ。異文化や西欧の歴史も含めた外国語学習によって、母国語の思考様式とは違った考
え方や見方を知り、複眼の眼を持って文化の問題を幅広く捉えることが出来る。この意味で現代の
世界情勢では英米の英語だけが外国語ではないということは、当然考慮すべきことである。フラン
ス語や中国語や韓国語など様々な外国語の中から選択し、各人の要望に応じて学校で英語以外の外
国語を一つ履修することが望ましい。また、特に英語は国際語として位置づけるべきであり、英米
でもオーストラリアでもシンガポールやマレーシアの英語でもなく、全世界の地域の人達が、お互
いに意志疎通を容易にする便宜的手段としての道具である。明治維新以来、日本では舶来崇拝の傾
向が強く、語学教育でも英米のネイティブを重用することが多いが、英米人とだけつき合うために

英語を学ぶ時代はもはやなくなっている。全世界の人々と英語で交流するのであれば、英米の発音を物まねしなくても、中国人や韓国人やフィリピン人などが独自の英語を話すように、国際語としての英語は日本独自の通じる英語であれば充分である。

　日本では大学入学までは激しい受験競争を経験しなければならないが、希望の学校へ入学してしまえば、満足し急激に意欲を失い、無為に日々を暮らす学生が多い。明治の東京帝大で教えたハーンは、学生の語学力の貧弱さに驚愕し、75パーセントの学生は学力不足で熱意もない無気力な者達であり、本来大学への入学を許可されるべきでないと辛辣に批判した。終身雇用の教員によって構成され、閉鎖的な象牙の塔といわれる日本の大学の授業は、厳しい授業評価で先生と学生が対峙している欧米に比べれば、よほどのことがなければ学生を卒業させるという甘い温情主義で支配されている。日本の学校では学力別クラス編成が差別を生むとして反対にあい、悪しき平等主義がかえって勉強の能率や個人の個性を縛り付けている。最近では運動競技でも順位をきめるのを避けて全員に参加賞を与えたりするが、学力テストの成績順位もまた公表することを同じ理由で控えているところが多い。厳しい競争原理に貫かれた欧米社会では、学校教育でも厳格な評価システムは学生と先生の両方に対して常に実施される。日本では個人の個性を押さえ込んでも全体の調和を優先する傾向が強く、協調や調和の精神を教えることが人間教育の基礎だとする。欧米では小学校から落第制度を取り入れて、各個人に対する指導を徹底させている。厳しい競争原理と個人の確立が優先され、差別化が個性化につながるという指導原理によって、個別性と共存の論理を実践している。

　任期制の雇用で授業評価や学生評価がそのまま大学での地位の存亡に関わる厳しい条件のアメリカから見れば、日本の大学生は子供じみた遊びに夢中になり、個人としても大人になれないひ弱さを示している。また、欧米の学生は早い時期から社会参加し、親の庇護に甘えることなく、アルバイトやボランティア活動などで実績を重ね、社会人として他人とつき合う力強い生活力を養っている。また、学歴偏重主義の日本とは異なって、欧米では様々な人物評価のノウハウがあり、大学をでているかどうかだけで人の採否を決定しない。社会奉仕や社会実習など学歴以外の要素が、人物評価に導入され、親も日本のようには教育に過激な執着を抱いたり、必要以上の経済的援助を子供に与えない。日本のように親が子供の教育費を無条件にどこまでも負担することは欧米では考えられない。家族でさえ人生設計や生き方に関しては他人と言えるほど別の存在である。子供と親は別という考えが浸透しているために、欧米の親は老後の生活費を削ってまで子供の大学の学費を負担しないし、老後の面倒を子供に期待しない。親が子と分かれる時期も早く、子供は早い時期から厳しい社会の生存競争に曝される。人に頼らない独立心を持って競争社会で生き残る生活力を子供に身に付けさせようとして、欧米では自然早い時期から厳しいしつけが行われる。したがって、欧米では基本的に学生は学費を自分で働いて支払い、独立して自活する。

　西欧の厳しい人間関係と日本の閉鎖的な温室育ちは、親子関係にも大きな相違として現れている。日本の親と子は必要以上に癒着し、家族の一体感を強調しようとする。日本では大学生でも自宅から通学し、卒業しても自宅から通勤することが多い。結婚してもなお親と同居というのも珍しいことではない。親も特に娘の場合はなるべく地元の大学へ進学させて手元に置き、自分の老後の面倒まで見てもらおうとする。日本の親子関係には親離れ子離れできない甘えが両者に存在している。

日本の親の過保護と子の甘い依頼心は、人間の独立と自立、存在の分離と孤独を前提とした厳しい西欧の親子関係とは対照的である。家族でも他人のようにお互いが距離を保ち、個人としてのプライバシーを尊重し合う欧米では、日本のようにお互いが頼り合ったり、家族同士が甘え合う人間関係を築くことはない。欧米社会の厳しい生存競争で艱難辛苦し、家族や家庭に縁の無かったハーンは、逆説的に、日本の温情に包まれた親子関係に羨望の様な憧れを抱いていた。

アメリカでは普通高校を出ると、子は親元から離れ自立する。大学進学であろうと就職であろうと、親から離れて自立するのが原則である。親が大きな家を所有していても事情は変わらない。子供が自立し独立することをアメリカの親は奨励するのである。アメリカの大学生は日本の大学生よりももっと勉強するし社会参加して働く。金持ちの家庭に生まれた者でも、自分でアルバイトして稼いだ金で自分の授業料を支払おうとする。日本の親子と違って、アメリカの親と子は独立した別の存在であり、子供は安易に経済的に依存したりしない。

中世時代までに培われた弱肉強食の戦闘能力やサバイバル術は、その後近代ヒューマニズムの時代になっても生存競争の原理となり、家庭での厳しいしつけとなって、子供にも現実感覚として自主独立のサバイバルの実践を要求するのである。欧米では厳しい父親の権威を中心とした家庭である。熾烈な競争社会を生き残るには常に冷静な論理で行動し、人に頼らず弱点も見せない個人としての尊厳を保たねばならない。このような厳しい生存競争と孤独にうち勝っていく家長としての父親像を親は堅持する必要がある。

４．キリスト教

欧米の契約社会と厳しい人間関係を支配しているのは、キリスト教の神との契約による規範である。血を流して十字架にかけられたキリスト像は、創造主である厳格な父なる神の人間に対する厳しい契約を示し、神の御子である救世主による人間の救済を明らかにしている。そして、信仰を経験として深めることによって現れる聖霊と共に、父と子の三位一体のキリスト教の教義が完成すると説いている。キリスト教は天と地を創造した絶対的な唯一神を無条件に信じ服従することを要求し、人間を遙かに超越した厳格な父性の神が、神を信じる人間の救済としてその御子イエスを地上に送ったと説く。他の宗教を認めず異端として排斥し、無条件の信仰を求める絶対唯一のキリスト教の神の厳格さや超越性は、他の宗教にも寛容で、生き仏という考え方まである仏教には存在しない。無理矢理入れられたイギリスやフランスの神学校で、過酷な衣食住の環境の中で非人間な教育や処遇を受けたハーンは、その後終生キリスト教嫌いになり、来日して以後、神道や仏教に深い関心を抱き、日本理解と共に宗教的考察に没頭するようになる。

キリスト教の唯一絶対の創造神であるエホバは、混沌からこの世を造り、土から神の似像としての人間を造り、命を吹き込んだ。土に帰るべきものに神の似像が与えられ、命が吹き込まれたことで、人間は神に最も近い存在としてこの世を生きることになった。神の似像である人間は、キーツが詩に表現しているように、本来、真、善、美の一体を本性とする。このような世俗的属性をはぎ取った人間の本質を念頭に置いて、西洋のヒューマニズムや個人主義の理念が成り立っている。欧米の文学が描こうとする人間もこの聖書的文脈で成立していることを忘れてはならない。神と対峙

した人間の本性を常に心に銘記すべきことをキリスト教は求めるのである。ハーンもキリスト教の教義や西洋文化におけるキリスト教の重要性を充分に認識していたが、聖職者や教会組織の腐敗や堕落を糾弾し、宣教師の横暴な態度に鋭い批判の眼を向けていた。

　仏教では愛を煩悩の原因として、人間の愛憎の世界からの解脱を説く。愛は現世の執着であり、愛の憂いから解放されて無心の悟りを開くための仏の慈悲を説く。仏教では因果応報から生じる輪廻の世界が存在し、前世の業によって餓鬼、畜生、煉獄、地獄、極楽、人間などに生まれ変わるという。輪廻転生の教えは一切の有情のものに対する仏の慈悲を説いている。解脱はこの無限の輪廻の世界から解放されて永遠界としての浄土に達することを意味する。仏教の世界では浄土は様々な形で説かれるが、キリスト教の神の国は唯一絶対で世界の終焉にのみ完成され、信者のみが不死の生命を得て神の国に生きることを許される。このようなキリスト教のヘブライズムに対して、西欧思想のもう一つの源流であるヘレニズムは、キリスト教以前のギリシアによる西欧文化の基盤であった。その後ローマ帝国時代にキリスト教がシリアから生まれ、迫害を受けながらもローマ帝国の宗教となり、さらに帝国滅亡後も生き残って広まり、西欧文化のキリスト教化が進んだ。諸民族からなる分裂国家の様相を呈する西欧社会に、キリスト教世界という連帯意識が徐々に植え付けられていった。

　蛮族間の戦闘に明け暮れる未開の野蛮な土地が、小競り合いを続けながらも徐々に11世紀頃から世界の文化の中心に変貌していく。この変貌の過程の中で、都市国家や騎士団、修道院などの新たな文化と芸術が育まれていった。このような文化的社会的活動を支えた精神が、キリスト教世界という共通理念であり、国や民族を超越して西欧全体のあらゆる諸分野に浸透していった。

　教会による神中心の中世時代が過ぎると、これまでの政治と宗教の強力な結合にひびがはいり、国家と教会は分裂し始める。近代の懐疑主義や人間主義の時代になると、以前のような絶対的なキリスト教世界の復興はもはや望めなくなる。しかし、キリスト教は西欧文化の歴史に根強く影響を与え、庶民の生活の中に伝統となって生き続けている。西欧人にとって、非キリスト教文化は文化ではなく、野蛮な異端の迷信であり矯正すべき誤謬である。キリスト教国でない日本は、高度に独自の文明を発達させ、繊細な感情と崇高な倫理観を持った国家である。したがって、西欧中心主義や白人至上主義を信奉し、キリスト教思想に優越意識を持った欧米人にとって、日本は理解しがたい神秘の国であった。脱西洋を信奉したハーンは、逆説的に、神秘の国日本に強く魅了されたのである。西欧にとって関心のある地域は、かって植民地であったアフリカやインド、東南アジアの諸国であり、日本は不可解な異郷の国である。また、白人から見れば、同じ人種差別があるにしても、縁の深いのはなんと言っても黄色人種よりは黒人やヒスパニックである。今やアメリカにいたっては黒人とヒスパニックの国と言っても良いほど、質量共に白人社会を凌駕しようとしている。

　キリスト教世界だけが人間の世界であると信じる欧米人は、日本についても無知と偏見による誤解に満ちていて、自分以外の世界にも文化が存在することを進んで認めようとしない。日本の製品を買っても日本を知ろうともしない欧米人は、貿易不均衡になると不買運動に走り、自国製品が販売努力や日本向けの商品開発をしないことを不問に付してしまう。西欧中心主義者は、西欧に追いつき追い越せと注いできた日本人の膨大な時間と労力を評価せず、単なる模倣と軽蔑する。あるい

は、優秀な日本製品でも欧米の製品と誤解し、日本のことに極めて無関心である。欧米志向の日本人は、思うほどに欧米では日本が評価されず、中国人と同じと見なされたり、極めて何も知られず、関心がないことに戸惑いを隠せない。さらに、欧米では様々な民族の混血が普通であるから、単一民族の純血を自慢する日本人をむしろ一種奇怪なものと受け止める。日本と同じ島国でも、イギリスはイングランド、ウェールズ、スコットランド、アイルランドの連合国であり、過去においてローマやヴァイキングの侵攻、ケルトとアングロ・サクソンの抗争などの複雑な歴史を持ち、絶え間ない民族間闘争の経緯はイギリスの国民性に独特の気質を与えた。[5]

　西欧の厳しい自然環境では、貧弱な農作物だけでは生きていけず、やせた土地を効率良く使って牛や豚の牧畜で食いつないでいく他なかった。牧畜が発達するまでは、貧困と飢餓が西欧全体を支配していた。日本ほど雑草が生い茂ることのない西欧の土地は、農業生産に不向きであるが、野原の草が牧畜用の飼料になり、灌木や下草が生い茂る日本の山深い森林と異なって、自由に出入り出来る平地の森は牧畜に最適であった。家畜の屠殺が生存の必要条件だった西欧では、動物を食料のために殺すことに残酷感や嫌悪感はなく、聖書にも認められている通り、動物は人間の生存のために最大限に利用するべきものである。西欧では家族全体で貴重な家畜の屠殺や解体を行い、血の一滴まで栄養源にしていたので、日本人よりも動物の死体や血に対する嫌悪感が少ない。キリスト教は神の名の下にあらゆる被創造物に対する人間の絶対的優位を主張し、人間と動物を峻別して神の似像としての人間の霊魂の存在を強調する。さらに、キリスト教はキリスト教徒とそれ以外の宗教とを厳しく区別し異端として排斥する。

　アメリカ新大陸を神によって与えられた新世界として占拠したキリスト教徒達は、先住民のアメリカインディアンを人間と見なさず、平和の協定を無視して騙すように大量虐殺した。有色人種や異教徒はキリスト教のいう人間ではないという冷徹な論理が見え隠れする。最近のアメリカの西部劇が全く活況を示さなくなったことは、歴史を歪曲し先住民を悪者にして面白がっているという当然の批判の結果である。中南米の先住民もスペインやポルトガルの植民地支配下で大量虐殺された歴史を持つ。西洋の白人達が有色人種を奴隷にしたり虐殺した行為に何の躊躇いもなかったことは、歴史の示すところである。白人至上主義的傾向は黒人に対して最も凄まじい人種差別を生み、西洋人以外は人間以下とする根強い偏見を生みだした。アフリカからの黒人奴隷の売買やその後の執拗な黒人の搾取や人権の無視は、華々しい欧米の産業革命や資本主義の底辺に厳然として存在する歴史の暗部である。平気で先住民を虐殺した西洋人には、キリスト教徒以外は神の認めた人間でなく、異端や邪教の文化は正当な文化でないという傲慢な思想があり、自己中心的な絶対優位の立場は他の人種や文化に対して頑迷な無知と偏見を生みだしたのである。

　旧ヨーロッパ世界からアメリカの新世界へ移住した新教徒ピューリタンたちは、旧世界とのつながりを束縛、拘束として断ち切り、過去の世俗的関わりを忌むべき人類の汚点と考え、可能な限り世俗的属性をそぎ落として、再び神と対峙し神の国に参入しようとした。旧世界の運命や宿命と決別し、神に与えられた自由を新大陸に求めて移住したのがアメリカ人であった。苛酷なアメリカの自然環境の中で開拓者魂をもって、新天地を東から西へと物質的繁栄と新たな夢を追い求めた人々の姿は、現在でもアメリカ建国の精神を示している。しかし、旧大陸の封建制や世俗性を捨て去っ

て、神に与えられて移住した新世界としての新大陸は、キリスト教徒が身勝手に決めつけた解釈であった。神の意志の下に新天地を与えられたと考えた西洋人たちにとって、非キリスト教徒の先住民の存在は人間ではなかった。新大陸で新世界を実現するのに妨げとなる野蛮人は、彼等にとって抹殺すべき存在で、神の意志の実現という名目によって、先住民の駆逐が正当化された。彼等は戦闘と侵略行為を自由と進歩の確立にすり替えて、何の良心の呵責も感じることなしに先住民のインディアンを虐殺した。西洋人にとって、アメリカの新大陸は人間の歴史を持たない無垢の新世界であって、先住民はキリスト教徒から見れば、人間ではなく駆逐されるべき野蛮な動物に等しきものだった。

　西欧の旧世界から移住した西洋人によるアメリカ新大陸制覇が終わると、彼等はさらにハワイを属国にし、フィリッピンをはじめ東南アジア方面に植民地政策の手を伸ばし始めた。西欧の世俗的束縛から逃れて、果てしない夢を実現しようとして、彼等はキリスト教の神の名の下に開拓者魂を侵略行為の正当性に押し立てた。科学的進歩主義と豊富な物量や武力を手にしたアメリカは、新大陸を制覇したように他国をアメリカ化し、その価値基準や判断基準に従わせようとした。幕末のペリーの黒船来航もアメリカのアジア遠征の一環であった。

5．集団主義と個人主義

　黒船来航に対抗し欧米の日本への野望をうち砕き、古来の国体を維持しようとした尊皇攘夷が崩壊し、欧米崇拝に急転換した幕末から明治維新への流れを再評価することは、昭和20年の敗戦以後の日本の不可解な動きを考察する上で、貴重な歴史的教訓を得ることになる。鬼畜米英を標榜した頑迷固陋の態度が簡単に欧米崇拝に変化したのは、物量の豊かさに圧倒され、精神的にも敗北感を深めたからである。戦後の貧困の中で精神的支柱を喪失した日本人は、豊富な物質文化に幻惑され、アメリカの個人主義や合理主義、自由と民権を賛美し、自文化を恥じて無条件で欧米を受容した。かつての鬼畜米英は民主主義の手本となり、日本国民すべてが米英の文化に羨望の眼を向けていた。しかし、表層だけを利用した日本人は、アメリカの個人主義には家族でも他人という厳しい自己決定と自己責任という暗黙の了解があることを無視していた。

　旧世界とのしがらみを排した独立自尊の個人を主張して、可能な限り他からの影響を受けずに、自己責任の判断と価値基準で生きていくという近代のアメリカの個人主義が、新大陸で根付き、過去の束縛を離れて何処までも真の幸福を追求する新たな人間の姿を確立した。このような近代の個人主義の確立と共に、アメリカの近代思想は新たな国の基盤となり、束縛を離れ無尽蔵のチャンスに出会い得る新天地の認識が形成された。誰の気兼ねもなしに何処へでも行き、自由な生き方を保証する広大な新世界としての神の土地という信念が醸成され、科学産業と資本主義を可能な限り発展させた先進国アメリカが生まれた。アメリカの自由と民権を基にした近代思想は、精神的支柱を求めた明治維新の日本人の心も、大戦に大敗した失意の日本人の心も捉えて離さなかった。日本の知識人や若者は、アメリカの夢を模倣しようとして、自由意志と自我独立の開拓者魂を養い、何処までも自分の人生を切り開き、無限の可能性にチャレンジするという成長神話に陶酔した。アメリカの夢は素晴らしい世界となって実現すると人々は素朴に信じていた。

しかし、アメリカ建国以来200年以上の歳月が過ぎ去り、アメリカを取り巻く状況も変わり、アメリカの夢も希望も終焉を迎え、近代化や資本主義の背後に巣くっていた暗い病弊が大きく社会を揺るがすことになった。アメリカのアジアへの覇権におけるベトナム戦争の敗退、アメリカ建国の精神や理想の喪失、巨額の財政赤字と失業問題、離婚率の増大と家庭崩壊、エイズや麻薬、人種問題や暴力の連鎖、国際テロと一国主義的独走。楽観的進歩神話と資本主義経済の破綻など、かつて確かであったアメリカの夢の追求や思想の実現が、未曾有の試練に立たされている。財政赤字と失業問題、治安の悪化などが大きく社会を席巻するにつれて、アメリカ建国の精神の挫折はかつてない不安と暗い将来を人々に与えている。

　かつての古き良きアメリカは、ピューリタン信仰に基づいた生活を基盤として、しっかりとした地域社会が形成されていた。自主独立の建国の精神は、自由の国アメリカの生活様式を決定付け、多様な異文化や異民族を認める寛容の精神ともなっていた。しかし、その後の度重なる移民の増大や様々な人種の混在は、多様な文化の混入となり、アメリカの歴史に民族や人種間の断絶と差別という深刻な社会問題を提起した。様々な文化の混在が、アメリカの活力となった時代は過ぎたのである。建国当時のキリスト教的価値観から見れば、真のアメリカ国民とは、アングロサクソンを中心とした白人至上的なプロテスタント信者であった。人種対立が表面化することもなく、アメリカの伝統的精神の中で平穏に豊かな物と節度ある精神的充実を人々は享受していた。しかし、ベトナム戦争、ケネディ暗殺、ウォーターゲイト事件、同時多発テロ、イラク戦争などアメリカの理想を砕き、社会を崩壊させる事件が、かっての力強いアメリカの姿を消失させた。

　家族でも他人という極端な個人主義は、他者との結びつきを弱め、社会の連帯意識を崩した。それぞれが勝手な理屈で自己の自由と責任を主張し、妥協しない意志決定に従ってお互いが干渉し合わずに暮らすという生活様式には、アメリカ社会全体に構築すべき統一的理念の喪失という問題が潜在していた。自主独立を基に、誰の助けも借りず独立独歩の生活を理想とするアメリカ建国の精神の世界観に従って、親は子供に自己責任において自己決定する教育を与えた。しかし、1960、70年代と混迷の時代を過ぎるにつれて、自主独立は社会参加の拒否となり、自己責任は教育や義務の放棄となって、分裂的現象が続発して、アメリカの未来は先の見えない暗い袋小路に行き詰まった。個人主義と自由の謳歌は、今や成り立ちにくい理想となって、アメリカ社会を暗く覆っている。誰の世話にもならない自分だけの人生だとする自主独立は、世界や社会の各方面で阻害されるようになった。アメリカの夢をうち砕く現実の諸問題を罪悪視し、敵対する忌まわしい現実を破壊すべしという強硬な手段は、他との関係を絶つ個人主義の暴走、他国を考慮しない一国主義の正当化など、臆面もないアメリカ至上主義を国際社会に押しつけようとする危険な風潮すら生み出すに至った。

　アメリカの個人主義や自由主義は、家庭生活でも深刻な問題を投げかけている。誰も頼りにせず自主独立で自分の人生を構築するという考え方は、かつて建国の精神である開拓者魂とピューリタニズムの本質であり、輝かしいアメリカの歴史を物語る理念であった。しかし、現代社会の複雑な世相の下では、このような世界観も人生観ももはや通用しなくなり、むしろ暗い否定的な側面だけが際だつようになった。強力な力を信奉するアメリカは、物言わぬ弱者やマイノリティには非情な国であるが、他方、自分の力と能力だけで成功した人間を英雄視し、アメリカの夢の体現だと高く

評価する。また、男女同権の自由と個我を手にするために、女性は男性以上に働き、肉体的にきつい仕事を男性と共に従事しなければならない。この現実に直面して生じている晩婚や未婚の女性の増加や頻繁する離婚と家庭崩壊は、アメリカ社会を根底から揺さぶっている。力仕事や危険な作業も男性と同じ条件で従事しなければならない女性は、自主独立への大きなハンディを乗り越えるために、自ら危うい試練に身を曝さねばならない。現実に女性が男性と対等に仕事を完遂できる職種は少なく、また、出産育児を考えれば、女性が家庭を持って尚仕事を続けることの難しさは並大抵ではない。

　アメリカ社会における頻繁な離婚と再婚は、母親でない妻や父親でない夫を生みだし、家庭崩壊は家族でも他人という意識をさらに深め、家庭は安らぎの場でなく、子供が一日も早く逃れるべき試練の場となる。親は親以前に自由な個人であることを主張するし、子供のために自分の世界が犠牲になることを嫌う。老後を子供に頼らない親、将来を親に頼らない子供、各自が責任をもって生きていくので、アメリカの親は成長した子供に必要以上に金を出さないし、子供も学校を出れば一日も早く家を出ようとする。親は子供に早く大人になって独立することを奨励するし、学童期を過ぎれば自分の欲しいものは自分で稼ぐことを要求する。仕事を持った女性は、専業主婦として仕事を辞め生計の手段を失うことを恐れる。人の妻である前に、また親である前に、自分は独自の世界をもった一個人としての自由な人間だという意識は、納得の行く人生のためには離婚をも辞さないし、また自己責任で再婚もするという女性を至る所で出現させている。当初立派な理念であった自主独立や自尊は、社会参加する女性を結果的に追いつめ、家庭崩壊と潤いのない不毛の人生をひたすら走る寂しい人間を生みだしている。

　対照的に、日本の親はいつまでも子供を手放さず、同居し家に止めようとする。日本では進学でも就職でも親が自分のことのように口を出す。有名校に合格すれば本人よりも親が家の名誉と受け止める。同じく、有名企業に就職すれば家の名前を押し上げるものと感じる。親と子はいつまでも家という概念に縛られて生きていく。個人の意見や自由は制約され、家の意向に従うべきものとなる。個人は独立した存在というよりも、家という集団を守るために生きている。同じ行動原理と価値観で一斉に同一方向に流れていく集団主義の日本では、周囲との調和や全体への考慮を欠いた行為は最も忌むべきこととされる。先の大戦でも召集令状に万歳で送り出した親は、本心を出さず、国に滅私奉公を説いて子を死に追いやった。正直に本心を述べたり、軍部批判をすれば国賊扱いで村八分になったり、憲兵隊に拷問されたりした。勝てない戦争に踏み出した山本五十六は、現在でも英雄扱いであるが、軍の上層部ほど愚鈍で虚偽に満ちており、無謀な作戦を立案して自らは作戦に参加することなく、優れた部下を見殺しにした。下級兵士は消耗品扱いであった。無謀な作戦や理不尽な命令に多くの命が無益に失われた。沖縄戦での守備隊の住民への虐殺行為は、当時の日本軍の傲慢と無能ぶりを明瞭に曝したものである。大本営は国民や兵卒には戦況の実態を隠し、自らの保身のためにひたすら無茶苦茶な作戦を強引に実施した。神風特攻隊も同じ無謀な作戦立案で、勝てるはずのない戦争に多くの優秀な若者が無念の死を遂げた。無能な軍上層部に反して、下士官や兵卒は勇敢で優秀であったというのが米軍の評価であった。一般の兵隊とは違った服装や装備をして、帯刀までしていたため、日本軍の上級士官や隊長は戦場で狙い撃ちにあい、指導者を失った

隊は混乱し自滅した。アメリカでは士官も兵隊も同じ服装であったので、一見して誰が隊長か分からず、戦闘でも隊の規律は乱れなかった。

　国粋主義的な大戦当時の日本では、集団主義が極度に高まって全体主義の様相を呈し、少しでも国策に反対すれば非国民と非難され、情報戦の現実は無視され、愚かにも英語は敵国の言語として使用を禁止された。軍国主義の日本では合理的な論理や批判勢力を容認する寛容さが欠落していた。死して神になるという戦争美化は、戦争責任の追求を鈍らせ、戦後の日本の国のあり方さえもあいまいなものにしている。戦後は靖国神社での戦犯合祀への批判が近隣諸国からなされても、国内から議論が盛り上がることもない。広島長崎への原爆投下に反対して、アメリカを非難しても、軍部の無謀な戦争への暴走を阻止出来なかった国民の責任は不問に付されている。しかも戦勝国のアメリカの核の傘に庇護されて、経済の繁栄を謳歌するという世界でも類を見ない異様な国の有様が、現在の日本の実態であろう。本来の国の姿から言えば独立国とはいえない状態が続いている。

　異端や異分子を排斥する傾向の強い集団主義の日本では、真の独創性は国内からは生まれにくく、明治維新や敗戦後の処理をはじめ真の改革や変化は、外国からの外圧によってもたらされた。この集団主義は家からはじまり社会全体を網羅する日本の組織原理である。相互依存と甘い信頼感に基づく保守的な日本の集団主義は、新たな改革や変化への対応が自らでは困難な程の保身的な、閉鎖性に満ちた体質を持っており、一般家庭からはじまり社会全体を網羅する日本の組織原理になっている。しかし、日本人が異常と感じることの多くが、世界では常識であり日常的現実である。欧米はもとより東南アジアでも、治安の悪さからくる人間不信は、様々な過剰防衛となって現れている。窓の鉄格子や石造りの頑丈な家、身の安全を呼びかけるチラシや貼り紙、至る所に配置された武装警備員や警官などは、集団主義の中ですぐに人を信じたり、欧米人にも全幅の信頼を寄せる日本人には信じられないことである。他者に対する不信感が一般的な西欧では、常に犯罪を前提にした自己防衛の意識が強く、紙幣の真偽の確認や窃盗や詐欺などあらゆる状況に慎重に対応する。欧米では外敵や裏切りに対しては、徹底的な抹殺という厳しい態度で対処する。恒常的な危険に曝されている欧米人は、安全な温室育ちの日本人のような甘さを持たない。銃砲所持を自衛手段とするアメリカ社会では、ルイジアナのように不法侵入者を撃ち殺すことを認めている州まである。無防備な日本の留学生が不幸な事件で死亡するのは、このような日米の文化や生活意識の相違を理解しなかった結果の悲劇である。特にアメリカ南部では半数以上の家庭で銃が保持され、そのために地元住民の子供をはじめとした事故や誤射による悲劇は絶えない。

　日本は治安が安定し、義務教育をはじめ高等教育が普及した平和な社会であるため、諸外国に比べれば、このような犯罪に対する防衛意識は非常に低い。国境を接して他国と地続きの西欧諸国の厳しい生存競争は、歴史的にも地理的にも島国日本では存在しなかった。単一民族独特の家族主義的な人間関係と社会構成の中で、調和と相互扶助、寛容の精神、妥協や和睦などが何よりも尊重された。西欧のような厳しい個人主義や妥協を許さない契約主義に比べれば、日本では温室的な甘えの感覚や楽天主義が蔓延し、競争社会の本当の緊張感や改革は存在し得ない。社会的な甘えは親子関係の甘えや過保護となって、日本を世界的な基準からみれば実に特異な国にしている。西欧の厳しいしつけに対して、日本の親子関係は独特の甘えの構造を作り出している。西欧人には日本的な甘え

の意識が存在しないので、英語には甘えという概念を表現する単語がない。[7] 日本では出来るだけ子供を過保護にして可愛がり厳しいしつけを避ける傾向があるが、欧米では幼少年期に体罰も辞さない厳しいしつけを独立した人間になるための訓練として行う。このように、西欧では各個人が自主独立して自己責任において社会に参加することを要求している。

　集団意識の強い日本では、家族や社会、職場、地域、教育機関という様々な集団の一員であることの規制を受け、個人の犯罪の責めはその所属する集団への糾弾ともなって、未然に犯罪に対する抑止力を生みだしている。常に隣近所やまわりの人間の眼を気にしながら、集団と調和した構成員であることを示す必要がある。このような安全と平和を生み出す日本独自の機構が、個人の人格や自由を規制し、独創的な創造性をも縛り付けてきた社会組織を構築するに至った。単一民族で島国の日本では、閉鎖的な安全を享受できたので、むしろはっきりと自己主張したり、周囲との調和を乱してまで権利を行使することを忌むべき行いとして否定してきた。このような文化的背景を持つ日本人は、内政的には閉鎖的で保守的な態度に終始し、互いに牽制し合って急激な変化を嫌う傾向が強いが、常に外圧に弱く、海外との関係修復のために国内政治を変化させてきた。日本では本当の意味で民主主義は育たず、政治経済をはじめ社会を支配しているのは調和の精神である。島国の閉鎖的環境の中で、統一国家が歴史的に維持される過程で、民族の文化と言語の形成と共に、自然発生的な土着の調和の精神が生まれた。要するに、日本の集団主義は西洋の個人主義を否定するような親密な共同体意識であり、欧米人からの立場で極言すれば、「日本の集団主義の裏には、われわれ欧米の個人的社会の機能を阻害するような共同意識と親密さ、いわば集団主義的コミュニズムとでも呼べるものがある」[8] ということになる。

　多民族が隣接する西欧では、人種や文化や言語が全て異なっているため、民主主義という明確な論理が組織の存続に不可欠であった。西欧では多民族で多言語の国家は珍しくなく、ドイツ語、フランス語、イタリア語、オランダ語などがひとつの国家に共存している。国境で区分された諸国家の成立は、戦闘と略奪の連続の結果として生まれた協定や条約によって歴史的に承認されたものである。西欧では12世紀頃まで厳しい自然環境のため熾烈な生存競争があり、特に厳しい北部からヴァイキングやアングロサクソンが豊かな南部やイギリスに侵攻したため、弱肉強食の戦闘が続いた。この結果、至る所で混血や民族の栄枯盛衰があり、吸収合併などを通じてゲルマン民族系言語とローマ民族系言語が西欧の各所で共存するようになった。様々な民族出身者が個人主義を守り、自立しながら互いに共存していくためには、民主主義という枠組みが国家組織の維持にとって必要不可欠な思想となった。日本のような農耕文化と西欧の牧畜文化を支えた民族や風土の違いは、歴史的背景となって政治経済をはじめ社会組織の至るところにその影響力を及ぼしてきたのである。

　日本と言えば男尊女卑の国で人権意識の後進性のひとつの現れのように西洋から批判されることがある。しかし、西洋思想の両輪であるヘブライズムやヘレニズムの思想でも、旧約聖書には神によって土に命を吹き込まれた男性の肋骨から女性が創られたと述べられているし、プラトンの哲学には男性優位の思想が表現されている。つまり、西欧社会は元来男性中心に形成され、女性は付属物として考えられていた。人間でも男性が最も神に近い存在で、女性は男性を補助し種の保存に従事するものとされた。特に戦乱の時代は足手まといな女性を劣等視して、家畜と同列の財産とする

考え方が西欧の歴史にも厳然としてあった。肉食が主食の西欧では、肉を切り配分するのは主人である家長の仕事である。戦乱の西欧で地位が低かった女性であるが、農耕民族の日本では、労働力としての女性の地位は高く評価されていた。主食であるご飯を分配するのは女性の仕事であり、日本の家庭における女性の権威を示すものである。欧米では夫が妻に金銭の管理を任せたりはしないが、日本では妻に給料をそっくり預けて、夫が小遣いを月々もらっている家庭は珍しくない。個人主義の西欧では、たとえ配偶者でも全幅の信頼をもって金銭をまかせるなど考えられないことである。

　厳しい食糧事情のために、中世時代まで西欧各地では、食糧確保のための慢性的な戦闘が行われた。日常的に略奪と破壊が続き、激しい利害対立は親族でさえも疑うという人間不信や家族の分断を招来した。このような原始的な凄まじい略奪の連鎖は12世紀ぐらいまで続き、その後、牧畜が軌道に乗ると、衣服や食糧に多少の余裕が生じた。西欧の歴史は民族間の生存競争の闘争と略奪の連続であった。戦利品として家畜は勿論、女性も略奪された。略奪された女性は夫や子供を殺した敵の妻になることも珍しくなかった。戦争が生む非情な現実が人間関係を厳しいものにし、家族でも他人という個人主義の意識を植え付けた。西欧でも女性は長い間、男性に服従することを要求され、決して対等の権利を持てなかった。このような戦闘体験から略奪の対象になった動物や女性に対する愛護の精神が自然に西欧で説かれるようになった。欧米では女性は男性に服従すべき弱い存在であり、守るべき存在であるという考えから中世の騎士道精神が生まれた。弱くて愚かなイヴという観念と聖母マリアへの女性崇拝の二つの観点から、女性を手厚く守ろうとしたのが騎士道の精神であった。[9] 開拓時代のアメリカでは、女性の希少価値からレディファーストの考え方が定着した。弱い存在や希少な存在としての女性という見方が女性尊重の思想を生んだのである。

　中世時代までの西欧各地でのこのような熾烈な戦争のあり方は、頻度や規模においても日本には歴史的に存在しなかった。元寇に神風で勝利して後、日清・日露の戦争で勝利し、神国日本の幻想が生まれたが、西欧のように外国軍が国内に攻め込んできて、長期間にわたって日本の国土全体が戦場と化したことはない。神国の幻想は先の大戦に大敗して崩壊したが、このような都合にいい幻想を抱けたのは、西欧のような本当に厳しい民族間の戦闘や革命を経験しなかったためである。日本では、民族間の長期間にわたる憎悪や怨念の連鎖としての言語を絶する戦争体験はない。日清・日露の戦争は日本の国外で行われ、戦火が国内に及ぶことがなかった。関ヶ原の合戦は国内の内乱であったが、半日足らずで終わったような淡泊なものであった。日本の戦国時代が100年続いたにしても、もっと長期にわたって断続的に続けられた西欧の執拗な戦闘に比べれば、質量共に穏やかな節度を保っていたので、和睦や連合を模索し平和と安全を求める同一民族の内乱状態にちかいものであった。名乗りを上げて武士が対決し、群雄割拠した戦国時代の日本は、今なお戦火の中で憎しみの連鎖が続く中東3000年にも及ぶ戦乱の歴史から見れば、比較的平和だった時期の姿に近く、諸外国の悲惨な荒廃に比べたら、当時の水準でも非常に安全な国に数えられる。[10] 百年戦争のフランスの悲惨さは日本では存在しなかった。西欧では数え切れない程の戦争があったが、数えられる程度の戦争しかなかった日本では、戦乱が日常的であった西欧に対して平和が日常的であり、外国の戦乱とは関係なく島国で遮断されて当然のように平和が維持できたのである。

西欧では平和は外敵に対して戦いながら、不断の警戒によって維持する状態を意味していた。このような歴史的背景のために、西欧人は常に戦闘的で攻撃的戦略や積極的な行動の人種であるのに対し、日本人は対外的に平和的で、変化には保守的で消極的である。危険に対して子供を抱いて背を向けてうずくまり、受け身の姿勢で対処する日本の母親に対して、子供を後ろにして自分は危険と真正面から対峙しようとする欧米の母親の姿は、長い苛酷な戦乱の歴史と危機意識の違いを物語っている。見知らぬ者が入ってくる事務所のドアに背を向けて座ったり、玄関ドアが家から外に開くことがある日本では、外敵や訪問者に対し全く無防備である。要するに、外国に侵略されて属国になったことのない日本人は、本当の戦争の怖さを知らず、戦争や国家の暴走に対する考えが甘かった。先の大戦で軍部の無謀な暴走を許し、原爆投下と無条件降伏という屈辱を味わったが、それでも尚、日本の国土が二分されたり、外国に占領されて国を失ったわけではない。西欧では日常茶飯事として起こってきた国や民族間の軋轢が、海に囲まれた極東の島国日本ではほとんど起こらなかった。島国日本は自然に恵まれ、恒常的に外敵からは遮断されて平和を享受していた。現在の日本人は戦争をどこか遠い外国のこととして傍観し、危機意識は極めて低い。西欧では現在でも戦争は日常的現実であり、決着の付かないほどの長期にわたる戦争や民族紛争では、戦闘行為も時期を見て休戦になったり、あきらめて負けて捕虜になることも多い。島国日本では、捕虜になることなど許されず、先の大戦のように外敵との妥協など問題外で、鬼畜米英などと言って洗脳され、決死の戦闘で多くの兵隊が玉砕した。欧米では戦争捕虜は身代金や情報習得のために貴重なもので、捕虜が恥という日本のような感覚はない。また、徴兵制を実施しているが、戦闘中でも一時休暇が定期的に順番に与えられる。戦争を日常的現実として受け止めて、論理的に決められた組織のルールに従い、常に兵士と家族を念頭においている欧米に対し、先の大戦の日本では戦争は非常事態であり、全く何の余裕もなかった。欧米のように一時休暇など問題外で、兵隊は家族からも社会からも隔離されて、当時の軍部は従軍慰安婦など世界から非難されている制度を導入して兵隊の人間性を蹂躙し、軍部の独裁の道具として都合の良い消耗品扱いであった。

　また、満州の関東軍や沖縄戦を見ても、日本の軍隊は味方の地域住民を守らずに、形勢不利と見ると自国民を置き去りにして退却したり、場合によっては住民を虐殺している。日本の軍隊は軍部上層部の作戦のためにだけ存在し、自国民を守るという意識が欠落していた。また、中国や朝鮮半島に侵略行為をした日本軍であったが、形勢逆転で不利になると、じつに軍上層部が無能ぶりを発揮し、守りと退却に入るべき戦況で愚かな失敗の数々を歴史に曝した。自滅的作戦を強行し、多くの将兵のみならず、非戦闘員や地元住民にまで自決を強要した。戦争責任も同盟国ドイツのようには潔く認めていないので、今なお近隣諸国から閣僚の靖国神社参拝をはじめ、いつまでも日本への非難は終わらない。先の大戦で国民に類を見ない犠牲と苦難を与えた手痛い敗戦を単に終戦という曖昧な表現で片づけて、日本は明確な戦争責任を避けてきた。ドイツがユダヤ人虐殺の歴史を全て明らかにしようとしているのとは対照的である。また、日本の教科書ではひたすら日本の戦争被害だけが強調され、広島や長崎の原爆投下の事実のみが毎年宣伝されており、靖国神社参拝は近隣諸国の批判を浴びながらも、当然のこととして毎年行われている。これに対して、日本の戦争犯罪は中国や朝鮮で教科書に詳細に記述されて、反日教育が国家的事業として行われている感がある。

6．異文化と近代化

　米は日本人の生活を支えてきた重要な主食だが、一般人が米を食べ始めたのは歴史的には最近のことである。日本の米作は欧米の麦作に比べて遙かに高い生産性があるが、明治時代以前は年貢用で農民が食べるのはヒエや栗などであった。米は食品として優れていたが、明治以降の欧米崇拝の気運の中で、肉食を優れた文化の象徴のように受け止め、米食を後進国の象徴として粗食と卑下する欧米追随思想が盛んになった。米食は肉食とは全く異なった文化が生んだ食の形態であって、日本民族古来の文化の基盤でもあったが、明治以降、肉食は文明開化の象徴のようになって、牛鍋やすき焼きとして日本の食文化に登場するようになった。来日直後のハーンが日本食に固執したために体調を崩し、結局ビフテキとワインの西洋料理に立ち返らざるを得なかったことは興味深い事実である。

　欧米人の主食はパンと思いがちだが、フランスやイタリア以外ではそれほど多く食べられず、実はパンは副食の一つで肉が主食である。肉は農産物だけでは生きられない厳しい西欧での生存の手段であった。特に豚は長くて厳しい冬を乗り切る栄養源で、塩漬けにして保存食にされた。西欧では肉や野菜を入れた雑炊のようなポタージュを主に食していた。肉料理に必要な香辛料は、インドから輸入されていたが、もっと安く大量にという思いからの探検が、1498年のインド航路の発見につながり、新航路への模索が1492年のアメリカ大陸発見をもたらした。また、水質が悪く、ワインを常用していた西欧に、新航路は紅茶やコーヒーをもたらし、農耕に不適な西欧に新大陸からトウモロコシやジャガイモが輸入されて、食生活が改善されるようになった。19世紀中頃から、家畜の大量飼育も容易になり、冷凍保存技術の発展で肉は大量に消費されるようになった。

　欧米人でもカキやハマグリを生でたべるし、イタリアやスペインやフランスの海岸では漁師や住民が魚を生で食べることはよく知られている。しかし、最近すしがアメリカで人気を得ているが、日本料理の刺身に対しては、魚を生で食べる野蛮なものという偏見が欧米人の間では今でも根強い。生きた魚を生のまま食べる野蛮な日本人というイメージは、欧米人自身の無知と無関心から生まれた偏見と独断に他ならない。島国で長い間鎖国を続けてきた日本人は、異文化に接することになれていなかったため、特に舶来崇拝の気運の中で、このような偏見や独断に屈した。さらに、明治維新以来の舶来コンプレックスを助長してきた根拠のない劣等感は、鹿鳴館的欧米追随志向を生みだし、国賓をもてなす貴賓室を西欧模倣のバロック様式の迎賓館に設定し、フランス料理に葡萄酒で接待するという態度を生んでいる。日本家屋の座敷において日本料理と日本酒で正式に外国からの国賓を接待することは、明治維新以来問題外の発想となった。

　中国や韓国が自国の文化や伝統に高い誇りをもって外国に接しているのと大変な違いである。日本は他民族の侵略によって異文化を強制されたこがなく、異質な文化が世界に存在するという事実が、人々によって日常性の中で意識されることがない。様々な民族との軋轢と共生の中で生きてきた西欧人は、常に自己のアイデンティティを保持する必要性から、異文化を無条件に受け入れたり、自文化を卑下することはない。西欧では自由に出入りできる平野に、多様な民族が国境を接して乱立する厳しい生存競争の中で、様々な異文化の衝突と抗争が起こった。常に錯綜した民族関係の中で生き残るために、自分の存在理由と価値観を堅持することが何よりも必要であったので、西欧人

は互いに他との混同を極端に嫌う。日本人が対外的交渉ですぐに自分の非を認めて謝罪するのに対し、欧米人はあくまでも自分の正当性や権利を主張する。彼等にとって、相手の価値観を無条件に認めることは、自分の文化の消滅と被征服を受け入れることに他ならない。

　明治維新以来、西欧化につとめ、中でも敗戦後はアメリカ追随思想を深めてきた日本であるが、実は本当の意味で西洋化したのではなく、西欧文化の源流とも言うべきキリスト教については、全く無知で無関心である。西欧の科学技術の進歩は、西洋思想の源流であるヘレニズムとヘブライニズムに深く根ざしたものである。しかし、日本が明治以来取り入れてきたのは、西欧の文化ではなく、その表面的な近代科学や文明を模倣しようとしたのであって、西欧文化の本質を考察することなどなかった。現在でも日本のキリスト教徒の数はごく少数でしかなく、西欧文化の背景を担っているキリスト教の存在意義など一般の日本人は無関心である。欧米志向で脱亜欧入の日本は、欧米には無条件に屈辱的な劣等感を抱くが、現在でも近隣のアジア諸国に対しては優越意識で接して、その傲慢さを批判されることがある。西欧志向の日本から見れば、近隣の韓国や中国は近くて遠い存在で、今なお戦争責任の追求から反日思想が根強い。欧米からは見れば、日本は相変わらず極東の不可解な国で、キリスト教文化である西欧を模倣しても、その精神において異質な日本文化の近代化を決して理解できない。

　ペリーの黒船来航による西洋との突然の出会いは、日本にとって非常な衝撃であった。西欧列強の植民地にならないためには、早急に政治経済体制の近代化と産業資本主義の育成、軍事力の増強が求められていた。列強に対抗する軍事力を増強するために、明治政府は西洋の学問文化を摂取しようとして、オランダ、イギリス、フランスなどに海軍や造船に関する指導を仰いでいた。

　幕末から明治維新にかけての西洋との出会いは、日本の歴史の中でも大変革であった。黒船来航で味わった未曾有の大事件と混乱は、アメリカの強大な軍事力によって従来の鎖国の生活を根底から覆すことになる。日本の開国は欧米列強の圧力によって避けられない宿命となって訪れた。日本に革命的大変動をもたらした文明開化は、日本の主体的な変革ではなかった。欧米諸国が東南アジアを植民地化し、中国を蹂躙していくのを知り、日本は祖国存亡の危機に曝されていることを痛感した。日本はアジアの極東で鎖国を享受し、独自の文化を育てながら、穏やかな夢を見続けていた。しかし、欧米の圧倒的な軍事力と経済力の前に屈服するアジア諸国の現状を知るに及んで、日本は西洋に対抗するために西洋に学ぶという欧化主義を国是とする。300年続いた徳川幕府から明治政府への歴史的大革命が完遂したのは、欧米列強の武力による亡国の切迫した危機意識であり、自国の後進性を痛感した日本人達の劣等感と強迫観念であった。錦の御旗による薩摩長州連合の徳川幕府打倒とその後の大政奉還は、欧米の圧力に対抗しうる新体制を模索した当時の指導者達の苦渋の決断であった。多少の戦闘やいざこざにもかかわらず、日本の将来は明治新政府樹立によってのみ確かなものになるという共通認識が生まれた。日本の西欧化は強引とも思える急激な変革を伴い、滅び行く旧日本と西洋近代思想を追随する新日本の衝突や軋轢は、さまざまな混乱と反感を生んだ。西洋に追いつけ追い越せという舶来崇拝主義は、それまでの日本古来の歴史的文化の伝統への決別を意味し、この時以来、日本人の基本的な精神の根幹を成して現在に至っている。欧化主義と富国強兵が旧日本を否定して新日本へと急激に大変革する新政府のキーワードとなった。

明治日本政府は欧化政策の推進のために、西洋式教育から最小期間で最大限の効果を得ようとして、過密な学習過程を強制した。多くの生徒達が貧弱な衣食住のために、精神と肉体を衰弱させて病魔に冒され夭逝した。教育現場にいたハーンは、この様な国民に対する愚かな教育が大規模に行われていることに疑問を抱くようになった。西洋化する新日本樹立のために、日本国有の伝統文化を拒絶し、旧日本の道徳的倫理観まで犠牲にして、西洋の利己的個人主義や非情な競争原理や飽くことのない物質主義を全面的に受容したことは、日本の歴史的悲劇であった。ハーンにとって、旧日本を保持しなければならない理由は、礼節、克己、孝行、信仰、足るを知る心というような道徳的規範を失わないようにすべきだということであり、伝統に対する感覚や尊重の念を最重要視しなければならないということであった。日本民族の過去の集積に対する歴史的感覚を喪失すれば、必ず悲劇的亡国が訪れるのは当然の事であった。

　しかし、強力な軍事力と経済力を誇示する西欧文化の先進性や優越性に対する劣等意識と強迫観念に駆られて、欧米追随思想に洗脳され自己文化の後進性に自縛された多くの日本人は、アイデンティティを見失った。このような自己否定による急激な欧米文化の全面的受容は、徐々に矛盾と社会的混乱を生むことになった。日本古来の文化の伝統は、和洋折衷を導入しても、西洋の合理主義や個人主義と本質的に相容れないものであった。明治以来の知識人の精神状況の中で、西欧化する和魂の行方を比較文化的視点から検証する必要がある。⑴⑴ 西洋の自由や民権を賛美し模倣しようとした当時の進歩的知識人も、新たな変革を願いながら、自文化の伝統を担う消しがたい歴史の重みに苦悩した。西欧化が欧米列強と対等に渡り合うための手段だと割り切って、キリスト教世界の文化の表層を近代化に都合良く利用しようとした日本は、早くも明治10年をすぎるころには、自己矛盾を各方面で露呈するようになる。文化の深層に対する理解なしに、性急に異文化を受容しようとした日本は、都合の良い方便で思想と科学を分離し、精神と事物を別物とし、文化と民族を引き離して考え、和魂洋才と脱亜欧入を進むべき近代化への道だと断定した。

　ハーンは近代化を推し進める明治日本による西洋模倣の爆発的流行をはっきりと目撃していた。急速に変化する日本が、旧日本を死滅させ、西洋的価値観が日本を侵略し、冷徹な産業資本主義の中で富の増大と貧困の拡大という暗澹たる社会の出現を予感させていた。同情と共感のハーンの精神は、西洋文明に侵略される日本人の悲惨な苦境を体感することもできた。時代の趨勢と共に不可避となった新日本の台頭と旧日本の衰退は、彼にとって悲劇的なジレンマと写った。そして、ひたすら軍備増強に走る帝国の現状は、日本古来のすべてを犠牲にして突き進んだ新日本の致命的破滅、恐るべき大破局を予感させるものであった。

　鬼畜米英と国民を洗脳して始めた第二次世界大戦で完膚無きまでに大敗し、原子爆弾投下とポツダム宣言による無条件降伏に至ったという惨状は、幕末の黒船来航と不平等条約以上に日本人を打ちのめし、強烈な劣等意識は戦前の日本の価値観や文化の完全な否定に繋がった。このことは明治維新以降、日本人が経験した二度目の外圧による大変動であり大変革であった。占領軍は在日駐留米軍となって、アメリカの圧倒的軍事力と物量で日本を席巻し、日本のアメリカへの属国化を押し進め、アメリカ追随と西洋崇拝を一般庶民にまで植え付けた。この点で日本は今も明治維新と敗戦による自文化への自虐的思想の後遺症と強迫観念的な亡国論に常に責めさいなまれている。明治維

－ 24 －

新以来、日本は必死になって西洋文明を研究して自国に導入し、列強の侵略から自衛すべく軍備増強に励んだ。西洋に対峙できるようになったときに、西洋崇拝の夢から目覚めて民族自立の理念に立ち返り、昭和初期まで日本独自の国家体制樹立を押し進めていた。しかし、大東亜共栄圏という幻想に駆られた軍国主義の暴走と無謀な侵略の果てに、先の大戦で完膚無きまでに大敗して以降、回復しようとしていた日本の古き良き伝統も軍国主義の幻滅と共に消散し、自国文化の自虐的否定と卑屈なアメリカ追随の世相の中で、日本は国としての実体を見失い悲しむべき哀れな姿を世界に晒している。

明治の知識人は漱石や鴎外に代表されるように、西洋の自由と個人主義に遭遇して大変なアイデンティティの苦悩を味わった。しかし、明治の思想家達が西洋と日本の対立と融合に誠実に苦悶し、国の行く末を真剣に考察したのに対して、大戦に敗戦して後の昭和の知識人達は、伝統的文化や戦前の日本の美点をもすべてを否定する暴挙に打って出た。戦前の軍部の思想統制や締め付けから解放されると同時に、占領軍の強力な施策によって戦後の知識人は、幕末の武士以上に無力感と自己嫌悪に取り付かれた。無惨な敗戦の劣等感と荒廃した国土の貧困は、優柔不断な彼等の不見識と混乱を一層ひどいものにした。この時に日本の国のあり方やアイデンティティを真剣に考察し反省することなしに、アメリカ追随思想を無条件に受容してしまったことが、今日の日本の危機管理能力や国家的理念の欠如という重大な問題を提起することになった。

戦後の日本は自文化の伝統を充分に吟味することもなく、戦前の皇国史観や教育勅語を時間をかけて考察することもなく、戦争犯罪や扇動行為の責任を明確に追求することもなく、アメリカ側の戦犯訴追を受容するのみで、自ら戦争責任を積極的に精査し近隣諸国に説明することはなかった。中国や韓国の反日感情や反日教育は、今でも戦後を引きずっていることを示している。戦前戦中の日本を拒絶したいばかりに日本の伝統を否定し、本来の自文化に根ざさないアメリカの基準、自由と権利、個人主義とプライバシーなどを全面的に信奉した人々は、日本古来の伝統文化に対して自嘲的態度で自虐的発言を繰り返す。日本の劣等性や後進性を強調するあまり、日本の過去の歴史を全て否定するという暴挙は、精神的支柱の喪失と精神的敗北という容易ならざる事態をもたらした。西洋至上主義に屈服して、単に目先の金儲けに走る日本のビジネスマン達は、エコノミック・アニマルと西欧社会から揶揄されて随分久しい。

このような戦後の欧米追随的傾向と経済至上主義を反映して、愛国心、自尊心、利他主義、社会道徳、自立心、何よりも日本人として大事なアイデンティティ、自覚と誇り、責任感と義務感などを戦後の教育は欠落させてきた。精神的支柱を失ったのは教師も例外ではなかった。戦前戦中の思想弾圧や統制経済がもたらした反動は、丁度、明治維新のように旧日本の美点を全て否定するに至り、日本古来の教育の美点をも葬り去ったのである。実態のない空虚なお題目が、時に教育の目的にすり替えられ、自由と平等、平和と権利など耳障りの良い言葉だけが先走り、出世競争に受験勉強は激しくなるばかりで、とても人を思いやるような人間教育などできない現状である。日本の将来が人間の教育にかかっていることを思えば、日本人としての教育哲学、国のかたちを構築するべき将来的ビジョンを真剣に論究すべき時であるといえる。いくら欧米を模倣しても、日本人はアメリカ人にもヨーロッパ人にもなれないという自明の論理を肝に銘じて、日本の西洋化と近代化の功

罪を明確に認識する必要がある。

　国の安全保障を他国に依存する日本の現在のあり方は、日本の西洋化や近代化と同じく、人々の心の日常性に暗黙理に混乱と矛盾を植え付けている。本来あるべき国のかたちを喪失した日本は、どこか膨大な経済力を誇示する半面、世界に示すべき哲学や理念を失った分かりにくい虚弱な思想の国となった。

　日本と西洋の出会いは、日本古来の自文化を再発見するべき機会であった。異文化の理解は単に人間皆兄弟とか普遍的価値観の共有といった言葉だけでは不可能である。超えられない文化の違和感を無視して、本当の異文化に触れることは出来ない。欧米の人間観や世界観を無条件に先進的なものと信奉し賛美して、これを模倣し実現することが新日本の目標だとしたことが、現在の日本の混乱と迷走の原因ではなかったか。

注

（1）G.B.サンソム（金井圓訳）『西欧世界と日本』上巻　筑摩書房、昭和41年、p.28.

（2）竹本昌三　『比較文化論』鷹書房弓プレス、平成5年、pp.117-119.

（3）会田雄次　『日本の風土と文化』角川書店、昭和47年、p.29.

（4）エドウィン・ライシャワー（國弘正雄訳）『ザ・ジャパニーズ』文芸春秋、1979年、p.391.

（5）高山信雄　『イギリス文化論序説』こびあん書房、平成8年、pp.34-37.

（6）木村尚三郎　『西欧の顔・日本の心』ＰＨＰ研究所、1977年、p.85.

（7）土居健郎　『甘えの構造』弘文堂、1977年，p.11.

（8）グレゴリー・クラーク（村松増美訳）『日本人ユニークさの源泉』サイマル出版会、1977年、p.69.

（9）トレバー・レゲット『紳士道と武士道』サイマル出版会、1973年、pp.106-107.

（10）イザヤ・ベンダサン『日本人とユダヤ人』山本書店、1970年、pp.46-47.

（11）平川祐弘『和魂洋才の系譜』河出書房新社、昭和51年、pp.10-11.

第二章　小泉八雲のアメリカ時代

1．不幸な生い立ち

　ハーンは母親の故郷のギリシアで生まれて父親の実家のあるアイルランドで育ち、両親の離婚後は親族の世話になり、フランスやイギリスの神学校で教育を受けた。しかし、親族の大叔母が破産すると冷たく見放されて学業を中退し、ロンドンで身寄りのない孤児として悲惨な極貧生活を味わった。浮浪者のハーンを厄介払いするために、親族はアメリカへの片道切符を与えて完全に縁を切った。19歳にしてアメリカへ渡ったハーンは、20代から30代に至るまで貧困と苦闘しながら文学修業に努力して新聞記者として名を成し、さらに、マルティニーク島に取材した著書などで作家として文名を高めた。苦難に満ちた多様な人生経験、膨大な読書による学識、豊かな詩人的感性などを備えていたハーンは、すでにアメリカ時代にすぐれた見識の文学者であり、幅広く異文化を探究する比較文化研究者であった。数多くの日本研究の著書を出した14年間に及ぶ日本時代における作家としての名声は、実はアメリカ時代の献身的な文学研究と真摯に切磋琢磨した作家修業の結実に他ならなかった。

　ハーンの生い立ちとその後の人生行路は、伝記作家が競って取り上げるほど複雑で奇妙なもので、運命の悪戯に翻弄され辛酸を嘗め尽くした苦労人の人生であった。彼はその逆境に敢然と立ち向かい、無一文のどん底から独力で自分の人生を切り開いた。その苛酷な運命が与えた苦労は、彼の著作やその後の生き方に如実に生かされている。

　幼少年期の不幸な生い立ちはハーンの一徹な性格を形成し芸術家的気質を堅固なものにした。ロンドン、ニューヨーク、シンシナティ、ニューオリンズなど各地を転々としながら、新聞記者の安定した職を得るまでは、彼はさまざまな職業に就いて、悲惨な境遇の中をホームレスのような姿で裏町の片隅で下働きや使い走りをして、その日暮らしの生活を続けながらも頑なに文学を志していた。記者の職を得てからは水を得た魚のように文章の修業に精励し、文学研究を独学で貫徹したのである。

　ハーンは1850年の6月27日に、ギリシアのイオニア群島のレフカス島の小さな町で生まれた。父親はチャールズ・ブッシュ・ハーンというイギリスの軍医で、母親はローザ・アントニオ・カシマチというギリシア人であった。両親の結婚は双方の親族から祝福されなかった。1848年4月にチャールズが島に軍医として駐留していた時に二人は出会い、熱烈な恋愛の結果、イギリス軍に敵意をもつ地元の親戚や家族の猛烈な反対にもかかわらず、1849年11月にギリシア正教の礼拝堂で強引に結婚した。

　父親がイギリス領西インド諸島へ軍務で赴任することになると、ハーンは2才の時に母親と共に父親の実家のあるアイルランドのダブリンへ移住した。南国育ちのギリシア人ローザには、天候も風俗習慣も異なったダブリンでの生活は適応しがたいものであった。父親の親族にはローザの理解者など存在せず、異国から来た異民族を醒めた目で遠くから眺めているばかりであった。赴任先から帰国した父親チャールズは、全くダブリンでの生活になじめないローザに失望し、かつて恋人で

あった未亡人と親しく交際をするようになる。母親は英語やアイルランドに馴染めず、宗教的にもアイルランドのプロテスタント教会とギリシア正教では相容れず、次第に精神に異常をきたすようになり、突然、彼の前から姿を消してしまうことになる。健康を害し精神的にも追いつめられたローザは、チャールズの思惑通りに離婚し、大叔母サラ・ブレナンに4歳のハーンを預けてギリシアに帰ってしまう。その後母親は子供との面会すら認められなかったので、二度と母子が再会することはなかった。母親はその後再婚するが、さらに激しく精神に異常をきたすようになり、病院で死亡する。父親はかって恋人であった未亡人と再婚し新たに子供もできるが、赴任先のインドからの帰国途中に船上で病死する。

　両親から同じように見放されたが、ハーンは父親を憎しみの対象にし、母親を賞賛と憧れの対象にした。自分の長所はすべて母親ゆずりだと考え、自分の不幸な生い立ちやその後の苦難の人生の責任は母親にはなく、ひたすら母親も被害者だと信じた。父親のせいで母親は酷い目にあったと同情し、いつも母親を聖女のごとく思慕していた。騙されやすい母親は父親を信じて裏切られ、自分と同じ辛い目に会わされたと信じ自分自身の慰めとした。母親が自分を見捨てたことはよくよくの理由なので、弁護すべき被害者だと思い込んだのである。父親は冷酷でまったく自分を可愛がってくれなかったので、怖くて親しみの持てない存在になっていた。ほとんど記憶にない母親を愛情に満ちた優しい女性と理想化して、ハーンは浅黒い肌と茶色い瞳の母の国ギリシアを東洋的と把握し、母親や自分に無情で冷徹だった父親を嫌悪すべき西洋の横暴と感じていた。父方にはアイルランドのケルト的な血筋やジプシーの血統まであるとされ、実際彼の気質にはその影響が多分にあったが、父親の親戚の大叔母やその他の人達に打ち解けず、母不在の打撃は大きく、彼は誰からも心からの愛情を受けることがなかった。

　ハーンの父親は代々軍人の家柄という旧家の生まれで、軍務のため海外で暮らすことが多かった。祖先はケルトとサクソンの混血で軍人や芸術家や学者を輩出した名家であったが、ジプシーの血も流れているとされる家の血統から、ハーンは複雑な混血の気質を受け継ぎ、放浪する知的探究者としての宿命を背負うことになる。父親の弟はパリで名を知られた画家であったし、父親も若い頃はロマンティックな詩的気質を持っていた。父親は頭が良くて文武両道を器用に使い分け、詩的情緒を十分に理解し歌を素晴らしい声で歌った。しかし、彼は激情に走りやすく、前後の見境なくギリシアの島で強引にハーンの母親と結婚して、熱情が冷めるとすぐ離婚し以前の恋人と再婚した。母親がギリシア人であったことが簡単に離婚した理由であった。再婚相手の白人女性に対するハーンの反感は根強く残り、西洋に対する根深い猜疑心を彼に植え付けた。再婚してインドへ行った父親は、病に倒れスエズ運河の船上で帰国途中に48歳で亡くなったが、皮肉なことに、最も憎んでいた父親の気質をハーンは遺伝的に多く受け継いでいた。父親からロマンティックなものに憧れる性格を受け継いだ彼も、遠く各地で転々とした生活を繰り返し、異国の日本で結婚生活を過ごし、遠い極東の島国で日本人として亡くなった。ハーンは有色人種である日本女性を妻としたが、父親のように妻子を捨てたりはしなかった。自分は父親のようなことは絶対にしないという断固たる思いが、彼に日本帰化を決断させて西洋に帰ることを止めさせ、妻の親族でさえ喜んで世話をしようとさせた。

両親の離婚後、子供のいない熱心なカトリック信者の大叔母がハーンを引き取った。冷徹で厳格な宗教的雰囲気を漂わせていた大叔母は、それなりの同情と打算で自分の後継者として期待し、厳格な宗教教育を与えるためにハーンをイギリスやフランスのキリスト教の寄宿神学校へ入れた。しかし、その劣悪な環境と非人間的な厳しい教育のため、彼は終生キリスト教に背を向け、反発の念を深めることになった。しかも、牧師にしようとした大叔母の計らいで送り出されたイギリスのダラムの神学校アショウ・カレッジ在学中、遊戯中に縄の端が左眼を直撃してハーンは左目を失明した。元来弱視であったため、残った右眼への負担は並大抵のものでなかった。残った右眼を酷使したため、右眼が異様に膨れ上がっていたと言われており、傷ついて失明した左眼を手で無意識に隠す癖が身についていた。容姿の劣等意識が固定観念のように彼を苦しめ、不安定な精神と内気な性向を一層強めた。ハーンは激しい運動や遊戯から遠ざかり、ますます書物の中の想像の世界に傾倒するようになった。ティンカーによれば、彼は頑固に汎神論者を標榜したために、アショウ・カレッジを退学させられることになる。[1]大叔母はこの不名誉な退学処分に憤慨し、ハーンに対する同情も理解も無しに、冷たくすぐに彼をフランスのイーヴトウ・カレッジへ送ってしまう。しかし、就学時期については、スティーヴンスンによれば、ハーン12歳の時、すなわち1862年にフランスの学校へ1年余の間、それから1863年9月から1867年10月まで4年間、13歳から17歳までの間イギリスの学校へ送られたと考えられている。[2]

　フランスの学校についての入学時期などの詳細は一切不明であるが、アショウ・カレッジ以上に陰鬱で厳格な宗教的規律や非人間的な強制的生活、屈辱的な抑圧を体験していたことは確かである。ハーンのフランス語の語学力は、その後終生脳裏から消えない寄宿学校での痛ましい経験と引き替えに手に入れたものであった。このような抑圧的で冷徹な寄宿学校の中で、不毛な教義に反抗するかのように、彼はヴィクトル・ユーゴーやゴーチェなどの情熱的で快楽的なフランスロマン主義文学の世界に陶酔するようになった。その後フランスの寄宿学校在学中に出資した甥の事業失敗のために大叔母が破産し、学費の援助もなくなりハーンは中退する。両親に見放され、片目失明という障害を抱え、さらに大叔母の破産後、裕福な父方の親戚の誰からも援助の手をさしのべられることもなく、かつての女中が嫁いだ家に身を寄せるようにとロンドンへ放り出される。異端視され反抗的になった、隻眼の風変わりなハーンを援助しようと申し出る者は、裕福な親族の中でも誰一人としていなかった。ハーンはイギリスとフランスのイエズス会の寄宿学校で随分辛い日々を送って来たが、頑迷な大叔母と破産をもたらした甥のために、学校教育を中途で退学し遺産相続も叶わず孤立無援の身で見捨てられた。両者共にイエズス会の信徒であったために、彼は自分の人生の転落をイエズス会の陰謀だと考えた。アショウ・カレッジでの汎神論への傾倒や異端宣言、フランスの寄宿学校でのロマン派文学への陶酔が、キリスト教会の憎しみの原因となったと思いこみ、その後の強烈な被害者意識は終生ハーンの脳裏から消えることはなかった。大叔母のブリネン夫人の遺産を自分から奪い去ったのはイエズス会の陰謀だと彼は信じていた。

　このように、4才で母と生別したハーンは、父方の大叔母のもとに引き取られ大きな屋敷で育てられたが、強引に寄宿学校へ送り出されて、後に破産すると冷たく突き放され、路頭に迷った少年に親戚の誰一人として救いの手をさしのべる者はいなかった。ハーンも父親に似て、生来快活で悪

戯好きであったが、片目を失明して以降、内向的で陰気な性格に変わった。母親と生別し、重苦しい大叔母と暗い幼年期を過ごし、彼は13歳から17歳までイギリスのダラムの神学校での寄宿生活を強制され、さらにフランスの学校に短期間追いやられた。このような親族の愛のない扱いや厳格なキリスト教教育を強制的に受け、さらに、左眼を失明したことが決定的に大きなトラウマとなった。お茶目で明るい性格だったハーンが、暗く落ち込んでいるところに、さらに大叔母が破産して中途退学を余儀なくされることになる。大叔母はハーンよりも遠縁の青年を大事にするようになり、無謀にもその事業に全財産を出資し無一文になってしまったのである。愛情はないが裕福な大叔母の庇護の下で可能であった豊かな経済的基盤を彼は無くしてしまう。学校を中退して後、誰からも見放されたハーンは、ロンドンで一年程の間、悲惨な日々を体験した挙句、親族から追い立てられるようにイギリスを見限り、アメリカに新天地を求めて行く決心をする。1869年に19歳のハーンは移民として大西洋航路でアメリカに渡った。親からも親族からも見放され、天涯孤独を悟った時、彼の当てのない放浪の人生行路が始まったのである。不運と不幸に翻弄されながら、極貧に苦悶し変人奇人というべき生活を送りながらも、運命に立ち向かう不撓不屈の精神と潔癖な道徳心で逆境を生き抜き、自らの人生の目標を見失うことなく、希有な作家として自己実現していく姿には、ハーン文学の解明にとって精査して考察すべき多くの示唆や価値を有するものがある。

2．シンシナティ

　世間の冷たさを味わったどん底の生活の後、ロンドンを浮浪者のように放浪する姿に愛想をつかした親戚から、アメリカへの片道切符の金を渡され、ハーンは孤立無援の身で新天地へ出発する。冷たく見放した大叔母とでたらめな投資で破産の原因を作った遠縁の青年に対する激しい反発のために一切の金銭的援助を頼まず、彼はニューヨークでもどん底生活を余儀なくされた。ニューヨークでしばらく窮乏生活をした後、オハイオ行きの移民列車でシンシナティへと旅立つ。ほとんど無一文で馬小屋の干し草の中で夜を明かしながら、彼は放浪の旅を続けることになる。イギリスの神学校での不運とその後の悲哀で人生の辛酸を味わいながらも、新天地アメリカでは大自然に囲まれて、どこか楽天的に魂の漂白を続け、彼は自然と人間を観察しながら未知の世界や異界を探検するという人生の基本的姿勢を確立していく。

　親戚縁者の誰からも庇護されることなく、非人間的な環境のキリスト教神学校の中でひどい教育を受けた体験から、西洋文明に懐疑的になりキリスト教にも反発を深め、何か陰謀のために艱難辛苦の身の上に陥ったという被害者意識と強迫観念は、彼の消え去ることのない終生のトラウマになった。ハーンは徐々に西洋的なキリスト教文化に根強い反発感を抱くようになり、非西洋世界、非キリスト教世界、東洋的な異文化に強い共感を持つようになった。近代の資本主義や功利主義を信奉する西洋文明批判を募らせたハーンは、同時に、アメリカの大自然に触れながら、数億の太陽が存在するという壮大な宇宙的意識や詩的感性を育んでいた。このような独自の文明批評家的な立場から人間と社会を考察したハーンは、脱西洋から異文化や異界への探究という彼の生涯の研究課題を追求することになり、その後、終生眼に障害を持ちながらも活発な執筆活動を通して、文学や異文化研究に孤軍奮闘の努力を重ねて精進するのである。

イギリスのリバプールから船でニューヨークに着いてしばらくして、ハーンは大都会の喧噪から追われるように無一文同然で、親族から紹介された知人を頼りにシンシナティへ移る。しかし、まったく冷淡で相手にもされず門前払いで、何処に行っても誰も親切にしてくれる者はなく、彼はここでも無縁無頼の輩であった。何とか人並みに生きて行けるまでには、相当な期間の艱難辛苦が必要であった。それまで大叔母のもとで経済的に恵まれた生活を送っていたハーンは、突然厳しい弱肉強食の世界に放り出された。ロンドンからニューヨーク、シンシナティへと移り住むが、まったくの世間知らずで生活力もなく家賃も払えず困窮を極めた。その間にいろいろ仕事を転々とするが、自分の持ち物や金を取られたり、数字や勘定などの現実的処理能力が欠落していたため、彼は19歳でも周囲と上手く溶け込んでいく処世術を持たなかった。世話してもらった職に馴染めず、電報配達人、下宿屋の下男、使い走りなど職を転々とし、召使いのように暖炉に火を起こしたり石炭を運んだりして、食い扶持を稼ぎ、喫煙室の床で眠るという状態が1年半ぐらい続いた。しかし、彼は時間があれば公立図書館へ行って読書して、絶えず文学研究を続け文章を書く練習をしていた。そして、ついにこのように世渡りの下手で不器用なハーンは、父親代わりのように相談に乗ってくれる人物ヘンリー・ワトキンに幸運にも遭遇することになる。ワトキンも独学の人で素朴で実に思いやりの深い人物であった。

　無一文で下宿を追い出され、路頭に迷っていた困窮の時に、この年老いたイギリス人の印刷屋が、ハーンを気に入って世話をするようになったのである。無給だが店で寝泊りし、彼は印刷の仕事を覚えるようになる。孤独なハーンに理解のある話し相手ができ、彼は食事の心配もしなくてもよくなる。本の裁断機からの紙屑で作った温かくて気持ちのいいベッドが、彼に救いの安息場を与えた。ワトキンは風変わりで孤独なハーンの気質をよく理解していた。親に見離され親族にも追い出されたハーンは、人生の早い時期にいやと言うほど辛酸を体験していたので、病的に過敏で猜疑心や被害者意識に取り付かれ、激情に駆り立てられたりしたが、親のような眼差しでワトキンは笑いながら彼を保護し手元に置いた。このような救いの中でハーンは印刷の知識を身につけ、同じく独学のワトキンに励まされ、共に読書や話し相手の時間を過ごすようになる。心の拠り所を見出した彼は、心強い精神的安定を得て、次第に自分の進路を着実に歩むようになる。ハーンにとってワトキンとの出会いは、彼の人生の転機とも言うべき大きな幸運であった。印刷屋のワトキンはハーンに植字工や校閲の仕事を教えた。ワトキンに薦められて1872年に『トレイド・リスト』という小さな雑誌社で編集助手の職についたが、広告や集金取りの雑用に忙殺されるばかりで、自分の書いた文学的な文章を認めてくれないので辞めてしまう。その後、他の出版社の校正係をしながら、彼は自分の作品の原稿を懸命に書きつづけた。このように、業界紙の下働きを世話してもらいながら、彼は文学的野心を持ち続けて研究や執筆に専念したのである。世間知らずの若者であったハーンは、経済的に苦しく生活に追われていたが、人生の苦難に負けずに、若い青年の新鮮な感性を少しも失っていなかった。

　ハーンは人生の早い時期から赤貧と孤独の艱難辛苦を体験してきたので、孤立無援の境涯が貧しい者や弱い者に対する心優しい洞察や同情の眼を開眼させた。ハーンは給仕や掃除夫や使い走りなどの様々な下働きを通じて、下層階級や社会の裏側に生きる多くの無名の人達の生態を観察し、近

代社会の暗黒面の現実を実体験として把握するようになった。また、社会の底辺で生きる黒人達の苛酷な労働から生まれた魂の歌に同情と共感をもって聞き入り、彼はその生き様に豊かな詩情を見出していた。柔軟な思考力と豊かな感情が、彼独自の共感する特異な感情移入の精神を生みだしていた。

　色の黒い風変わりな小男であったハーンは、1872年10月、22歳の時に苦労して書き上げた原稿を持って『インクワイヤラー』の編集長のコッカレルに会い、度の強い眼鏡で自信なさそうに、原稿を買ってくれるように懇願した。この時の自分の原稿に対する自信と世間の拒絶に対する恐怖が、彼の内面に相克する作家としての原点であった。ハーンの原稿はすでに魅力的な文体と力強い思想を持ち合わせた非凡な才能で溢れていたので、キラリと光る文才を示した原稿は認められ新聞に掲載された。その後、不定期的に記事を寄稿できるようになり、彼は２年程後の1874年に『インクワイヤラー』に正社員として採用される。書評記事作成のためハーンはひたすら勉学に勤め、文学的な素養を培い独学で古典から現代までの欧米作品に精通するに至った。さらに、彼は若い野心的な新聞記者として、社会的弱者、無名の人々、都会の裏通りや底辺に住む人々、悪人や貧乏人の姿に非常な興味を抱くようになる。オカルトの降神術師、屑ひろい、奴隷黒人社会、新聞配達の子供達、殺人事件、スラム、マイノリィティなどあまり誰も取材に行かないような下層庶民社会の出来事を彼は生き生きと映し出して描写したのである。

　新聞社に入社して半年後に、ハーンは挿絵画家のヘンリー・ファーニーと大眼鏡を意味する奇妙な誌名の『イー・ジグランプス』という週刊誌の発刊を手がけるが、この雑誌は二人が激しく喧嘩したり、宗教問題や公序良俗を鋭く風刺するに及んで購読者が激減し、1874年６月21日から８月16日までの２か月程後に発行総数９号で廃刊となった。何とか成功させようと意気込んだ当時のハーンは、手軽な内容の雑文を書いて読者を面白がらせる商才に欠け、自分のスタイルに拘り異様で官能的な作品しか書けず、また深刻な事件を揶揄するようなファーニーの絵が世間に誤解されて、購読者が伸びず経営的に失敗する。本来、彼はフローベル、ゴーチェ、ボードレールなどのフランスロマン主義作家の官能的世界に陶酔し、彼等の審美感と文学的姿勢を崇拝していた。したがって、『イー・ジグランプス』失敗の後は、ゴーチェの『クレオパトラの一夜』やフローベルの『聖アントニウスの誘惑』などの翻訳にすべての余暇を捧げながら、彼独自の想像力を燃え立たせていた。隻眼で弱視であったハーンは、不健康な生活と眼の酷使で失明することを最も恐れていが、毎晩、記事の原稿を大量に執筆した後、ガス灯の薄暗い明かりを頼りに遅くまで、彼の文学修業の原点である翻訳の仕事に精励していた。翻訳の仕事を通して文学の精髄を把握し、自分の言葉で再表現することを彼は独力で学んでいた。

　週刊誌発行では失敗に終わったが、廃刊直前に復帰した『インクワイヤラー』でのハーンのコラムの見事な諧謔と読者を魅了する軽妙な筆致は、失敗から学ぶジャーナリストとしての彼の特徴であり、その後、扇情的な事件記者として大成する新たな境地の開拓を示している。さらに、風変わりを嗜好する彼は、生来極端から極端に走る激しい感情の持ち主で異様なものの賛美者であった。極端に恐ろしいものや極端に美しいものにのみ確かな手ごたえを感じ、他のものはあまりにも移ろいやすく、彼の猜疑心や懐疑主義を止揚する程満足させるものではなかった。フランス文学の煽情

主義的なものに惹かれ、悪臭紛々たるものや胃をむかむかさせるものに耽溺し、嗅ぎ付けた事件を
センセーショナルに扱おうとしたこの時期の彼の新聞記者としての人生航路は地下納骨所へとつな
がり、墓をあばく悪鬼のように鬼気迫るものがあった。ジャーナリストとしての感性を磨き上げた
ハーンは、読者の望む扇情的な記事を書き、上品な出来事ではない悪臭紛々たる事件を探り、興味
津々の読者の気持ちを掴む敏腕記者として頭角を現わすことになる。

　『インクワイヤラー』の記者としての単調な取材の下働きの後に、彼はしばらくすると「皮革製
作所殺人事件」を書き、その凄惨な事件現場の描写によって読者の注目を浴びた。シンシナティで
記者として彼を有名にした1874年11月9日付けの皮革製作所殺人事件の記事とは、皮革製作所の労
働者が関係した娘の父親や家族によって殺害されるというものであった。[3] 焼却炉で焼かれた遺
体の描写は迫真力に満ちたもので、屍体を詳細に観察して恐るべき状態を克明に報告している。焼
けた頭蓋骨が砲弾のごとく爆裂し焼却炉の高熱の中で飛び散り、半分がぶくぶく煮沸する脳髄の蒸
気で吹き飛ばされた様子、頭蓋骨の上部が鉤裂きに引き裂かれた凄惨な姿、燃えて焦茶色となった
り黒焦げで灰と化した部分などを、視覚と触覚の両方に訴えかける巧みな描写の手腕は、記者とし
ての力量を見事に示したものである。ハーンは読者の心を捉える壷を心得ていて、読みたがってい
るものを的確に提供する取材の目の付け所や、それを表現する文体には非凡なものがあった。彼は
異様なものや恐怖への嗜好と共に独自の奇妙な文体を発揮し、怪奇的で異常なものに執着する猟奇
趣味を目覚めさせた。病的で不快なものを細部に至るまで描写する扇情的な表現は、読者に気味の
悪いものに対する好奇心を喚起し、事件報道上の事実の重要性よりもむしろ感情的衝撃を与えよう
とする独自のスタイルを構築して、新聞記者としての人気を確立させたのである。

　死臭鼻を突く黒こげ死体のリアルな記事は、無惨な被害者の姿を独特の文体で見事に描いたもの
である。この奇妙で異様な事件報道の成功によって、ハーンは戦慄すべき恐ろしい事件の取材に偏
愛ともいうべき異常な関心を抱くようになり、他の追随を許さない独自の領域を自ら自覚したので
ある。貧民窟、娼婦、霊媒、心霊現象など他の記者が扱わないような異常な事件を彼は好んで取材
し記事にした。この時期のハーンの精神的異様さは、幼少年期の成長過程やその後の孤立や貧困と
無縁ではない。苦難して独学した時期に積み重ねた様々な思いが自己実現する手段を彼は切望して
いた。才気煥発の溢れ出るような記事の文章を読めば、逆境に負けずに彼が如何にひたむきに努力
していたかが明瞭に分かる。皮革製作所殺人事件の報道記事で思わぬ成功を収めたので、文学的名
声への野心から誰にも書けないような戦慄すべき事件の記事に彼は憑かれたような興味を示した。
事件そのものの事実関係の報道よりも、感覚的で感情的に訴えかけるような微細な部分に拘り、異
様な恐怖の衝撃を読者に与える文章表現にハーンは苦心した。その後、黒人混血女性との結婚問題
で解雇されて再就職した新聞社、『コマーシャル』に載せた記事「絞首刑」には、死刑執行の失敗
から蘇生した少年受刑者の悲哀を描いている。最初、明白な犯行を否認していた図太い態度から、
間もなく罪に対する悔悛の情を示した少年の身の上に、二度も絞首刑を受けるという残酷な運命が
待ち受けていたのである。落とし戸の下に恐ろしい死が待ち受けている絞首台の上で、両眼を黒い
頭巾で覆われ光を断たれた少年は、ロープが切れて二度も死の恐怖に耐えねばならなかった。

「哀れ、若き罪人は仰向けに倒れ、切れたロープを首にかけ、黒い頭巾で目を塞がれたまま明らかに気を失っていた。記者は彼のそばにひざまずいて脈をとった。脈搏はゆっくりと規則正しく打っていた。おそらくこのとき惨めな少年に考える力があったとすれば、自分は実際に死んだ ― 両目が塞がれていたので、暗闇の中で死んだ ― 死んで、この世で盲目になり、今やあの世で目を開こうとしているのだ、とでも思ったことであろう。落下直後の恐ろしい静寂のために、この朦朧とした考えはいっそう真実味を帯びていたかもしれない。」(4)

何が起こったかも分からず、突然早鐘のように脈搏を打ちはじめ、全身を激しく震えさせる少年に話し掛ける者はいなかった。死にもの狂いですがりつく手を解かれて、少年の体はどしんと落下した。どのような境遇にあっても快楽のために弱い者いじめをすることを最大の悪と捉え、人種や貧富を超えた人間愛を彼は記事に描こうとした。19才の不良少年が再開される刑の執行に戦慄し、生への執着と死の絶望に狼狽する様子を、客観的冷静さと消えゆく生命への深い同情で彼は見事に描いている。記者としての客観的な真実の把握と生命への畏怖の念がハーンの基本的な立場であり、残酷な社会の不条理を糾弾する正義感と同時に、人間愛に満ちた共感の精神を発揮して多くの読者を魅了した。また、仕事上で記事の取材のためなら恐怖心を克服して危険を顧みずに、治安の悪い裏町へ新たな事件の追跡に出向いていた。ハーンの観察力は微に入り細に入り実に丹念に調べ尽くし、受けた印象を常に正確に書き留める事が出来た。彼独自の繊細な筆遣いは、文学的情熱と審美感によって支えられていた。その後各地を彷徨い詩的散文を勤勉に書き続けた彼の生涯は、このようなジャーナリズムから育った彼の作家的特質によって特徴づけられている。

エリザベス・ビスランドはハーンの女性崇拝に触れて、「私の最初のロマンス」という自伝的作品を紹介している。(5) ニューヨークからシンシナティへ向かう汽車で出会った女性についての淡い思い出を彼は吐露している。それは色白で民族衣裳を着て髪をブルーのリボンでとめた、背の高い灰色の眼をした19歳の気品のあるノルウェーの娘であった。この異文化を体現した娘を見た瞬間に、彼は彼女のためなら何でも出来るし、望むなら死んでもいいとまで思う。バイキングの子孫の輝くような娘は、無一文のハーンにパンをくれるが、彼は白人女性に対する気後れもあり、感激しても思うように感謝の気持ちを伝えられなくて、英語を理解しない彼女は誤解して怒ってしまう。喜んで生命さえ差し出すとまで惚れたのに残念であったと、30年も前の汽車の中のシーンを彼は懐かしく回想している。

気に入った女性のためなら何でもしようという自己犠牲のギャラントリイの精神は、人間としてのハーンの特質であり、来日後、日本女性の美質に注目し、英文学講義では西洋文学における女性崇拝を強調したように、ハーン文学では女性は特別な意味を持っているのであり、私生活でも作家活動においても、彼の生涯を特徴付けるものである。無一文で食べるものに困っていても、青年ハーンはロマンティシズムに生きる若者であった。来日以降も、彼は車夫でも手仕事でも優れた職人芸に感激すると、正規の報酬の何倍でも支払おうとするところがあった。言葉の上手く通じないノルウェー人の娘に惹かれ賛美する態度は、彼のその後の人生を暗示しているようで興味深い。女性に対するギャラントリイ精神の旺盛なハーンであったが、シンシナティで同じく不遇で貧しい黒人の

混血女性に同情するかのように結婚したが、上手くいかず破局を迎え人生の大きな転機を迎えることになる。

　異文化や未知を暗示する英語圏以外の有色人種の女性に彼が強い魅力を感じたのは、ギリシア人で浅黒い肌をしていたという母親の面影が強く影響していたからである。また、アイルランドの白人の家庭で育ったハーンは、ケルト的な審美意識や神秘主義、激しい感情の起伏や遥かな未知の世界に焦がれるロマンティシズムを父親の血筋から受け継いでいた。このように、両親から複雑な混血の気質を受け継いでいた彼は生来、未知のもの、異文化、異人種、美しいもの、異性、小さなもの、不思議なもの、異界、霊界などに激しく心を惹かれる性癖の人物であった。

　見事な事件の取材と記事でハーンは新聞記者としての名声を確かなものとして、その後も墓地や精神科の病院などを取材した風変わりな記事で、『インクワイヤラー』の看板記者と評されるようになった。しかし、以前から親しくしていた黒人の混血女性との結婚を、当時禁止していた法令にもかかわらず強行したため、1875年に新聞社をやめざるを得なくなる。ハーンは『インクワイヤラー』を辞めて後、すぐに『コマーシャル』に移籍した。シンシナティ時代のハーンの運命に大きな影響を与えたこの女性は、アリシア・フォーリー（通称マティ）という下宿屋の料理人であり、健康で元気な田舎娘であった。下宿屋で働いて暮していたが、器量よしで大きな黒い目に物思いに沈んだ表情を浮かべた奇妙な姿が、特にハーンの関心を惹いた。その美しい容姿や気立てのよさが、激情に駆られやすい彼を一時夢中にさせたのである。彼女は読み書きはできなかったが、語り部としての豊かな表現力や優れた記憶力を持っていたので、即興詩人のような座談の才能に優れていた。マティは魔術師のように迫力に満ちた様々な幽霊話を語ることもできた。ハーンはマティの霊媒としての特殊な能力について、実名を伏せて後年記事にしている。「奇妙な体験」と題して、彼は死者の不思議な世界を見たという娘を次のように述べている。

　　「大きな黒い目には、奇妙に物思いに沈んだ表情があり、娘以外の誰の目にも見えず、影も持たない何者かの挙動をずっと見守ってきたかのようであった。降神術者達は、娘を強力な「霊媒」とみなすのが常だったが、彼女はそう呼ばれるのをことに嫌った。読み書きを習ったことは一度もなかったが、語るに際しての素晴らしく豊かな描写力、普通以上に優れた記憶力、そして、イタリアの即興詩人をも魅了するであろう座談の才などに生来恵まれていた。」(6)

神秘的な物語を語る娘の低くて静かな声の調子、魅力的な語り部としての天性の資質は、ハーンに強い印象を与え、記憶に残る奇妙な世界を伝えている。いまだに安らかな眠りを得ていない幽霊が道を駆けぬけて、寒い雨の夜にずぶ濡れになって森の中で現れたというマティの巧みな話術による体験談は、作家としてのハーンの描写力に生かされる。マティも幽霊を見る娘だったので、霊的な超自然現象が彼女の想像力を大いに刺激していた。ハーンの幼い頃の幽霊体験は、異界の怪奇現象に強い興味を持たせることになり、現実世界での挫折や苦難がこの傾向に一層拍車をかけ、さらに、マティとの出会いで異界や霊界への興味は膨らむのである。ハーンは不可思議な超自然現象や怪奇な世界に強く惹きつけられた。霊的体験において両者は共に共感するところが多かったのである。

シンシナティ時代のハーンはマティに始まってマティで終わった感がある。マティとの出会いの頃から、ハーンは新聞記者として頭角を現すようになる。すなわち、霊感に満ち超自然的現象を想像豊かに語るマティの影響から、社会の弱者や底辺に生きる人たちに今まで以上に強い興味を抱き、彼は意欲的な取材と執筆活動を始める。当時から彼は白人至上主義の論理に背を向け、想像力豊かな感性で文学的世界を飛翔して、異文化や異界の時空間に身を置いていたが、同じような霊感と想像に満ちたマティとの共同生活が、奇怪で異様な事件や不可思議な霊的世界を色鮮やかに描写する彼の執筆活動に大きな力となっていた。センセーショナルな事件や奇妙な超自然的現象が、彼の冷静な観察眼や推敲された文章、そして研究を重ねた文学的素養の蓄積によって、見事な出来映えの記事に仕立て上げられた。彼女の楽しい思い出や可愛い歌は彼の異国趣味を満足させ、異様で不可思議な世界を伝える彼女の小さな物語が彼に執筆を鼓舞する力を与えた。最も厳しい人生の岐路において新聞記者を志した彼にとって、人種、女性、貧困、霊などの問題で、マティは特別な存在としての意味を持っていた。

　ハーンは背が低くがっしりした体型で、隻眼のうえに強い近視であったから、本の上を鼻で擦るように眼を近づけて読み書きした。片目を失い醜い容貌になったという思いこみが、彼の性格形成にトラウマのような影響を与え、自分の見苦しい容貌に必要以上に劣等感を抱き、魅力的な白人女性とは対等につき合えないと思いこんだ。内向的で恋愛の苦手な22歳の青年ハーンは、18歳の黒人混血娘マティと激しい恋に陥った。ハーンが疲れて仕事から帰って来ると、マティはいつも食事を温めて用意していた。彼が雨で濡れて帰ると、彼女は暖炉で乾かしてくれ、親切な母親のように世話をしてくれた。彼の孤独の長い年月の中で初めて受けた親切であった。彼は生い立ちからも、他の白人たちのような肌の色への偏見がなかった。彼の母はギリシア人でオリーヴ色の肌をしていたので、彼は西洋よりも東洋に属するものと考えていた。幼い頃に別れた肌の浅黒い母親に、彼は異文化や異界を感じて憧れていた。ハーンはマティに特別な感情を抱くようになり、病気にかかった時は、献身的に看病してくれる彼女を命の恩人とも思った。

　1861年から1877年までの間、オハイオ州は白人と黒人の結婚を禁止する法律を定めていた。この結婚は正式には認められなかったので、同棲とも言うべきであるが、数年しか続かず破局を迎える。すなわち、1874年の6月に、ハーンが24歳の時、21歳のマティと正式に結婚しようとしたが失敗する。マティの反対を押して違法に結婚してからは社会的制裁もあり、二人の関係は気まずくなり数ヶ月しか続かなかった。その後も同情的に接していたハーンは、自暴自棄になったマティの言動に苦しむことになる。マティとのことは若気の誤りというには、彼の心にあまりに深い傷を残した。父親と同じように激情に走ってマティと一緒になり、その後、別れて彼女を不幸に陥れた責任に彼は苦悶した。

　マティとの関係がこじれた事で彼は非常に苦しみ、彼女が破滅するのに耐えられないほどの責任を感じ、彼女が堕落すればするほど、彼は彼女をより一層愛さねばと感じた。マティは美人ではあったが、無教養で女らしい優しさや思慮分別を欠いた女性であった。関係が悪化してくると、悪意はなくても責任感の欠落した子供のような人間であった。責任は自分にあり、社会的に認められない結婚を強行したのが間違いだったという後悔の念は募るばかりであった。高慢でわがままな彼女に

振り回され、その堕落が最悪の事態に至ることを危惧し、警察署に留置されたり、犯罪を犯すようになるのではないかと彼は心配した。

　マティは1854年にケンタッキーで白人の農場主と黒人の奴隷との間に生まれた。各地を転々とした後、シンシナティに出て来てプラム街の下宿に住み込みで働き、ハーンと知り合うことになる。奴隷解放後も黒人差別は根強く、いつも弱い者や貧しい者に同情するハーンは、白人至上主義の優越感を許せないものと感じていた。同情の気持ちで知り合って２年後に、彼女と違法な結婚を強行したが、それは周囲の人々を大いに驚かせた。感情の起伏が激しい直情型の若者であった彼は、想像力豊かな語り部の娘マティに心惹かれたが、現実から遊離した二人の生活は長続きしなかったのである。

　元来、異国情緒に惹かれるハーンは、有色人種の黒い肌に官能的な魅力を覚えていた。前述したように、当時のオハイオ州が白人と黒人間の結婚を禁止していたにも拘わらず、彼が結婚許可を申請し却下されたことは、彼の人生に重大な転機を生むに至った。この事がスキャンダルとして広まり、1875年に『インクワイアラー』の経営者は冷淡に彼を解雇した。ハーンは安い給料で『コマーシャル』に移らざるを得なかった。他から排斥されたり理解されない場合は、ハーンは常に自分の主義主張に頑迷に固執し、乏しい視力と不健康な生活の中で、益々誰にも書けないような美を創造して散文詩のような光り輝く珠玉の作品を書くという思いを募らせるのであった。繊細で凝り性のハーンは、完璧な作品を完成させるのに必要な余暇を切望し、雑務に追われた記者生活の単純な日常性の中で文学的野心が死滅することを心から恐れていた。自分を排斥し認めようとしないシンシナティを離れたいという思いから生来の放浪癖が再び頭をもたげ、新たな可能性を求めて熱帯のニューオーリンズに新奇な冒険を夢見て旅立つことになる。

　熱帯の太陽、樹林、鳥や花などを賛美する彼の南方志向は、この時期に猛然と生まれた。記者仲間からメキシコ湾に位置する都市の話を聞くと、耳からの鋭い感受性に恵まれた彼の想像力は、未知の南国の都市を全身全霊で想起した。特に、『コマーシャル』の主筆エドウィン・ヘンダーソンが、アメリカ南部やメキシコ湾沿岸地方の風景をハーンに熱心に語り彼を魅了した。常に南国への熱い期待がハーンの存在を燃え立たせていたが、隻眼の不充分な視力であったので、ぼんやりと霞んだ色彩の中で事物を認識していた彼は、風変わりで奇妙なものに神秘的なロマンスを感じる人物であった。異国情緒の未知の町は、ハーンに新たな冒険の可能性を提示していたし、直接記者仲間の話に接して受けた感動が、彼の想像力に火を付けていた。

　このように、ハーンの文才を賞賛する一方で、白人社会から強い批判がわき起こったことは、その後の彼の人生を象徴するような出来事であった。すなわち、黒人女性と結婚しようとして同棲し失敗した隻眼の短身男、好戦的な意識過剰の放浪者という中傷が、彼のシンシナティでの仕事や生活環境を激変させることになった。この時アメリカ白人社会から排斥され、さらにマティとの関係も破壊されたという強烈な被害者意識を彼は持った。非情な社会的制裁によって追いつめられたハーンは、些細な感情的行き違いでも激しく裏切られたと思いこみ、対人的友好が一気に憎悪に急変するという強い猜疑心の持ち主であった。その後ハーンがさらに徐々に白人社会から離れキリスト教や西洋文明に背を向けて、アメリカを去り日本へ渡り、最終的に日本女性と結婚して平和な家

庭を持つことになると変人奇人扱いをされ、異界や怪談など風変わりなものに異常な興味を抱く病的な作家というレッテルが、西洋では彼の評価として貼り付けられるようになった。特に先の大戦後のアメリカ社会はハーンを特異な人物として矮小化し、偏見に満ちた評価に終始して正当な評価を与えず、彼の存在を軽視し黙殺し続けてきた。アメリカの日本学者はハーンの描いた日本文化の諸相を無視し、特に霊的日本の姿、神道や仏教など心霊の世界、祖先崇拝などの伝統的風俗を考察や評価の対象から除外したのである。

3．ニューオーリンズ

　黒人混血女性との結婚が容認されず、社会的制裁として白人社会から拒絶されて記者の職を失い、もっと安い給料で他の新聞社で働かざるを得なくなるという暗澹たる状況の中で、ハーンとマティの関係は日々悪化してついに決定的な破局を迎え、1877年10月27歳の時に彼はシンシナティを去る。彼女との結婚は同情からのもので、弱者の黒人で艱難辛苦の身の上である彼女を救ってやるという気概で始めた生活は一方的なもので、対等な男女の夫婦関係にならなかった。破局して後、マティがシンシナティを去ってくれることを願っていたが、永遠に町を去ることになったのはハーンの方であった。熱情が冷めて責任と後悔に苦悶する彼にとって、自暴自棄になって堕落していくマティは、確かに彼を悩ませる存在であった。マティの問題に苦悩しつつシンシナティを去り、彼は南に向かいフランス的な雰囲気のあるニューオーリンズを新たな活躍の場としての新天地に定めた。

　このような状況でマティとの間が険悪になり、寒暖の差の激しいシンシナティよりも南方の温暖なニューオーリンズに彼は救いと変化を求めた。仕事にもマティとの関係にも行き詰まっていたハーンは、寒気を忌み嫌い熱帯の太陽の暑い光を求めて新たな土地へと旅立つ。一カ所に長期間留まって土地や人々と馴染みすぎることは、本来自分にとって良くないという思いが彼にはあった。彼は未知の土地の人との触れ合いに無上の喜びを感じたが、一カ所に長く留まっていると、最初の幸福の幻影が消滅し不快な出来事に苦しむのであった。失意と倦怠の時がやって来るまでは、見聞したものすべてを新鮮な印象記として彼は書き残すことが出来た。異郷の地に活路を求めて一人孤独に苦しみながら、本当に定着できる安住の場を見つけるまで、ハーンは現実離れした夢を抱いて彷徨うロマンチストであった。マティとの人間関係の破綻、また記者としても失職して、条件の悪い職場での再就職で周囲の環境は行き詰まっていたが、何よりも単なる新聞記者で終わりたくないという強い思いが彼の心中に根強くあった。

　このように、スキャンダルとなったマティの件や未知の土地を求める放浪癖から、ハーンは新聞記者としての名声をほぼ確立していたシンシナティを去り南部へと向かい、ニューオーリンズの港町で10年近く暮らすことになる。世話になったワトキン達に見送られて、彼は汽車でメンフィスに行き、そこから蒸気船でミシシッピ川を下りニューオーリンズに着く予定であった。船が予定より大幅に遅れたためメンフィスで足止めを食い、僅かな所持金が底をつき彼はまたしても経済的に困窮する。ハーンは経済的な裏付けも無しに思い切った冒険をする人物で、やっとの思いで着いたニューオーリンズでもすぐには仕事が見つからずさらに金銭に窮する。彼は激しやすく思い詰めると、性格的に現実問題に対して冷静に対処する計算や処理能力が欠落していた。『インクワイヤラー』

を失職後に就職していた『コマーシャル』へ約束通り通信員として記事を送っても、原稿料はすぐに送られてはこなかった。本来、ニューオーリンズに仕事の当てがあったわけでもなく、以前の人間関係を全て捨て去ってしまうと、同時に彼は経済的保証も完全に失ってしまった。

しかし、経済的不安にもかかわらず、マティとの心労から解放されて、シンシナティの味気ない環境、単調な記者の仕事、嫌な気候などの全てを忘れ去り、ニューオーリンズの魅惑的な町並みの中で、ハーンは好奇心と期待で一杯であった。『コマーシャル』の読者のために、彼は生き生きとした筆致で現地報告を書き送ったが、原稿料がほとんど送られてこなくなると、『デモクラット』に原稿を持って求職活動するが、思うようにいかなかった。他のどの新聞社でも仕事にありつけず、彼はいよいよ経済的に困窮するようになり、以前のホームレスのような生活の日々が続いた。空腹に耐えて公園で座り込み、希望も友人もなく彼は再び追いつめられていた。シンシナティの新聞社から時折送られてくる僅かな原稿料で食いつなぐという経済的苦境が続き、半年以上過ぎても仕事は見つからなかった。シンシナティでの状況に絶望し、自分を排斥するような失職と再就職で記者として奴隷のように他人に使われることを嫌って、彼は自由と独立を求めてニューオーリンズにやって来たが、自分の思うような仕事は見つからなかった。ストレスと健康状態悪化で、視力が弱りデング熱まで発症し、失明と病死の恐怖に怯える毎日が続いた。この時、『リパブリカン』の編集長ロビンスンがハーンの哀れな困窮ぶりに同情して、一年前に出来たばかりの小さな新聞社『アイテム』の編集長ビグニーに彼を紹介した。さんざん苦労したあげく、1878年6月に彼はようやく副編集者の職を手に入れた。シンシナティで週給25ドルで新聞社の奴隷として使われるよりも、週給10ドルでハーンはのんびりとした生活を送り、一日3時間だけを仕事に費やせば、後は好きなように時間を過ごすことができた。ハーンは清貧に甘んじても二度と以前のような激務に就きたくないと思った。シンシナティの大きな新聞社に比べると、小さな職場で給料も大幅減となったが、以前より短い勤務時間で彼は自由に好きな仕事が出来るようになった。新聞社の奴隷になることを恐れていた彼にとって、文学的活動に思うまま多くの時間を傾注出来る環境が手に入ったのである。ニューオーリンズのラテン的で陽気な雰囲気に魅了されたハーンは、風変わりで複雑な気質に呼応するような周囲の退廃的な空気や非現実的な言葉の世界に神秘的な魅力を感じていた。

ニューオーリンズ旧市街の古い町並みは豊かな異国情緒を湛え、彼の奇妙な美意識に強烈に訴えかけていた。彼はシンシナティで味わった黒人混血女性との結婚に起因する人種差別問題や偏見と疎外の屈辱感から解放された。人種のるつぼのニューオーリンズでフランス系黒人のクリオールの人々の家族的な暖かさ、人情味溢れる土地柄に彼は非常に感激した。ルイジアナ州ニューオリンズはアメリカの白人的伝統を逸脱したすべての価値観を有していた。アングロサクソン至上の冷徹な論理よりも、フランス系黒人の陽気な温かい風情があり、打算的な理知よりも自然で自由な本能的感性に満ちあふれ、厳しい言葉による断罪よりも全てを許容し得るような南部黒人の楽天的なジャズの音楽性があり、孤立した個人主義的世界観よりも南部独特の気さくな運命共同体的意識に溢れていた。このようなニューオーリンズ独自の風土において、ハーンは豊かな題材を見出して文才を発揮し、南部ルイジアナの本質を見事に言葉で捉えることができた。

フランスやスペインに黒人の血が四分の一ほど混じった混血女性は、ハーンにとって特に官能的

な美の魅力に満ちていた。彼は既にシンシナティで黒人混血女性に魅惑されて正式に結婚しようと
したが、白人と黒人との結婚を禁じた法令によって社会的制裁を受けるという苦い経験をしていた。
しかし、思い込むと自滅するような大胆なことを実行に移すハーンであったが、実際の個人的生活
では非常に内気で、人との接触もごく限られた範囲でしか交流せず、職場では目立たないおとなし
い人物であった。彼は外界よりも内界に熱い情熱を燃やし続けたロマンチストであった。ハーンは
臆病なほどに過敏で通常の現実生活の環境に適格に順応できなかった。失敗を数多く繰り返し辛酸
を舐め尽くしたので、疑心暗鬼が強く一度不安を感じると、すぐに自分の殻に閉じこもってしまい、
自分の想像や本の世界に架空の現実を作り出す傾向があった。このような内向的傾向が生みだした
異国趣味から、美しい褐色の肌の黒人混血女性に対する熱い情熱が相変わらず燃え続けていた。

　フランスの植民地であったニューオーリンズは、紺碧の空と輝く太陽の下で、南国風の家屋の町
並みが異国情緒をとどめる土地であり、ハーンの心を惹き付けて離さなかった。停滞した時代遅れ
の南部の町並みや自然が、彼の思い描くロマンティシズムの格好の場となり、新たな文学的活路を
与えた。古い町並みの半ば廃墟のような姿は、特に彼の風変わりな審美眼にとって哀感を漂わせる
麗しき南の天国であった。南国の熱気と官能的な哀感こそ、彼の審美意識に強く訴える魅力であ
る。輝く太陽の熱気の中で半ば朽ちた町並みに、滅び行く死者の面影を退廃的な哀感と共に看取す
るハーンの感受性は鋭い。歴史の流れから忘れられた過去の遺物のような町並みに、永遠の相を垣
間見る彼の死生観や宇宙意識は、南国で親密に接した素朴な人々の魂の声によって鼓舞され、忘れ
去られ滅び行く人々の悲哀や時代から取り残された少数者の感情と深く結びついている。

　未だ人間の手が加えられていないルイジアナの大自然は、精錬されていない巨大な富であった。
ハーン独自の審美感にとって、半ば荒れたルイジアナの姿は楽園であり、美しくも悲しいものであ
り、ルイジアナの太陽を見て彼は涙した。ルイジアナの太陽の下で半ば荒れた古い町並みに接した
とき、接吻を求める若い女性の死に顔に似た哀感を偲ばせていると彼は感じた。不思議な感性で南
国への思慕に官能的に陶酔する姿には、彼の熱狂しやすい性癖が如実に現れている。ワトキン宛の
書簡で、ハーンは独特の美意識でルイジアナに触れて、まるで花で飾られて死んだ花嫁が口づけを
求めているような一種退廃的な不思議な美を醸し出していると述べている。ニューオーリンズ到着
直後にワトキンに興奮した筆致で次の様に書き送っている。

　　「この地こそ、見棄てられ朽ちかけた南の楽園です。これほど美しく悲しいものを、私はこれ
　　までに見たことがありません。初めてルイジアナから上る太陽を見た時には、涙が溢れてとま
　　りませんでした。まるで息絶えた乙女 ── オレンジの花輪で飾られた今は亡き花嫁 ── 口づけ
　　してくださいと囁く少女の死顔のようでした。この朽ち果てた南部が、どれほど麗しく、豊饒
　　で、美しいものか、とても言葉では言い表わせません。私は虜にされました。ここで暮らそう
　　と決心しました。」[7]

冷たく陰気な北部を捨てた彼は、ニューオーリンズの熱帯の美に夢中になり、自然豊かで美しいが
眠っているように活気のない南部の不思議な魅力の虜になってしまう。荒れ果てた貧しいニュー

オーリンズの町並みも周囲を威圧するような大自然の姿も、ハーンにとって新鮮なロマンティシズムを体現する不思議な魅力に満ちていた。

　ハーンが夢中になったのは熱帯の不思議な異国の美しさであった。しかし、彼は単に熱帯の雰囲気に陶酔するだけではなく、常に自己鍛錬によって限界まで切磋琢磨する作家としての情熱を心に秘めていた。南国の異国的な美の形や色の魅力を的確に捉え言葉で表現することが彼の使命であった。自然に恵まれた南国に囲まれて環境に順応してくると、眠気を誘われるような安住の気分になって想像力が働かないと彼は鋭敏に自戒し矛盾した不満を同時に抱く。ハーンは常に気むずかしく移り気な気性の持ち主で、変わらないのは知的探求心だけであった。文学はハングリーな精神の中で生まれる懐疑や不安の念から萌芽し、陰鬱な山川や海に見られる怒濤の波や不可思議な雲の動きで育成されるので、物質的に豊かで申し分ない環境は、探究し考察する精神を消滅させると彼は複雑な胸の内を吐露することもあった。

　記者生活だけに隷従的に依存することなく、作家としての自由と経済的独立を勝ち取るために、ハーンは『アイテム』に勤務しながら貯めた金で大衆食堂を経営する計画を思いつく。新聞記者の仕事に飽き足らなかった彼は、毎日の骨折り仕事から解放され、各地を自由に旅行し執筆できる環境を求めていた。新聞社に奉公しなくてもいい経済的な独立を獲得するために、ニューオーリンズで一番安いことを売り物にする食堂の経営に乗り出したのである。倹約して貯めた100ドルを投資して『ハードタイムズ』という縁起の悪い名前の食堂を開店し、彼は新聞社から独立して外国へ気ままに旅行する自由を夢見ていた。漂泊を続けるための旅費の捻出や新聞記者以外の収入を求めて、まったく経験のない食堂経営に乗りだし結局失敗するのである。

　すなわち、ニューオーリンズでの最初の半年間程の経済的困窮が身にしみていたハーンは、商売か投機で大金を手にしたいという現実離れした強い願望を持っていたので、1879年2月に大胆にも素人考えで食堂経営に乗り出した。人に使われるよりも自分で独立した商売をしたいという経済力に対する彼の憧れがあった。何でも一皿5セントというニューオーリンズで一番安い食堂を売り物に『アイテム』にも広告を掲載したが、信頼すべき共同経営者に店の金を持ち逃げされ一ヶ月程で閉店を余儀なくされた。実業家としての才能がなかったハーンは、既に疑念を抱いていた仲間に結局騙され、有り金全部を盗まれて借金だけが残った。一度熱中すると非現実的になり判断力がなくなるハーンは、信頼出来ると思いこんだ仲間に裏切られたのである。食堂経営で経済力を得て自由に研究と執筆活動に専念したいという彼の計画は、全く現実離れした夢の冒険となり見事に失敗に終わった。計画は挫折し彼は単調な記者の仕事に戻ったが、その後も古本屋をはじめ様々な事業の可能性に思い巡らした。しかし、結局商才や世間的駆け引きや金銭処理能力が欠けていることを自ら痛感し、もはや文筆の方法以外に生きる道がないことを彼は悟った。実業家としての才能の欠如を自覚し、非現実的な計画を実行に移すことを控えると同時に、彼の心に深い挫折感と失意が残った。人を信じやすく商才もないハーンは、共同経営者に多額の売り上げ金を持ち逃げされて店が破産すると裏切り行為に心から失望し、ニューオーリンズは泥棒の巣であり利己主義な人間を育てる町だと難じて激しく落胆した。南国の楽園と思えた町の裏には、人種のるつぼに巣くう悪弊や病根が存在していたのである。

事業失敗のため相変わらずニューオーリンズで『アイテム』の副編集者をしながら、ハーンはフランスのゴーチェの翻訳やエッセイの執筆に専念するようになった。さらに、『アイテム』が経営危機に陥ると、ハーンは記事にペンや鉛筆で挿し絵を入れて面白くし読者の獲得に努めた。当時のニューオーリンズの庶民の生き生きとした生活を挿し絵付きの記事にしたものは、1879年から1880年まで２年間続いた。ハーンは社会の不正を容赦なく糾弾し辛口の意見を公言したが、社会の弱者には深い同情心を示した。それまで生彩のなかった小さな『アイテム』は、ハーンの意欲的な記事のおかげで多くの読者を獲得し、３年半の勤務期間中で最初週給10ドルが最終的には30ドルまで跳ね上がった。シンシナティ時代と同じように新聞記事を書いたけれども、ニューオーリンズでは内容が大きく変化し、短編小説風のエッセイが多くなり文学的風味が色濃くなった。1879年９月14日付けの記事「白装束」では、好きな墓場のイメージを前面に押し出して読者の気持ちを惹き付け、物の怪のささやきや幽霊の花嫁、狭い路地、澱んだような暑い空気、石のように無言の兵隊達の歩調、夢の中の亡霊の行列、笑みを浮かべた白装束の娘の痩せた死に顔など、独自の風変わりな審美意識を発揮して、彼はすでに死後の世界という得意分野を充分に意識した筆致で書いている。このように、本来彼が最も興味を持っていた怪奇な記事、霊的な想像力の世界を前面に押し出して、シンシナティ時代のセンセーショナルな殺人事件のような社会現象中心の取材記事から、ニューオーリンズ時代では芸術、文化、文学、翻訳、書評などの方面へと記事の対象が大きな広がりを見せて変化したのである。

　『アイテム』の敏腕記者としてハーンは、シンシナティ時代よりも遙かにゆったりとした勤務環境で、必要に応じて幅広い分野で社説やエッセイを書いた。地方紙であったが多分野にわたる様々な記事や翻訳を掲載していたので、彼は幅広い国際感覚を自然に身に付け、文学研究と異文化理解を深め様々な伝説や民話の収集を進めた。外国の政治や文学の話題、東洋の諺や習慣、ギリシアやイスラムの芸術、さらにフランス文学の翻訳、スペインや南米の風物などの記事を彼は熱心に健筆をふるい掲載した。

　論説や書評以外の彼の記事は、新たな土地の風景を見つめて独自の認識を深め、音響に耳を傾け匂いや味をも体験して、ニューオーリンズのあらゆる物に自分の身をさらして得た印象を反芻し、ゆっくりと時間をかけて自分の想像力で再創造した作家的作品が多くなった。また、人生の辛酸を舐め尽くしていたハーンは、社会の弱者や抑圧された人々に対して同情の念が強く、社会の不正や矛盾には敢然と立ち上がり、汚職や隠蔽や搾取や麻薬の横行、無法のギャングを記事にして非難した。さらに、国際紛争に触れて、軍事力が国家間の相互抑止力以上の存在になる危険性を予見し、彼は人類の歴史に戦争の不可分を断言している。『アイテム』1881年11月６日では、有史以前から人類が戦争による大量死によって人口の過剰増加を防いできた事実に眼を背けるわけにはいかないと述べている。[8]また、ハーンは独自の感受性と審美意識のために多くの偏見や偏愛に縛られていたが、特に異様なものや怪奇なものや不気味なものが彼の霊的な想像力に火を付けた。グロテスクで陰惨なものに対する不健全で風変わりな偏愛は、彼の様々な記事にスリルや凄みのある迫真力を生みだした。『アイテム』1879年８月24日では自殺について触れ、また、1880年８月28日でも自殺と回転拳銃に関する不気味な報告を記事に書き、シンシナティの製革所殺人事件での客観的事実の受動的

レポートから発展し、能動的に恐怖の事件の雰囲気を醸し出すような気味の悪い状況描写や文学的表現力に彼は作家としての磨きをかけている。

1879年3月9日では怪奇な雰囲気と悲劇的な愛のテーマを基に異国情緒に満ちた作品を書いた。また、1879年7月23日の記事では書評や文学批評を書き、当時彼がすでに優れた文学的資質と洞察力を有していたことを示している。フランスロマン主義文学の完璧な美の世界を讃美したハーンは、文学に対する熱い情熱、公平な判断に支えられた鑑賞能力、そして率直に持論を述べる大胆さを持ち、価値のない書物を容赦なく痛烈に糾弾した。反面、優れた作品には熱心な評価を与え、文学的価値を正確に把握していた。純粋美の世界を創造したフランスロマン主義文学を師と仰いだハーンは、1879年11月20日の記事でリアリズムを不道徳な精神として批判し、ゾラの作品を怒りと嫌悪を感じさせる醜悪なものだと厳しく断罪している。

シンシナティ時代の有名な「皮革製作所殺人事件」の記事でさえ、実際に現地で死体を見聞したというよりは、後で様々な資料から想像力を駆使して生々しい情景を再現したのであった。当時のハーンは記者としてインタビューがあまり得意ではなかったし、現実を日常性の中で把握し普通の記事に表現できず、センセーショナルな内容や社会の裏通りの世界を独自の感性で表現するのを得意としていた。また、フランス文学から学んだ官能美の情熱的世界に対しては、彼は常に繊細な感性と独自の審美意識を発揮した。ハーンは古代ギリシアの裸体美を賞賛し、情熱が人間の活力の源泉であるというギリシア・ラテン思想から熱い血の信仰を得ていた。このような熱い情熱的なラテン民族に比べれば、アングロサクソンの情熱は冷たい火花ほどのか弱い存在でしかないと断じた。したがって、ハーンによれば、英米の文学は事実の無味乾燥のレポートに終始し、愛は人生を震撼させる情熱としては描かれないが、フランスロマン主義文学では情熱が全ての人生の動因となり結果をも支配して、作品全体に独自の風味を醸し出している。すなわち、その本質的な部分に永遠に女性的なものが存在して、女性崇拝に起因する汎神論の香りを放ち、自然と人生の関係を情熱的な視野で見つめることを可能にし、雲も森も丘や川も全て女性的な官能美の象徴として描写されているのである。

人生を震撼させるような情熱が、古代ギリシアの芸術を開花させたし、フランスロマン主義文学では官能的感性の偉大な成果を残すことを可能にしたのである。これらの芸術文学作品に接すると、作品中の情熱があたかも全世界の魂となってあらゆる事物に浸透し、同時にすべての生命に対する優しい感覚が生まれるとハーンは信じた。フランスロマン主義の影響から、ハーンは芸術活動における官能美の重要性を認識していた。彼は卑近な現実生活よりも異国情緒の魅惑や官能美を追い求め、想像力によって芸術的雰囲気を醸し出す洗練された文体や情熱的な技巧を熱心に確立しようと努力した。

官能美を追い求める彼の文学的情熱は、凝った文体や音楽的な文章表現となって作品に現れた。美しい旋律を奏でるかのように、彼は日常的現実よりも異国情緒の世界を描き、未知の土地の民間伝承を細かく取材した。その結果、直接的内容や現実的な事実の表現よりも唯美的で技巧的な世界へと傾き、自分を赤裸々に表出することを避けて自己抑制し、文学修業に献身する文学的殉教者のような傾向を生んだ。本来の熱い情熱を注ぐ対象を持たなかった初期のハーンは、シンシナティ時

代に崇拝するフランス文学作家の翻訳にすべてのエネルギーを傾注し作家としての研鑽を積んでいた。

作家への野望を抱き続けたハーンは、シンシナティの新聞記者に満足できなかったし、ニューオーリンズでも、ラテン的な気分や心理を満足させて、南国の楽園に安住することもできなかった。常に疼いていた放浪癖、飽くなき好奇心と知的探究心は、南国の楽園で感情的な主観的ロマン主義に陶酔するだけでなく、生来の学究肌から客観的普遍性を求めて常に彼を未知の探究と野心的な著作に駆り立てた。

正規の教育を充分に受けなかったので、独学で身に付けた自分の学識や才能を最も良く引き立たせるには、誰も書かないような神秘的な霊的世界や奇妙な主題を調べて研究し、自分を凡庸以上の存在に高める他ないと彼は自覚していた。ハーンは人前で目立つことを嫌ったが、物語の語りや弁舌の特別な才能を持っていたので得意な話題は流暢に語ることができた。彼は文化人の集会では常に黙して聴くだけに徹していたが、誰も余人には語り得ない奇妙で不可思議な事柄に話題が及ぶと、彼は超然とした態度と低くて透き通った声と流暢な言葉を駆使して聴衆を魅了した。彼は優れた記憶力で読んだ本の何処からでも珍しい情報を引き出して、人を惹き付ける不思議な魅力の声と流れるようなリズムで語りかけた。抑制のきいた彼の低い声は、情熱的な炎を秘めていて、冷徹な頭脳で知的に語るというよりは熱い感情で不可思議な事柄の霊的神秘性を熱心に説いた。このような話者、すなわちストーリーテラーとしての才能は、後年来日して教育者として講演したり、様々な学校で教師として教壇に立った時に十二分に生かされることになる。教育を中途で閉ざされ、新聞記者の苛酷な仕事の日常の中にいたにもかかわらず、全くの独学で文学や異文化の研究を重ね、英米文学、フランス文学、中国、ギリシア、アラビア、クレオールなどの民話、伝説、風俗習慣について誰よりも幅広い知識を修得し、特に風変わりな異文化に博識になっていた。ハーンは乱読家ではあったが、優れた感性と想像力で様々な書物の精髄を確実につかみ取ることが出来た。また、知的に細分化した専門家集団の現代社会の中で、人々が見失った生命的で情熱的な精神で全体の相を眺める姿勢を彼は保持していた。

ハーンはシンシナティ時代からゴーチェ、ボードレール、フローベルなどの19世紀フランスロマン主義文学の作家達に心酔し、その書物の収集を始めていたが、ニューオーリンズでは風変わりな珍本を探すようになり、特にフランス系黒人のクレオール文化、ガンボ・フランス語をはじめ、西インド諸島の風俗や習慣に神秘的な魅力を感じ調査していた。また、母親の国ギリシアの古典や哲学に親しみ、彫刻の美を研究した。また、父親の国アイルランドの祖先にはジプシーの血統が混じっていたと考えられていたので、ジプシーに関する本を盛んに読んでいた。さらに、母親の祖先にはアラブの血筋が混じっていると信じていたために、彼はアラブの文化や文学にも強い関心を抱いていた。

このように様々な混血の血筋を受け継いだハーンは、あらゆる人種の奇妙な話題について調べ、自然に異文化や国際理解の立場から諸問題を論じるコスモポリタン的見識を身に付けた。ユダヤ、コーラン、サンスクリット、中国、エジプト、イランなど世界中の話題の本を収集して、彼はあらゆる国の伝統や民話を調査した。混血であったが、彼は父方のアイルランドの白人の血統よりは、

心情的に母方のギリシアのラテンの血統に属していると考えていた。奇妙で不可思議な霊的世界への傾倒、異国の未発掘の民間伝承の収集、神秘的ロマン主義思想の研究、近代文明以前の素朴な人間の生態などを記述した奇妙な書物が、彼の作家活動の原動力の源であった。ハーンは奇異な本を独自の想像力と熱心な集中力で読み解き、生命力漲る直観的霊感と創作意欲を得ていた。

　彼はフレンチ・クオーターに出没して、黒人混血女性のフランス語のスラングに耳を傾け、街角で古本を漁ったり、珍しいものや風変わりなもの、特に貧民街の話し言葉のガンボ語を夢中になって調べていた。ガンボ語には社会の裏通りの真実や暗黒面が示されていた。さらに、クレオール文化に生命的躍動を見出し興味を抱いた彼は、土着の信仰や風俗に注目して、ブーズー教のまじないや迷信を詳しく取材して奇妙な記事を書いた。このように、ハーンはフレンチ・クオーターの古本屋で珍本を漁り、風変わりな事柄について調べるのを好んだ。また、彼は多くの人々や資料からクレオールの伝説や歴史についての情報を採集していた。路地裏に住む庶民の言葉や歌にクレオールの思想や感情が存在することをハーンは情熱的な直観で洞察していた。特に彼はフレンチ・クオーターの老人から地域の諺を熱心に収集して『ガンボ箴言集』を纏めた。さらに、地元に古くから伝わる神秘的な悪魔崇拝や異端信仰に惹かれ、彼は執拗に関係者への聞き込みを繰り返し、その信仰の秘密を探り取材した。ブーズー教の秘密集会に入り込み、黒人混血女性の僧侶に直接面接して、この原始的宗教の呪文や不可思議な歌や音楽について調査した。アフリカから儀式の原型を持ち込んだ妖しげな集会は、彼にとって未知の異様な儀式で、その不気味な謎めいた歌と音楽は文明社会には存在しないものであった。誰も扱わなかったブーズー教の秘儀を取材し、黒人音楽の本質にはブーズー教の歌と音楽の独特の調べが深く関わっていると彼は看破した。それは西洋文明社会や白人音楽には全く存在しない音調であり、黒人音楽の故郷のような原始的な哀愁を帯びた不思議な野生美に満ちていた。

　ハーンの情熱的取材は特に日の目を見ない貧しい庶民の生活と言葉に向けられ、そして彼の文学的感性はフランスロマン主義の魔法の世界への献身的な傾倒に注がれた。現実よりも夢幻の神秘に惹かれる夢想家であったために、彼にとって現代人よりも未開人の素朴な生活の方が不思議な魅力に満ちていた。西洋文明社会の喧噪から離れて、人生の神秘や謎めいた宗教を情熱的に描写し、作家として宇宙の永遠の相に迫りたいと彼は願っていた。原始的な宗教、神秘主義、フランスロマン主義文学、クレオールの歌や音楽、原住民の風変わりな生活習慣などについて熱心に調べ、彼は生きた知識として独自の文体で著作に表現した。のどかな牧歌的生活、森の中の孤独な霊、田園に流れる風のような旋律、神秘的な言葉の世界、束縛から解放された荒野の花のような新鮮な美、魔法のような芳香に満ちた不可思議な魅力にハーンは惹かれた。誰も知らない自然界の森の地霊と深く関わり、未知の雰囲気を伝えるような著書を書き上げることが彼の望みであった。それは地域原住民の生活の精神を反映した作品であり、彼が惹かれた風変わりな生活は、少数民族の素朴で神秘的な生活であった。それは時代の流れと共に消え去りつつある近代文明以前の人間の営みを示している。彼等の神は荒野の神であり、自然界の霊に他ならない。このような神秘的霊界や原始宗教に対するハーンの探究心の背後には、フランス文学の魔法のような世界に対する深い愛着とキリスト教会に迫害されてきたという根強い被害者意識と脱西洋の姿勢があった。

現実社会の時空間に上手く対応できないハーンは、イギリスからニューヨーク、シンシナティを経てニューオーリンズにやってきたが、放浪癖は場所だけではなく時間にも及び、現在から過去、未来への移動は言うまでもなく、異様な世界、霊魂の世界、想像の世界へ参入しようとする熱い願望が、作品の超絶的傾向を一層強めることになった。フランス文学の翻訳をしながら、彼はニューオーリンズの街並みを一人歩き、スケッチ風のコラムにクレオール文化の特徴、生活様式、言語風俗などを鮮やかな文章で描写した。クレオール人とはハーンによれば、本来初代のラテン系のアメリカ入植者の子孫、すなわちルイジアナに定住したフランス人とスペイン人の子孫であった。しかし、時が経つにつれて、この入植者達と黒人との間に生まれた子供となり、さらに他の有色人種と区別する名称として、ラテン系入植者と有色人種との間に生まれた人々を意味するようになった。アメリカ南部のニューオーリンズでは愛郷の念が強く地元意識の旺盛な地域であり、ハーンの文学的感性に満ちた郷土の記事のしみじみとした筆致が多くの読者に受け入れられた。アメリカ北東部のニューイングランドの白人文化の伝統とは、全く異質なクレオール文化に唯美的な耽溺ともいえる興味を彼は示した。絵のように美しい古都を心から楽しみ、妖しい月光や白日夢のようなけだるい芳香に満ちた町並みを彼は巧みに記事に取り上げた。北米随一の美しい古都を微光に包まれたエデンの楽園と讃美して、ハーンはその不思議な魅力を次のように説明している。

　　「赫たる太陽のもとにまどろんでいるこのクレオールの古都、その古風で趣きのある家々、日かげと木かげの多い町並み、百年の昔を偲ばせるその町のたたずまい、気持のよい色の対照、あまたの国民のことばがこだまし合う街々、町全体がいかにも充ち足りて眠っているような感じ、古色蒼然として緑濃い趣き、由緒ある記念館や記念碑の数々、一風変った建築物、熱帯にふさわしい庭園と画趣に富んで人を驚かすさまざまな事物、恐らくはオレンジの花の香りで眠りに誘いそうな暖かい大気が、物真似つぐみの突拍子もない歌声でかすかにふるえている ── これらすべての最初の印象がすっかり忘れ去られるなぞ、あり得ない。百年以上にわたって、ニューオーリンズは放浪の魂を世界の果てからこの地に引き寄せて来た。」(9)

ハーンの異国への憧れは、マルティニーク島や日本への憧れとなり、さらに脱西洋の文学の世界へと開眼することになる。同時に、彼の交友関係も記者仲間から文化人、知識人へと広がり、新進気鋭の文学者として注目されるようになった。

　ハーンはワトキン宛の書簡の中で、時折自分を大鴉と呼び、剽軽な大鴉の絵を描いている。この頃になると、決まり切った新聞社の仕事に反逆的になり、文学の研究や著作に以前よりも多くの時間を費やすようになっていた。また、下宿屋で安定した食生活を得てゆったりとした優雅な日々を送り、彼は相変わらず古本屋通いでフランス文学、クレオール、東洋文学や芸術など、さらに多くの書物を買い集めるようになっていた。『アイテム』ですでに記者としての定評を得ていたハーンは、食堂経営失敗の借金返済のために仕事を増やして、『デモクラット』にもフランス、スペイン、メキシコなどの文学や新聞記事などの翻訳と批評をコラムに掲載していた。読者に大変好評であったので、合弁新聞社の編集責任者ページ・ベイカーがハーンを文芸欄の編集長として招聘した。す

なわち、1881年12月にハーンは『タイムズ・デモクラット』という新たな新聞社の文芸部長として着任し日曜版の特集記事を担当して、ヨーロッパ文学の紹介、翻訳や書評を連載して好評を博した。入社後5ヶ月程すると、ハーンはゴーチェの『クレオパトラの一夜その他』の翻訳本を出版した。この本はハーン32歳にして初めての著書であったが、あまり大きな反響はなかった。この本の出版以後、彼の記事や評論は後に著書にすることを目標にして書かれる傾向が強くなり、職業作家という彼の人生を賭けた夢が実現可能な段階に来たことを示している。

ハーンは神経過敏で猜疑心が強く、傷つきやすい人物であり、仕事上の自分の文章には絶対的な完璧主義者であった。自分の文章の一部が少しでも無断で削除されたりすると、見境も無しに相手を罵倒し、特に他人が原稿に無断で変更を加えたりすると大変激怒する癖があったので、編集長も随分気を使ったという。ベイカーはハーンの良き理解者として、他の雑誌社や出版社にも原稿を書くだけの時間的余裕を与えていたので、この時期から彼の文学的才能の本格的な開花が始まったと言える。コラム、論説、批評、挿し絵、翻訳、編集と何でも多様に仕事をこなしていた『アイテム』と異なって、ハーンは文学的な問題だけに集中して仕事をする環境を与えられた。5年半にわたる勤務期間中、日曜版の文芸特集欄の担当を一度として辞めることなく続け、評判も大変良かった。気難しい偏屈ぶりを同情的に理解し文学研究を支援したベイカーによって、時間的にも精神的にも余裕を与えられたハーンは、文学的問題に集中することで知的に大きな前進を遂げるようになった。多くの蔵書を所有するようになり研究も進み、もはや奇異で風変わりな話題ではなく、彼は文学の本流に関わる作品や評論を手がけるようになった。

モーパッサン、ロティ、フローベル、ボードレール、ネルヴァルなどについて、さらに、西洋と東洋の文学全般についても自由自在に批評や翻訳を掲載してハーンは読者の興味を惹き付けた。このように、彼はアメリカの読者に外国文学を紹介することで、文芸欄編集長としての成功を収めるに至った。原作の世界の雰囲気、魅力、言葉の魔力などを損なうことなく論評し、さらにいかに翻訳を通して原作の魅力を再現するかに彼は最も努力を傾注したのである。彼にとって翻訳こそ創作への最善の道であり、特に彼の巧みな再話文学構築への基盤を形成するものであった。このように、『タイムズ・デモクラット』では、彼は『アイテム』よりも遙かに翻訳の精密度を高め、学究的な論説を書くようになっていた。集中的な学問的調査と高い語学力を要する翻訳の仕事を通して、優れた作家の文体には独特の音楽的調和があり、韻律的な言葉のリズムがあることをハーンは学んだ。言葉の色合い、光沢、音調、響きが、各作家に固有の文体と音楽性を生んでいることに気づき、このような語感や語調の相互関係が、作品全体の構成に重要な役割を果たしていることに彼は注目した。優れた作家が何年も費やした文学的名作を翻訳することが、単調な骨折り作業であると同時に、非常に難しい学究的な仕事であることを彼は深く認識し、翻訳に付随して必然的に作家と作品に関する文学研究を深めた。満足ゆくまで推敲を繰り返し完成度の高い文章を練り上げる彼独自の著述スタイルは、このような翻訳と文体研究の経験から生まれたのである。そして、『タイムズ・デモクラット』が急速に読者を増やし、重要な新聞社としての地位を固めるにつれて、ハーンの作家的名声も大いに高まった。

北部のアングロサクソン的な土地よりも南部のラテン的なニューオーリンズを好んだハーンの郷

土に密着した熱烈な執筆活動によって、『タイムズ・デモクラット』はアメリカ南部で最も重要な新聞社になった。彼は翻訳や論説の他に、民族学的研究にも手を染め、伝説や民話などの民間伝承を詳しく調査した。異国情緒に満ちたクレオールの伝説や民話は彼の想像力に強烈に訴える魅力があった。さらに、世界各地の民間伝承に関するあらゆる書物を収集して詳細な研究を行い、単なる翻訳ではなく繊細な文章を練り上げて、翻案から創作へと進化し、新たな文学作品を生みだした。ハーンの作品は、創作の源泉となった原作の書物よりも時代や人々の感情を鮮やかに表現していた。彼の文章は聴覚的美意識によって音楽的響きを保つように細心の注意で書かれていた。興味を抱いた主題に対しては、彼は知的情熱をもって実に学者的な勤勉さで熱心にあらゆることを調べ尽くした。何世紀も昔の人々の思想や感情を現代に再現し、読者に体感させることに彼は無上の喜びを抱いていた。昔の寓話、伝説、お伽噺などは、彼にとって幻想文学の純粋美を示すものであり、彼は洗練された文体でこれを表現しようとした。ハーンが熱心に書き上げた物語は、このような創意工夫で読者を惹き付けたのである。

　ニューオーリンズのような都会を離れると、神秘と驚異に満ちたルイジアナの自然は、未開で奇妙なものに溢れていた。蟻の列を眺めて自然の営みに触れたハーンは、仲間を中傷したり争ったりしない小さな虫の世界に思いを馳せて、常に全体の利益のために自己犠牲して奉仕する蟻の方が、人間よりも優れていると考えた。どのような場合でも、自分の快楽のために弱い者虐めする者を人類最大の悪と考えていたハーンは、人種や貧富を超えて小さな虫や動物にまでも深い愛情を抱いていた。以前シンシナティからニューオーリンズへの道中でメンフィスに滞在中に、怒り狂った男が哀れで無力な子猫をどう猛にひっつかんで、指で眼をえぐり出して道に投げ捨てたのを彼は偶然に目撃したことがあった。ハーンはその残忍な所業に激しく激昂し、ピストルを取り出して男に向かって何発も撃ったが、視力の悪いせいか当たらなかったという。

　弱い者苛めに対しては、非常に感受性の強かったハーンは、小さな動物に対する不当な虐待を憎み、同時に人類の歴史の暗い未来を案じた。熱情的に激昂すると常識的な現実感を喪失するロマン主義者ハーンは、悲壮感と理想が常に同居していて、猜疑心が深いのにすぐに人を気に入ると、信用して騙されたり裏切られたりした。ハーンは心温かく同情心に満ちていたが、反面猜疑心が強く、些細なことで人が自分を侮辱したとか中傷したと疑った。故意の悪意ある言葉に容易に感情的になり我を忘れ激怒した。些細なことでも裏切られたとか侮辱されたと思いこむ奇癖があり、直情的に激怒し対人関係を閉ざしてしまうことがあった。本来社交的な人物ではなかったが、ハーンは作品執筆のためには様々な知人や友人から多くの貴重な情報を得ていた。しかし、猜疑心と被害者意識が強かったため、些細な感情の行き違いから友情が破綻することがあった。

　常に未知の土地へ旅立つ誘惑に動かされ、現状に満足せずに自分を変化させようとする不可思議な精神的な渇望を抱き続けたハーンは、新奇な体験を求める冒険に憑かれたような人生から逃れられなかった。夢中になっていたニューオーリンズを徐々に嫌になり始めたハーンは、クレオールやラテン的雰囲気にも次第に飽き足らなくなってきた。港の船を見れば異国への旅をそそられ、ニューオーリンズの雰囲気、南部のけだるい官能的な香りにも飽きてくると、彼は何処か別の土地を求める心の疼きを覚えるのである。南国の温室のような眠気をさそう環境では、優れた作品を書けない

と不満を述べて、現状に満足できない近況を周囲に語り、寒い荒涼たる所へ移ってのみ、太陽の輝く大空や夏の日の風物を懐かしみ、創作意欲を刺激されると精神的渇望を吐露した。このような一カ所に安住できない彼の性癖は、今までも幾度となく飽くなき探求心を鼓舞して、絶えず新たな未知の土地や異文化を求めて放浪を続けなければならなかった漂白の人生に如実に示されている。

4．マルティニーク島

　ニューオーリンズにも記者の仕事にも疲れていたハーンは、1884年の夏に休暇を取ってルイジアナの海岸へと向かい、カリブ海に面したグランド島を初めて訪れて、海に囲まれた新たな土地に新鮮なインスピレーションを得て小説執筆の構想を思い描くようになる。グランド島はアメリカ大陸の文明から孤立した奇妙な自給自足の生活を発達させていたので、産業化した都市生活から見れば素朴で原始的なものであった。このような熱帯のグランド島はニューオーリンズにも新聞社にも疲れ果てたハーンにとって、神の恩恵のような新天地に他ならずロマンティシズムをかき立てる異国であった。北国への旅行が熱帯育ちの無垢なクレオールの少女にどのような影響をもたらすかを描いた『チータ』は、1886年グランド島で書き始められて、その後2、3度訪問する中で、1887年に入ってすぐにグランド島で完成された。作家としての名声が確立しつつあり、南部の新聞社だけではなくニューヨークの出版社ハーパー社にも原稿が採用されるようになると、ハーンは1887年5月末には『タイムズ・デモクラット』を退社して6月初旬にニューヨークへ出発し、その後西インド諸島への独自取材旅行に向かうことになる。西インド諸島への取材旅行による紀行記はハーパー社が期待した作品であった。長年に及ぶニューオーリンズでの生活を終え、彼は高層ビルの乱立する鉄の都ニューヨークに入り、『ハーパーズ・マガジン』の編集長オールデンを紹介してくれたシンシナティ時代の友人クレイビール、そしてニューオーリンズ時代の友人エリザベス・ビスランドにも再会している。

　南国の呑気な楽園とは対照的に、ニューヨークは圧倒的な富と知力の結晶であり、ハーンは近代文明の最先端の大都会を嫌悪すると同時に驚嘆し賛美した。南国的理想郷を自らの原体験としながらも、不可避の近代化による文明の発展において、人間を鍛錬する北方的で苛酷な生存競争の冷徹な原理を彼は否定できなかった。しかし、スペンサーの進化論を研究するにおよんで、彼は今まで以上に強靱な知的活動を志向し、あらゆる事象を相対性を伴った両極として全体の相において考察した。最初にハーバート・スペンサーの「第一原理」をハーンに読むように勧めたのは友人のオスカー・テリー・クロスビー中尉であった。この事がハーンの思想に大きな影響を与え、彼をこの世のあらゆる主義主張から解放し、大いなる懐疑という慰めで彼の心を満たした。[10] スペンサーの進化論と来日後の仏教研究がハーン独自の世界観構築の基盤となった。

　ニューヨーク滞在数週間後、7月上旬に37歳のハーンは2ヶ月間の西インド諸島への取材の旅に出発した。後に「真夏の熱帯行」に纏められたカリブ海の島々の中でも、ハーンはマルティニーク島に最も魅力を感じたので、サン・ピエールの町にしばらく滞在している。華やかな所など全くないサン・ピェールの町は不思議な魅力を秘めていてた。貧しい通りには住民の人情が人目に晒されていて、ハーンは人々の織りなす人間模様に我を忘れて引き込まれていった。彼は少なくともこの

町にしか見られぬ主題に接して、人間の根本的な真実に迫ることができた。このように、近代文明の標榜する能率と合理だけの苛烈な競争社会から離れて、ハーンはマルティニーク島での２ヶ月の滞在記を完成し、『ハーパーズ・マガジン』の編集長オールデンは即金700ドルで原稿を買い取った。700ドルを得たハーンは、さらに長期間にわたる取材を計画し、1887年10月から1889年５月まで１年７ヶ月程の間マルティニーク島に滞在する。マルティニークにはラテン的な雰囲気があり、ハーンは西洋の洗練された文化よりも土着の庶民的な文化の不思議な魅力に惹かれた。西洋至上主義を捨て去り、脱西洋の文化に独自の価値を見いだした彼は、旅行記や小説にその熱帯の島の魅力を描いた。

　アメリカで作家的名声を確立しつつあったハーンであるが、常にアメリカ社会の過当競争や利己的個人主義に違和感を覚え、時にワスプを中心とした白人至上主義の呪縛から逃れたいと感じていた。妻子もなく孤独な身の上で、様々な経験を積んできたが、専横的で非情な西洋文明社会の束縛から解放されたいという願望を彼は抱いていた。ハーンは島の人々に興味を持ち、彼等を訪問して原始的な伝説や風変わりな伝承を収集した。ハーンはイエズス会の宗教学校で教育を受け牧師になる運命であったが、親族の破産で学業を途中で断念せざるを得なくなり、残酷な仕打ちに耐えて孤立無援で努力した独学の人物であった。苦労人であったため、優れた文学的業績や作家的才能にもかかわらず、自分の才能や学識をひけらかすようなことなく、彼には全く傲慢や自惚れがなかった。見かけを気にせずに着心地の良い楽な身なりを好んだハーンは、オリーブ色の肌で黒髪に黒い眼をしていた。、常に簡素を好み控えめに言動し、無学な庶民と親しく話すのを好んだ。彼はむしろ素朴さや無垢を愛し、無知を嫌わず、不実や自惚れを憎んだ。

　ニューオーリンズからマルティニーク島に至る歳月は、ハーンにとって文学的に実り豊かな時期であり、様々な試行錯誤の後に、彼は独特のリズムを有する文体を完成させ、自らの文学的使命に自信を深めた。以前の装飾過剰の文章と風変わりな表現は影を潜め、クレオール文化の知識を充分に得て、さらに彼は西インド諸島での本格的な取材に意欲を燃やしていた。活路を模索するハーンにとって、文明や都会は冷徹で非人間的な社会の欺瞞であり、熱帯地方の自然こそ唯一人間の生きる場所であった。多くの不遇な辛い経験の末に、彼は自分が現代生活には不適だと思い知ったので、窒息させるような都会の喧噪と混乱から逃れて、熱帯の島のゆったりとした雰囲気と虚飾を剥ぎ取った昔風の生活の場所に安らぎを求めた。熱帯の太陽と青い海への憧れは、生誕の地ギリシアへの熱い思慕の念と無関係ではない。

　アメリカ社会の人種や貧富の対立と熾烈な競争、産業資本主義や立身出世主義を嫌って西インド諸島へ向かったハーンは、ニューオーリンズの友人マタスへの書簡でマルティニーク島をこの世の楽園だと絶賛している。マルティニーク島の純朴でのどかな熱帯の生活に陶酔した彼は、性急な生き様、活発な機敏さを要求する西洋文明の虚偽と偽善の生活を激しく憎むようになる。名声、富、栄光とは無縁の生活に触れて、文明社会の生存競争の呪縛から逃れ、彼は初めてあらゆる不毛で不純な要素を取り去り、アメリカ型社会の価値観に厳しい批判の眼を向けるようになった。

　ハーンは南国の熱帯を賛美し自然回帰を唱え、近代文明を冷たい不毛の世界と非難した。かつてニューヨークの富と活気を称えた彼は、大都会の贅沢よりもマルティニーク島で飢えていたほうが

人間らしいと考えるに至った。不毛の喧噪や灰色の高層ビル、人間が呻吟し機械がうめく不協和音、疎外と孤立、乾いた都会生活を否定し、彼は南国の自然の輝きの下で自由に生きることを求めた。ハーンは極めて簡素な生活を送りながら、マルティニーク島の調査と取材で見聞を深め、長編の著作のための資料を得ていた。

　あらゆる混血の人々、褐色の肌の女性達と親しくなり、島の民間伝承、民話、伝説を収集し、ニューオーリンズ時代からの手法を生かして、彼はその全てを細かく調査して、全体を学問的に概観するよりは、作家として現地の空気を伝えるような細部の具体的事例の美的表現に拘った。隻眼で近眼でもあったハーンは、物事を遠近法的な全体の把握より細部の集積に拘るという個性的な精神構造によって、文学研究や作家活動の方向性を決定づけていた。細部の几帳面で個別的な集積が、結果的に全体として鮮やかな生命的描写を生みだした。マルティニーク島での観察と取材活動は、このような立場をさらに強調して常に対象である庶民の精神世界に密着し、情熱的な視点とロマン的探求心に充ちたもので、無機質の冷たい科学的観察や分析ではなかった。熱帯の島の暑い景色、呑気で安易な生活、子供のように無垢で情熱的な混血の人々の世界に彼は魅せられ耽溺した。ハーンは島の人々を奇妙な未開人とか時代遅れの変わり者として描きたくなかったので、島の人々の中に入り込んで島人になりきって島の人々を描くように努力した。この取材方法と執筆態度は来日以降の作家活動の基本的姿勢ともなった。後年ハーンは自然を単に理想化するのではなく、自然の隠れた繊細な美や人間のありのままの生き様に対する洞察力を身につけ、異文化理解の作家として庶民の生活に対する新たな感覚を作品化するに至ったのである。ハーンは細分化した専門家や硬直した学者的発想による冷徹な知性で対象を捉えたのではない。狭量な専門家集団ばかりで、全体の相を見て全般を語る人間が数少なくなった時代において、彼が熱情的に細部に拘りながらも全体としての生命的本質の精髄を掴んで表現出来たのは、島民のような文明以前の人間の存在様式に対する心からの共感と熱い感性を失わず持っていたことを示している。マルティニーク島の自然を彼が如何に詩人的感性で捉え、どの様に表現し描写するかに言葉と苦闘していたかが次の一説から窺える。

　「こうした「大自然」の前へ出ると、詩人の言葉なんてものが、いかに生彩のないものに見えることだろう！これは色彩と光の無言の詩の巨篇だ。── 北部の自然だけしか知らない人は、色彩も知らず、光も知らない！── これは色と光の、海と空の、森と峯との詩 ── 賞歎の言辞を嘲り、あらゆる表現力を軽蔑し、想像力などは麻痺してしまうほど、それほど高く超絶した詩だ。いま諸君の前にあるものは、絵にも描けず、詩にも歌えないものなのだ。それを映すことができるような巧みな技術も、巧みな言葉も、何一つないのだから、描けも歌えもしないわけだ。「自然」は、とても実現する望みのない諸君の美の理想を、まるで子供に玩具でも与えるように、無造作に目のあたりに実現して見せてくれる。この創造魔術の地上最高の表現を見ると、人間の思考なんてものは麻痺してしまう。われわれは文明の大中心地で、人間の頭脳が産んだ結果だけを見て ── 人間の努力から生まれたものだけ見て、それに感心したり、学んだりしている。ところが、ここで人間が見るものは、「自然」がつくった作品だけなのだ。」[11]

マルティニーク島の生活や風景を詳細に描写するハーンの筆力は、以前にも増して対象の本質を燃えるような意欲と想像力で把握し、島の異文化理解に対する凄まじい作家的献身ぶりは注目に価するものがある。細部にまでこだわり丹念に風物を表現するハーンは、サン・ピエールの古風で美しい町の佇まいを見事に捉えている。石造りの家、石畳の小道、熱帯の紺碧の空、明るく黄色に塗られた町並みは、色鮮やかな文章で再現されている。マルティニーク島の自然そのものを光と色の沈黙の言葉の偉大な詩と捉え、彼は自然と人間の営みを生彩豊かに表現しようと限界まで苦闘し努力した。しかし、島の豊かな自然に対面したハーンは、如何なる巧みな言語表現でも何一つ的確に捉えることが出来ないと痛感して、さらに作家的技量と力量に研鑽を積むことになった。二度目の訪問となった長期滞在では、彼はマルティニーク島の人々の生活風俗に大きな関心を寄せて取材したが、この世の楽園のように絶賛したマルティニーク島は、実際には40度近い暑さと大変な湿気で、山中には無数の虫やは虫類がいて、ハーンも体調を崩す程であった。このような厳しい条件の島を丹念に観察して歩き回って取材した彼は、非凡な肉体と不撓不屈の精神を有する作家であった。彼の見事な文体は島の人々の生態を詩的散文で夢のように美しく捉えており、天然痘で何百人もの人々が死んだサン・ピエールの悲惨な姿を描く際でも詩的情緒豊かに表現している。

　マルティニーク島のサン・ピエールでの約2年間の滞在と取材の後、この長期滞在記は『仏領西インド諸島の二年間』として著書に纏められた。文学は国境を越える文化遺産であり、時代と共に常に流動し、人を活性化させる文化の集合体でありその精髄でもある。長い間日の目を見なかった文学作品が、時代の変遷と共に新たな意味を伴って語りはじめ、一気に脚光を浴びることもある。特に1902年の火山噴火で消滅する以前のサン・ピエールの様子を、クレオールの物語や歌などと共に、見事に書き残した点でこの著書は当時を偲ばせる貴重な記録となっている。熱帯の樹林と古風な町並み、現代的な新しいもの皆無の17世紀の遺物のような町の風景、光り輝く紺碧の海、筆舌に尽くせない熱帯の青空、平和で官能的な現地の人々の生活、全てが彼のラテン的感性に南国の楽園となって強烈な印象を与えた。素晴らしい色彩が視覚に、官能的な熱帯の空気が触覚に、南国の果実や草木が嗅覚に、クリオールの人々のゆったりした声が聴覚に、暖かく訴えかけて魂の懐かしい故郷を思わせ、楽園の饗宴としてハーンの感性を鋭く揺さぶった。安住することを知らない彼の漂白の魂に救いを与えるかのように、素朴な人間の深い愛情で充満する至上の楽園が、自然に囲まれたマルティニーク島に存在していた。

　幼少年期から青年期にかけて悪夢のような苛酷な現実に耐えながら、永遠の母性愛への思慕を募らせていたハーンは、島の人から聞いた昔の逸話を手がかりに、部屋に閉じこもるようにしてひたすら執筆に専念して第2作目の小説『ユーマ』を書きあげ、黒人の反乱から主人の子供を守るために焼死する黒人奴隷女性の自己犠牲的愛を描いた。苛酷な黒人奴隷制度の中にあっても、黒人の少女ユーマは永遠の母性を体現し、聖母のような気高さを漂わせる愛の殉教者である。南国の楽園マルティニーク島に潜む黒人奴隷の暗い過去の歴史、白人による黒人への無情な人種差別の世界、悪徳と憎悪の連鎖の中で勃発した奴隷解放の反乱、このような暴力と殺戮と憤怒の渦の中で、一人の無垢な黒人少女が示した自己犠牲の愛の力は、あらゆる欺瞞や憎悪や偏見を浄化し和解する聖なる

力である。死をもって神の愛を実践した殉教者ユーマの姿は、夜空に赤々と燃える炎に包まれた教会の十字架とイエス像に暗示されるように、真実の無償の愛へのハーンの激しい思慕の念と救済への宗教的情熱を反映したものである。

　ハーンのキリスト教嫌いは、白人至上主義と結びついたキリスト教社会の欺瞞と悪徳を糾弾するものであった。宗教的情熱や愛を忘れた自己中心的な偽善や非人間的な戒律による堕落した協会組織の専制的支配を彼は憎み、寄宿制の神学校で受けた非人間的で理不尽な教育に終生憤慨し続けていた。形骸化された教会制度や不毛な教育を神学校で体験したハーンは、その後も人生の辛酸をなめ尽くしたが、自分と同じ弱者や無名の人々に対する同情を忘れなかった。彼の永遠の母性の愛への思慕は、聖母子信仰やキリスト受難の悲劇性と重なり合い、ユーマの献身的自己犠牲の精神とロマン主義的女性崇拝となって作品化された。しかし、小説の価値を論じて、素晴らしい小説は現実生活を如実に反映した真実でなければならないと考えていたが、ハーン自身は自作の小説『チータ』(1889)や『ユーマ』(1890)で必ずしも自説を実践できなかった。ハーンは熱帯を舞台にした小説、すなわち、1848年の黒人暴動のエピソードを基にした『ユーマ』を約３ヶ月で書き上げたが、地域の背景、社会習慣や気候、信仰などについて熟知していたにもかかわらず、小説執筆に不可欠な物語の構成力が弱く精神的理念や思想的動機も欠落していた。また、『ユーマ』は『チータ』のような情熱に欠け、物語の筋立てが不自然であった。ハーンは物語を構成する能力がないことを自覚し、小説の執筆からは離れて、伝説や民話を原話とする再話物語に活路を見出していくことになる。

　ハーンは思うように原稿料を得ることができず、所持金も使い果たし経済的な余裕に窮するようになり、1889年５月に地上の楽園マルティニーク島に永遠の別れを告げニューヨークへ戻ることになる。ニューオーリンズ移住当初でも、以前に勤務していた新聞社へ通信員として原稿を送って食いつなげると安易に考えていたのと同様に、今回も予想したほど原稿料を得ることが出来なかったのである。かつてペレー山の頂上に登ったハーンは、四方の山の峰を見下ろした時の壮大な景観と頂上の異様な静謐に感激し、眼前に広がる大地が気の遠くなるような太古から存在し続けているのだという特別な感慨に打たれたことがあった。彼はマルティニーク島を去る最後の時まで変わらぬ賞賛の念を持ち続けたが、サン・ピエールは1902年のペレー山の噴火で壊滅し、現在では彼の著書でのみ当時の面影が偲ばれるのである。ハーンにとって世界で最も美しいマルティニーク島を去るのは断腸の思いであった。遠隔の島にいては出版社と思うような相互理解が計れないと考えたハーンは、今後の西インド諸島の取材計画を相談するためにニューヨークに戻るが、二度と再び島に戻ることはなかった。ニューヨークに入った瞬間に、大都会の貪欲な鉄とコンクリートの獣のような巨大な機構の中で呪縛されて、すっかり自己のアイデンティティを失ってしまう。ハーンにとって、西洋文明の物質的進歩は人間の目を眩ませ、耳を聾して悪夢のような呪われた都会を作り出していた。アメリカの鉄とコンクリートで荒れ狂う大都会にいると、マルティニーク島の熱帯の自然が何処までも彼に付きまとい、青い海の彼方へ、巨大な椰子と褐色の肌の島民達への思いが、再び熱帯の島への気持ちを強めるのであった。恐怖に駆られてニューヨークを去り、フィラデルフィアの眼科医グールドのもとに居候して、彼は10月上旬まで『ユーマ』や西インド諸島関係の作品を完成させることに専念した。

1887年4月フィラデルフィアから眼科医グールドはニューオーリンズのハーンに翻訳文を賞賛する手紙を送り、同情的な関心から目の健康について多くの助言を行った。それ以来二人の交友関係が始まった。ハーンはこの医者を好意的に理解し、自分と同じような情熱的な人物だと思いこんでいた。しかし、グールドは彼とは正反対の人種で、情熱的な誇張表現でも衝動的な機知でもひたすら理知的な態度で科学的に厳粛な事実として分析しようとする人間であった。教義主義者で科学的功利主義を信奉し、倫理的にも硬直した考えの持ち主で、ハーンをピューリタン的な堅苦しい道徳で縛ろうとした。

　ハーンは誰とでも交友関係を結ぶ人物ではなかったが、頼れる知的な数人の友人を常に必要としていた。シンシナティではワトキンとクレビール、ニューオーリンズではマタスとベイカー、オールデンであった。ハーンはグールドにも同じく頼れる友人としての役割を期待し、グールドもハーンを自宅に招いて滞在させた。しかし、ギリシア的美の信奉者のハーンに、グールドは論理的必然の現実世界では美は無用有害だと説いた。グールドのピューリタン的な厳しい倫理とアングロサクソン的論理性が、ハーンのラテン的美の信仰や霊的想像力を押しつぶそうとしていた。グールドによれば、ハーンは言葉のあやだけの作品を書いており、その非論理性は矯正されるべきものであった。ハーンも最初は自分の優柔不断な性格的弱点や現実処理能力の欠如による不運や失敗を、グールドのように強力に知的訓練を受けた友人によって救済されることを願っていた。グールドの強い支配下で世話になったため、彼は滞在費や借金の担保として貴重な蔵書を譲り渡す取り決めをしていた。文学的感性は正確で常に的を得ていたが、ハーンは現実に対する処理判断に問題があり、よく人間関係に失敗した。この交友関係の破綻とその後のグールドによる中傷的発言は、彼の典型的な処世の欠陥を示したものである。グールドの強烈な人格的影響力から外れてはじめてハーンは自分を取り戻したが、蔵書の帰属をめぐる論争は両者の関係に疑惑と中傷という最悪の事態を生み、彼の死後も醜聞のごとき感があったが、最終的にグールドはハーンの遺族に返還した。

　1889年9月の『チータ』の出版後、1890年5月に『ユーマ』を完成させて出版し、ハーンは新進気鋭の作家として文壇に登場した。さらに、1890年3月にも『仏領西インド諸島の二年間』が出版されて、作家として成功の道を歩む時に、再び彼は未知の土地へ放浪の旅に立つのである。小説『チータ』と『ユーマ』が結局それ程高い評価を得ず、自分の本領ではないと感じたため、好評だった『仏領西インド諸島の二年間』に自信を深め、異文化探訪の作家として本格的な日本取材旅行に彼は新たな可能性を模索したのである。

5．日本

　ハーンは今さら『タイムズ・デモクラット』に戻ることもできなくなり、ニューオーリンズ時代より文通があった『ハーパーズ・マガジン』の美術編集長ウィリアム・パットンに面会した。ニューオーリンズ産業万国博覧会の記事を『ハーパーズ・マガジン』に掲載したのがきっかけで、ハーンはパットンと親交を深めていた。パットンは大変な日本通であり、日本に深い関心を示すハーンに英訳『古事記』や日本関係の書物を読む機会を与えた。この時期以降、彼は現実に来日を前提にして日本に関する文献をさらに多く読むようになった。斯くして、マルティニーク島に2年程滞在し

現地体験記事や紀行文を著書として纏めて後、彼は極東の国日本に思いを馳せるようになる。このような事前の日本研究からハーンは、日本に行けば西インド諸島でした仕事よりも優れたことができると確信する。従来の日本関係の旅行記や印象記とは異なった新しい方法で日本を取り上げ、いきいきとした生命的な味わいのある書物を書くことを彼は計画した。日本で実際に生活しているような生きた庶民感覚を読者に伝えるために、単なる傍観者としてではなく日本人の生活の中に入って日本人の考え方を体験できるような物語を書きたいと彼は考えた。

　パットンに日本への取材旅行を勧められたハーンは、実はすでにシンシナティ時代に日本に関する記事を書いていた。さらに、1885年にハーパー社のためにニューオーリンズでの産業万国博覧会を取材した時、彼は日本文化の展示コーナーで日本の事務官服部一三と親しく話し合い、会場で説明を受けた日本の民芸品に深い感銘を覚えていた。ありふれた日本の展示物でさえ彼にとって特別に不思議な魅力を持っていた。この時、既にハーンは日本や東洋についての書物を買いあさり研究を続けていたので、服部とほぼ対等に話し合えるほどになっていた。ローエルの『極東の魂』など日本に関する著書を彼は丹念に勉強していた。したがって、従来の日本旅行印象記とは異なった視点から、幅広く日本の文化や伝統を庶民生活の中にまで入り込んで取材したいという抱負が、以前から彼には作家的使命感としてあった。絶好の機会に際して、ハーンはパットンに日本取材計画の概要を示している。今までの日本旅行印象記とは全く異なった著書を念頭に置き、日本の庶民の生活の中に入り込んで日本人として暮らし、日本人の思考をしているかのような新しい観点から日本についての本を書こうという意図を明確に伝えている。[12] ハーンの文学の特徴は異文化空間を偏見のない眼で詳細に観察し、その文化と伝統を庶民感情に至るまで見事に作品として再現する点にある。小説のような物語の構想力よりも現地取材を基にしたエッセイや紀行文、あるいは民話や伝説に基づく再話物語に彼の才能は最も効果的に機能したのである。

　ハーンの日本への思慕の念は単なるロマン的な異国趣味を超えたものであった。漂白する吟遊詩人のような求道者として、魂の救済や霊的治癒の場としての日本との出会いを彼は求めていた。失われた母の面影は見知らぬ日本の面影となり、マルティニーク島での楽園の至福と作家的業績は、彼の記憶の中で永遠の相との出会いと異文化への更なる探求を意味した。ハーンは一度も会うことのなかった弟ジェイムズに宛てた手紙の中で母親に触れて、鹿のような大きな茶褐色の眼をした浅黒い顔を淡い記憶の中で辿り、ギリシア正教による父と子と聖霊の三位一体の祈りを教えられたと述べている。さらに、父親を愛さなかったこと、全て自分の中の善なるものは黒い種族の魂から生まれたもので、正義を愛し悪を憎み、美と真を追究する芸術的能力や文学的能力も母親の血筋から生まれたと断言している。父親に対する反感を語り、気高い資質や心温かい情愛などはすべて母親から授かったものだと彼は強調している。

　「私の魂は父とは無縁だ。私にどんな取り柄があるにせよ、そして必ずや兄に勝るはずのお前の長所にしても、すべては私たちがほとんど何も知らない、あの浅黒い肌をした民族の魂から受け継いだものだ。私が正しいことを愛し、間違ったことを憎み、美と真実を崇め、男女の別なく人を信じられるのも、芸術的なものへの感受性に恵まれ、ささやかながら一応の成功を収

めることができたのも、さらには私たちの言語能力が秀でているのも（お前と私の大きな眼は
その端的な証拠だが）、すべてはお母さんから受け継いだものだ。」[13]

　このように失われた母の面影を巡り、楽園を思慕するかのように丹念に続けられた事前の日本研
究から、ハーンは日本に対する独自の霊的なビジョンを既に抱いていた。書物から得た日本の風物
や庶民の生活、仏教と神道の敬虔なる信仰と神々の神話の世界が、彼の感性と想像力に強烈に訴え
かけ、漂白する彼の魂を揺り動かし、西洋近代産業の病根から遠く離れた幻の国日本への旅立ちを
決意させた。ニューヨークから逃れるように、今度はマルティニーク島に帰るのではなく、遙か海
の彼方の東洋の島国日本へ行くことになる。

　熱帯のマルティニーク島での取材はおおむね完了していた。また、厳しい暑さと湿度の気候風土
での長期滞在が、40歳に近づくハーンにとってすでに限界になっていた。さらに、アメリカそのも
のとの関係を絶つかのように、ワトキンやビスランドの例外を除いて、アメリカ時代の交友関係を
彼はほとんど全て捨て去る。これ以上アメリカでの人間関係や作家活動を維持できなくなり、また
ビスランドへの淡い思慕の念が叶えられない恋愛感情になったこともあり、人間関係の処理の仕方
が非常に下手で仕事にも行き詰まったハーンは、作家活動のための新しい環境を必要としていた。

　1890年3月8日にハーンはニューヨークを出発し、4月4日に横浜に到着した。すなわち、パッ
トンが交渉してカナダ太平洋鉄道が全面的に協力することになり、ハーパー社の挿し絵画家ウェル
ドンと二人でモントリオールからバンクーバーまで寝台車で移動し、そこから汽船で太平洋を渡り
横浜へと向かった。開通してまだ3年の鉄道会社は無料の切符と250ドルを支給して鉄道旅行を宣
伝してもらおうと考えていた。ハーンと挿し絵画家のウェルドンによって、日本人の奇妙で不思議
な生活を巧みな文章表現と絵で捉えた最高傑作が生まれるはずであった。11月にはモントリオール
からバンクーバーまでの旅を綴った「日本への冬の旅」を『ハーパーズ・マガジン』に彼は掲載し
ている。バンクーバーからの汽船での太平洋横断の17日間は、退屈な日々の繰り返しでその単調さ
に彼は随分と閉口している。しかし、取材についての取り決めはあったが、ハーパー社との正式契
約はなく、前払い金もなかったので彼の不満は爆発した。日本への取材旅行はハーン個人のもので
ハーパー社は何の責任もないということであった。ハーンの作家としての評価は定着しつつあった
が、彼の自己評価ほどに出版社は高い評価をしてくれなかった。新たな取材への熱意にかられて、
彼はこの事を充分に認識できなかった。一つのことに熱中すると忘我的状態になり、正確な対人関
係や事務処理への判断能力が的確でなくなる彼の性癖がここでも示されている。

　日本での活動の経済的支援の裏付けがなかったことにハーンは疑心暗鬼になった。ハーパーズ社
の条件はあまりに自分にとって不利で理不尽であると思い、全てが自分を陥れる陰謀のように彼に
は思えてきた。ハーンはハーパーズ社と絶縁し、日本取材の条件などを世話したオールデンにも非
難する手紙を送った。彼は自らアメリカと絶縁するように以前の友人とのつながりを絶った。マタ
ス、コートニー、ベイカーとも縁を切り、さらに来日以前にグールドとも絶交した。例外的に死ぬ
まで文通で交流を続けたのはビスランドとヘンドリックの二人だけであった。彼は住居を移転し職
場を変えるたびに、今までの人生に区切りをつけるかのように、親しく交流していた人物と絶交し

たり疎遠になって、我が身を古い絆から切り裂くかのようにして、新たな人生の新天地に立ち向かうのであった。

　アメリカ時代に独自のニューオーリンズを描き出したように、ハーンは来日以降も独自の日本観を表現した。ニューオーリンズの独自の文化を詩人的感性で把握したように、彼は明治日本の諸相を細部に至るまで取材し、庶民の生活の中に入り込んで日本文化の真髄を捉えようとした。現地人と共に生活し現地にとけ込むことで、アメリカ南部の作家となったハーンは、日本に帰化して作家小泉八雲にもなり得たのである。この意味において、アメリカ時代のハーンの姿は日本時代の作家活動を説明する重要な手がかりを与えている。

　ハーンのアメリカ時代の波乱の生活は、貧困の中で野心的な新聞記者として苦闘する過程であり、同時に作家として大成する基盤を養った実り多き模索と準備の時期であった。また、ハーンのアメリカ時代は利己的な物質主義全盛期であり、露骨な拝金思想と政治腐敗がアメリカ社会をスキャンダルだらけにしていた。社会の悪徳を暴露する記事がスキャンダル報道され、センセーショナリズムがアメリカ社会に扇動的に蔓延していた。1874年にシンシナティで『インクワイヤラー』に記者として採用されると、センセーショナリズムを歓迎する大衆に応えようとする新聞社の方針や時流に合わせて、いかがわしい霊媒師や裏通りの歓楽街、凄惨な殺人事件などを彼は率先して取材した。その後『コマーシャル』に移籍すると、単なるセンセーショナルな記事から離れ、都会のスラム街で貧困に喘ぐ下層労働者や黒人の生活を好んで取り上げるようになった。1840年代から50年代に飢饉に苦しむアイルランド移民が大量にアメリカに押し寄せたため、貧民が爆発的に増大しスラム街を大量発生させていた。さらに、1873年にはアメリカは大変な経済恐慌に陥っていたので、ハーンはこのような不況期の貧困層を取材して、恐慌下のシンシナティの都市に巣くうスラムの惨状や犯罪の温床などを冷静に取材し、社会の底辺で働く人々の悲惨な日常生活を報告記事に仕上げた。ニューオーリンズでは『アイテム』や『タイムズ・デモクラット』で健筆をふるって、社会の貧困層への熱中的関心はクレオールや黒人などの弱小民族の民間伝承や日常生活に密着した大衆文化に向けられ、さらに、彼は脱西洋としての異文化世界への関心を強く抱くようになった。少なくともアメリカには、ハーンのような貧しくとも勤勉な者にとって、他の国ではなかったようなチャンスがあった。彼は苦難の時期を次のように述懐している。

　　「一人の相場師のおかげで一家が金持ちから貧窮状態に転落した後 ── そして庶民の一人として一年間のロンドン暮らしをした以外は世間をまだ何も知らなかった ── 19歳の歳に、わたくしは一文無しで人生を始めるために、アメリカの、とある都会の舗道に放り出されていました。苦しい目に会いました。道ばたで眠ったりしたこともしばしばでしたし、召使、給仕、印刷屋、校正係、雑文屋として働きながら、少しずつ這い上がったのです。」[14]

　記者の職を得てからの若き日の修業遍歴時代のハーンは、一日中ガス灯の明かりで夜遅くまで記事を書き、いつも忙しく取材に飛び回っていた。アメリカ時代に書き上げた記事は多岐に渡り、その数は博学ぶりを発揮して1600編を超えていた。20年間にも及ぶアメリカ時代において、ハーンは

単なる新聞記事だけではなく、翻訳、小説、紀行文などを精力的に書いた。ゴーチェの翻訳に没頭し、小説『チータ』ではグランド島での体験を基にハリケーンと少女の話を取り上げ、『ユーマ』では一人の黒人奴隷少女の物語を纏めた。さらに、アメリカ時代の再話物語として、1884年に様々な伝説や民話を集めた『飛花落葉集』、1887年には中国の物語を集めた『中国怪談集』を出版しており、来日後の『怪談』や再話物語への才能が、すでにこの時期に発揮されていたことを示している。また、1890年にマルティニーク島での滞在記を纏めて『仏領西インド諸島の二年間』を出版している。1884年12月にニューオーリンズで世界産業博覧会が開催されると、ハーンは日本に対する興味を新たにすると共に、この機会にニューオーリンズを世界に紹介するために、クレオールの俚諺を集めた『ゴンボ・ゼーブス』をはじめ、『クレオール料理』、『ニューオーリンズの歴史的スケッチと案内』などの書物を出版している。このように、アメリカ時代の彼の著述活動は実に多岐に渡り、来日後に熱心に執筆を続けた日本関連の作品群のすべての分野をすでに網羅していたのである。

　作家としての文学研究と記者としての文章の鍛錬のために、極貧の中でも不撓不屈の精神を維持した彼の人生は、人生の目標を見据えて奮闘する張りつめた緊張と失意の連続であり、不幸な生い立ちと長い下積みの明と暗の繰り返しが、彼の矛盾した複雑な個性を形成するに至った。現実主義と夢想家、強引な生き様と根深い劣等意識、信頼と不信、神経質な変人と上機嫌なコスモポリタン、楽観と悲観、純粋と偏屈、博愛と偏愛などのハーンの不可解な諸相は、人生の各段階においてカメレオンのように目まぐるしく変化した。確固たる人脈も学閥もなく、自分を支えてくれる強力な縁者や支援者もなく、また的確な処世術や打算を持たなかった孤立無援の彼は、このような矛盾した有り様と傷つきやすい脆さで自己の全存在を賭けて逆風の多い人生と戦ったのである。そして、アメリカでの文学修業や幅広い経験が日本ではさらに磨きがかけられ、洗練された文体と濃密な内容の作品となって、彼の才能が見事に開花したのである。ハーンは19世紀後半のアメリカのジャーナリズムにおいて一躍名をなし、作家としても名声を博していたが、彼のアメリカ時代の業績の歴史的評価は比較的に低かった。後の日本時代のための修業の時期と考えられてきたアメリカ時代の彼の功績は、今後再評価されるべき多彩な内容を秘めていると言えるのである。

　来日以降、彼は教育者としての人格的陶冶に励み、作家としても文学的見地や文章表現に円熟味を増し、東西文化の差異や日本文化の明暗へ厳しい批判の眼を向ける文明批評家となった。このように、日本時代のハーンは独自の異文化探訪の作家として名声を博し、その作品は異国情緒を歓迎するアメリカの読者に大いに読まれたのである。ハーンは終生、母親の血筋のギリシア、ラテン、東洋世界に惹かれ、冷たかった父親への反発から反西洋へと傾き、非人間的な神学校での屈辱的な日々への反感から反キリスト教を標榜し、日本では仏教研究に没入していった。白人の物質文明社会の中で辛い下積み生活を送ったので、彼は西洋文明全般に対する強い憤りと不信の念を募らせ、何よりも脱西洋としての東洋世界の神秘的摂理に全身全霊で帰依しようとしていた。20年もの間、19世紀フランスロマン主義文学を研究してきたハーンは、生来のロマンティシズムとスペンサーの進化論を弁証法的に援用し、異文化研究や情操教育における霊的なものや想像力の重要性を力説した。

　黒人奴隷の歌や日本の門つけの盲目の女の歌に、崇高な宗教的感情を独自の審美意識で直観的に把握するハーンは、魂の浄化や救済としての音楽の効用に対して特別な聴覚的能力を持っていた。

宗教的感情は審美意識を高揚させ、自己犠牲の愛は最も崇高な美の具現である。日本時代の彼は審美意識を崇高な宗教的感情と融合させ、聖なる母性のイメージは日本女性の美質に対する彼の絶対的な畏敬の念となった。

　従来日本について書かれた本は、視覚のみに頼った夢物語のような傍観者的印象記にとどまっており、日本旅行記でありながら、その中に実際の日本人は存在していなかった。欧米でのハーンの評価が比較的低いにもかかわらず、日本では根強い人気と高い評価というアンバランスにもかかわらず、世界的な再評価の気運の中で日本独自の研究をさらに深めつつある。常に欧米の先進文明を批判し、反キリスト教の立場を鮮明にし、日本に帰化して日本文化を高く評価していたことが、ハーンに対する西洋の理不尽な反感の原因であった。魂の漂泊者、異文化世界の探究者、異界への冒険者として来日したハーンは、詩人的洞察力によって、西欧化に邁進していた明治期の日本の変革と動乱を痛切なる思いで見つめた。英語で書かれた彼の数多くの著書には、詩人的感性で消え去る旧日本の魂の息吹が哀切の情をもって描かれている。日本でも示した庶民に対する同情、草木や虫の世界に対する繊細な共感などは、漂泊し苦悶してきた彼の生涯の原体験から本能的に生まれたものである。特に松江の宍道湖の夕日や隠岐島の絶壁と海は、彼の詩人的感性に鋭く訴えかけ、日本の風物に対する彼の審美感を深め、心の故郷ギリシアの島と海を幻のように彼に想起させた。マルティニーク島での取材と執筆活動の延長であり、人生最後の完成と終焉の地が、彼の理想と幻想の国日本であった。ハーンは独自の詩的審美感で進化論的考察と宗教意識を融合させ、日本の精髄に関する考察を続けていた。しかし、理想と幻想の楽園は消えゆく旧日本に見られたが、近代化に突き進む新日本は、西洋の利己的な個人主義と非情な生存競争を貪欲に模倣することに没頭していた。寒さ故に松江を去って後、消えゆく旧日本の精神を体現する山陰の町と海をハーンは懐かしみ、常に日本理解の大きな手がかりとして想起していた。

注

（1）E.L.ティンカー『ラフカディオ・ハーンのアメリカ時代』（木村勝造訳、ミネルヴァ書房、2004）p.5.

　　ハーンを牧師にしようとした大叔母は、厳格な宗教教育を与えるためにカトリックの神学校へ送ることを考えていた。親族の情愛を欠く大叔母から、もう少し人間らしい理解があれば、ハーンの人生も変わっていたかもしれない。冷たい宗教的な雰囲気の大叔母になつかない彼は、左眼失明以来、ますます内気で過敏な性格を募らせるようになった。普通の子供らしい遊戯からは遠ざかり、読書と夢想という本の世界に耽溺するようになった。学校に対する反抗的態度や汎神論で退学処分になって後、フランスではさらに厳しい宗教教育を受けた。ティンカーによれば、ハーンは学校から抜け出して、パリで快楽主義的なフランスロマン主義の世界にのめり込むようになった。この時、自分のアイデンティティを脱西洋、非アイルランド、反キリスト教に求め、美を礼讃する独自の感受性の持ち主ハーンの文学人生の原点が生まれたのである。あらゆる期待を裏切るハーンの行状を知るに及んで、愛想を尽かせた大叔母は、彼を学校から引き戻し厄介払いするように、ロンドンにいる元女中の元へ捨て去るのであった。

（2）E.スティーヴンスン『評伝ラフカディオ・ハーン』（遠田勝訳、恒文社、1984）p.42.

　　スティーヴンスンによれば、大叔母が甥の青年に不動産を委託し、この若夫婦と家族同然に同居する

ようになる頃に、ハーンは最初フランスへ、次にイギリスのダラムへ送り出されたという。偏狭な信仰を無理矢理に教育されたことで、その後、彼の心に消し難い痛みを与え続けた。ダラムの学校では、形式的で陳腐な授業、乱暴で野蛮な校風、忌まわしい事故のために、彼は学校に対して公然と反抗していた。したがって、当時から学ぶべきものはすべて独学によって修得していたのである。ハーンは学校に対しても宗教に対しても反抗する厄介な問題児であった。この学校の最後の頃になると、大叔母への反発もあり、休暇中でも家にはまったく帰らなくなっていた。

（3）『ラフカディオ・ハーン著作集』第1巻　（恒文社、1980）p.34.

（4）同書、第2巻（恒文社、1988）p.269.

（5）E.Bisland (ed.) *The Life and Letters of Lafcadio Hearn* (Houghton Mifflin, 1906)　vol. 1, p.45.

（6）『ラフカディオ・ハーン著作集』第1巻、p.66.

（7）同書、第15巻（恒文社、1988）p.362.

（8）E.L.ティンカー、前掲書、p.48.

（9）小泉八雲『クレオール物語』（講談社学術文庫、1991）p.177.

（10）E.Bisland (ed.)　前掲書、vol. 1, p.85.

（11）小泉八雲『仏領西インドの二年間』上巻（恒文社、1976）p.78

（12）田部隆次『小泉八雲』（北星堂、昭和25年）pp.175 - 7.

（13）『ラフカディオ・ハーン著作集』第15巻、pp.423 - 4.

（14）同書、第14巻（恒文社、1983）p.503.

第三章　教育者としての小泉八雲

１．ハーンと西田千太郎

　明治維新後の日本政府は、西洋の学問や科学によって近代化を推し進めるため、学校教育に力を入れていた。特に国の指導者的な人材を育成するため、西洋の学問、芸術、文化を摂取するための大学の創設や留学生の海外派遣などを計画していた。高級官僚養成のための帝国大学を中心とした教育の中央集権化の下で、明治19年以降に、中学校は県立の尋常中学校と官立の高等中学校に分けられ、すべて最高位の帝国大学を頂点とする予備校的な教育機関として位置づけられた。特に尋常中学校は社会の中流に所属する実用に有益な人材を育成するものとされ、官立の高等中学校はさらに進学して社会の上流に参入するような、さまざまな思想に精通した指導者的立場の人材を養成するものと考えられていた。当時の尋常中学校は各県に唯一の最高学府であり、県内の選りすぐりの限られたエリートが学ぶ所であり、現在の中学校とはまったくの別物であった。帝国大学は国家官僚育成のための教育と研究に特化され、中央集権的教育組織の頂点を位置するものとされた。さらに、帝国大学は大学院と分科大学の二つに構成され、大学院は学問芸術の研究機関であり、分科大学は最高の教育機関として学問芸術の理論と実践を教授する機関と規定された。日本時代のハーンが教師として在職していた頃は、唯一東京帝国大学があるだけであった。唯一の帝国大学に対して、東京第一、仙台第二、京都第三、金沢第四、熊本第五という五つの高等中学校があり、さらに、約50校程の尋常中学校があるという教育組織であった。明治27年に高等中学校は旧制高等学校に改称され、主に実践的教育のための専門学科目を教育するものとし、帝国大学進学のためには予科を設置した。原書を使用しての授業が多く、試験も外国語を使用しての学科もあったので、現在の中高の学校とは全く異なった教育であった。このような教育事情の日本の学校に、ハーンは英語教師として松江の尋常中学校に赴任し、その後熊本第五高等中学校、さらに英文学講師として東京帝国大学へと教育者として幅広く活動することになる。

　ハーンは「耳無し芳一」、「雪女」、「むじな」、「青柳の話」などの怪談の作者として有名であるが、同時に、松江城、宍道湖、出雲大社などを水墨画のように、素晴らしい英文で描いた日本探訪の文学者で研究家としても多くの業績を残している。彼は事象の背後に不可視な心霊を見る心眼で、神秘的な異界や不可思議な異文化を探究し続け、来日以降、日本の文化風俗を身を挺して研究し理解して、見事な文学作品に完成したのである。『見知らぬ日本の面影』、『東の国から』、『心』、『神国日本』などの一連の日本研究の著作は、英語の原文から多くの言語に翻訳されて、全世界に日本を紹介することに貢献した。ハーンの活動は多方面に広がっているが、彼の日本時代を特色づける教育者としての業績は従来あまり注目されて来なかった。彼は14年の在日期間で、神戸時代を除いて、11年余にわたって明治の日本の教育界に深く関わり、独自の教育理念で教授法を考案して英語教育の発展に尽力した。また幅広い膨大な読書量を駆使し、自らの作家としての創作経験を取り入れた実に内容豊富で魅力的な講義によって、日本の英文学研究の基礎を築いた人物でもあった。

　元来、ハーンは日本見聞録を記事にしてハーパー社に送るという特派員契約で来日したが、航路

で横浜上陸後すぐに、同行の絵描きのウェルドンと条件があまりに異なって不利なことが判明し、憤慨して出版社と絶縁してしまう。苦労人であったハーンは、人への同情や共感の熱い気持ちを持っていたが、人からの裏切りには猜疑心が強く、権威者の横暴や不正や矛盾には後先考えず過剰に反応する頑固一徹者であった。特派員の仕事を自ら断った彼は、生活費のためにすぐに代わりの収入の道を探さねばならなかった。アメリカ時代より愛読していた英訳版『古事記』の著者であり、東京帝国大学教授でもあった B. H. チェンバレンに就職の斡旋を依頼し、島根県松江市の尋常中学校に月給百円の英語教師の職を得て、明治23年9月から翌年10月まで奉職することになる。松江の市民も生徒もヘルン先生と愛称して彼に親しんだ。アメリカ時代の艱難辛苦の生活から考えると、ハーンは人生ではじめて高収入と人々の尊敬を集める安定した地位についたのである。

　西洋の先進技術を導入しようとして、全てを西欧人から学ぶために、多くの外国人を雇った時期は過ぎようとしていたが、欧化政策重視の明治政府は依然として英語教育には外国人教師を必要としていた。当時の文部大臣森有礼が日本語よりも英語重視の考えを標榜した頃であった。英国を中心とした欧米崇拝の時代で、学校教育も英語でやらねばならないという極端な英語偏重政策があった。当時の師範学校の教育も英語でやるべきと非常に力を入れていた。松江の尋常中学校でも、同じ日本人の先生が数学も英語も教えていた。当時は教員免許試験に合格すれば、一人の教師が複数の教科を担当することが出来た。4科目や5科目を受け持つこともめずらしいことではなく、適正な教科書も存在しなかったので、教師が原書を翻訳して教案作りに専念していた。教科書らしきものはほとんどが英語で書かれたもので、幾何学も代数も英語で書かれたものを使用していた。教科書として使用されていたものはほとんどが原書であったが、数も少なく1冊か2冊しかないものを生徒達みんなで筆写していた時代であった。文明開化の鹿鳴館時代の余韻はまだ色濃く残っていた。欧米に追いつくために英語教育が特に強調され、日本語ではなく英語による教育の充実のために、高給で外国人教師が多数採用された。しかし、布教目的の宣教師であったり、教師としての仕事や責任を果たさない問題教師も出ていた。

　1850年生まれのハーンは40歳の時、すなわち、1890年4月4日（明治23年）にアメリカから来日して以来、人生ではじめて教職に就くことになった。アメリカ時代は新聞記者として生計を立てていたので、教師になることは大きな履歴の変化といえる。アイルランドでは親の離婚と大叔母の破産などが重なって、彼は幼少期の不遇な身の上のため、高等教育を受けるチャンスを中途で剥奪された。また、ダラムの寄宿学校在籍時に遊戯中に左眼の視力を完全に喪失するという大変な事故に遭遇している。[1] 残った眼も弱視であったので、文学好きで読書が欠かせなかった彼は、終生失明の恐怖と戦う宿命を背負うことになる。その後、親族からも見放されて、ロンドンの元女中の家に身を寄せるように厄介払いされ、全くの天涯孤独の境遇で、無一文のどん底生活を余儀なくされた。さらに、19歳の時に追い出されるように片道切符でアメリカへ渡り、彼はニューヨークで浮浪者となって人生の辛酸をなめ尽くすことになる。しかし、文学への思いは消えることなく、ハーンは以前にフランスの寄宿学校で得たフランス語の語学力を頼りにフランス文学の研究や翻訳を手がけた。残念ながら、フランスの寄宿学校の所在や修学時期は未だに不詳である。

　厳しい生活環境の中で決して挫けることなく、日夜公立図書館や古本屋通いで努力し、フランス

文学からさらに研鑽を積んで、全くの独学で英語教育や英文学の豊かな知識を身に付けたのである。そして、文学研究と作家への思いを強めるなかで、最も身近で文筆によって身を立てる職業として新聞記者の職を得た。このような無類の豊富な人生経験が、ハーンに教育者としての独自の教育観や人間観を与えたと言える。アメリカ時代には全く教職現場の経験のなかったハーンであったが、生徒達を教えることに無上の喜びを覚えるようになっていた。正規の教育を受けずに独学であったハーンは、生来知識欲に溢れ、厳しい学者的側面と優しい教育者としての素質を兼ね備えていた。子供好きのハーンは観察力鋭く、生来の緻密な感覚で小さな動物にも豊かな愛情を降り注いでいた。彼が叱っても生徒が悪い感情を持つことなく、かえって叱られるほどに親しみと懐かしさを感じさせる独特の人間性を有していた。特に困窮者や弱者に対する同情の熱い気持ちは、作家としてばかりではなく、教師としても生徒や学生の教育指導に反映され、多くの優れた人材を育て人々の信望と尊敬の的となった。

　このように、イギリスやフランスの寄宿学校で非人間的なキリスト教教育を受け、親族の破産で学業を中途で断念を余儀なくされたハーンは、実は教育について特別な思い入れを抱いていた人物である。アメリカ時代に、彼はすでにニューオーリンズの新聞『アイテム』に「教育における想像力」と題して自らの教育論について論陣を張っていた。想像力の価値を重視した彼の教師像を説明するものであり、単なる言葉の暗記ではなく、想像力を育成することによって、記憶力を増進する必要性を説いている。また、ハーンにとって、同情の気持ちと想像力とは日光と植物の関係と同様であり、さらに、教育と想像力との関係は雨と樹木の関係と同様に必要不可欠であった。

　想像力の錬磨は文学芸術ばかりでなく、政治や経済の各分野においても大成するのに不可欠であるとハーンは主張する。想像力を育成する教育においては、歴史の学習はもはや日付や名前や事件の退屈な羅列ではなく、色彩豊かなパノラマのように力強い魅力を帯びてくる。単なる無味乾燥な事実が生命を帯びるためには、各時代の全生命を血肉と共に開示する必要があると論じ、彼は次のように述べている。

　　「絵画的なるもの、想像に訴え、想像を刺激するパノラマ的効果、歴史をそうしたもので学べば、
　　個々の歴史的事件は生徒の記憶のなかで一枚の絵となる！しかも、すぐれた歴史家と絵描きの
　　起用によって正確さが保証されている絵である。」[2]

最良の作家や作家や教師とは、単なる事実を想像力で味つけする人々であり、最初は淡いスケッチのようなものでも、徐々に色彩豊かな絵となって鮮明な輪郭を与えるのである。さらに、最良の書物とは、知識と想像力とを最大限に強力に結合したものに他ならないと彼は強調している。

　イギリスやフランスの威圧的で陰鬱な宗教学校で、彼が受けた酷い教育と非人間的指導は、他山の石となって、日本での教師としての教授法に生かされていく。生徒の立場に立って、絶えず情緒や想像力を大事にする教え方は、精神的トラウマを受けた悲惨な宗教教育や西欧中心主義への反発から生まれた。日本での11年余の英語教師・英文学講師としての在職中に、彼は自らの教育理念や教育への情熱を真摯に実践し、明治期の青少年の指導に熱心に献身して数多くの実績を残している。

幼少期での酷い教育と親族からの冷たい仕打ちは、彼にトラウマのようなキリスト教嫌いを抱かせ、非西洋としての異文化に強い憧れを覚えるに至った。来日への必然的な魂の渇望と来日以降の西田と松江の生徒との運命的出会いは、彼の人生に劇的な変化を与えた。

　松江で教師として開眼するハーンの精神の軌跡を辿れば、西田の協力を得て、先駆的な日本理解者として日本永住を決意するに至った過程が明らかになる。西田の影響や協力がハーンの教師像形成や日本理解に大きな役割を果たしたことは、書簡や日記に如実に示されている。以前のアメリカ時代と異なって、一生の伴侶を見いだし、家庭や親族に囲まれて生活するようになった松江において、教師という職業は作家ハーンに新たな視点や論点を与え、日本理解の深まりと共に、彼は人間観や世界観について独自の思索を深めることになる。

　教育者としてのハーンの日本理解の進展や考察の深化において、旧日本として伝統文化を体現する松江の意味は重要であった。教師と生徒の信頼関係を最も重視したという彼の教育観は、島根県尋常中学校と師範学校（1890,9～1891,10）、熊本第五高等中学校（1891,11～1894,10）、東京帝大文科大学（1896,9～1903,3）、早稲田大学（1904,3～1904,9）など約11年半にも及ぶ教職活動の各段階でのハーンの教師像に一貫して流れている。著名な教え子を輩出しながら、彼は日本でも各地に漂泊を続け活躍した。教師に対する価値観や信頼感が大きく揺らぎつつある現在、師に対する尊敬や信頼の念が力強く生きていた明治期の若者の姿や教育現場を、ハーンを通じて振り返ることも有意義であろう。教育者としての彼の卓見は、今日の荒廃した教育現場の問題に一石を投ずるものがある。生徒の側に立って想像力を喚起するために、情緒的な分かりやすい言葉で、彼等の心眼としての魂に語りかけようと努め、独自の教育理念から比類なき教授法を彼は考案した。

　ハーンは明治23年（1890年）の４月に来日して、当時の西洋風の学年始めにあたる９月２日に、松江の尋常中学校（現在の中学１年から高校２年に相当）と師範学校（現在の大学教育学部に相当）に英語教師として赴任し、1891年11月15日に熊本第五高等中学校に転勤するまで14ヶ月間在職した。教頭の西田千太郎は公私にわたり親身になってハーンの世話をした。[3] 西田は松江の士族の家に生まれ、秀才ぶりを発揮し18歳で母校の尋常中学校の助手として５年間勤務したが、向学のため明治18年に上京して英米人について英語を苦労して勉学し、その後独学で心理、論理、経済、教育の文部省中等学校教員検定試験に合格した人物である。担当科目は英語の他に、自然地理学、世界史、数学などであった。西田は過去に過度の勉学のために病弱となり、明治30年に36歳の若さで結核で病死したが、熱心に生徒指導や学校運営に没頭していたため、松江聖人とも賞賛された人格高潔で優れた学識の人物であった。不評の前任者タットルの解任にもかかわらず、外人教師の招聘は西田の希望であり、籠手田知事の決断で実現した。頭脳明晰、博学、極めて人情家であった西田が29歳から36歳で逝去するまで、ハーンは着任以来相互に兄弟のような親密な交際を続けた。誠実に教師生活や作家活動のあらゆる面で協力し支援を続けたので、ハーンは終生西田に感謝し、友情と尊敬の気持ちを忘れなかった。西田がいなければ、松江でのハーンの結婚も永住帰化もなかったし、教師としても作家としても日本で大きな業績を残すこともなかったであろう。

　松江時代を描いた来日第１作の『見知らぬ日本の面影』は、常にハーンの側にいて協力し、公私

にわたって相談相手となった西田の存在があって実現したものである。英語教師でもあった西田が通訳しながら、周到なる注意と綿密な説明でハーンの松江や出雲の研究に寄与して、その後の日本理解に貢献した功績は大いに評価されるべきである。ハーンは心から西田を信頼し敬愛の念を持って接したので、日本の伝統文化理解や教職への傾倒に非常に大きな影響を受けていた。恩義を感じたハーンは、来日第2作の『東の国から』を西田に献呈している。教師経験のなかったはずのハーンは、実は専門の教師よりも教え方も巧く、独創的な教育観を持っていた。記者や作家の経験から想像力や創作を重視した語学教育を実施して、教師として優れた資質を発揮し生徒の評判も良かった。西田は風采の上がらぬハーンの真価を見抜いていた。ハーンが英訳で『古事記』や『日本書紀』に至るまで読破していることに西田は驚嘆した。また、片田舎の村の取材に二人で出かけた時、老人に質問しては通訳に窮する答えばかりに出会うので、西田は他の場所へ行こうと提案したという。すると、すべて教育を受けた人は何処へ行っても同じ事を言うので、自分の研究の資料にはならないとハーンは答え、無教育で文盲の老人こそ古い日本の息吹を伝えてくれるので興味ある研究対象であると言ったという。[4] 西田は大変な学者先生が自分の学校へ来てくれたものだと感服した。このようにお互いに深く敬愛の念を持ち合う素晴らしい交友関係が生まれたのである。西田の病弱と不治の病を知ったハーンは、あの病を治す人がいるなら全財産を出しても惜しくないと思った。

　アメリカ時代には全く縁のなかった教職に就き、ハーンが英語教師としてまた英文学教師として成功を収め、日本に永住を決意させるきっかけを作ったのは、献身的に彼の世話をした実直で好人物の西田千太郎である。西田は良き助言者として彼を援助したが、欧化主義全盛の明治の日本であったとはいえ、日本語の出来なかった彼が、老若男女を問わず、幅広く松江市民からヘルン先生と愛称をもって親しまれていたのは、ひとえに彼の人柄によるものであった。ところで、ヘルンという呼び名は実は尋常中学校への採用時に、文部省の辞令書に事務官がハーンとすべきところをヘルンと間違った発音表記を記入したことによる。ハーン本人もこれに抗議するでもなく、むしろ日本に来てヘルンと呼ばれるのを喜んでいた。多くの異文化探訪の経験を持つ彼にとって、その土地の風習や人情に触れるためにも、ヘルンの呼び名は正に脱西洋への呼びかけであり、ヘルン先生は新天地で教職に臨む新たな機運への呼びかけでもあった。ハーン自身も日本の生徒達の教壇に立つことに想像以上の喜びを感じるようになっていた。日本語の全く出来なかった彼は、苦労しながら生徒達との交流を深め、教師としての多忙な日々を充実した気持ちで過ごしていた。

2．松江時代、英語教師ハーン

　松江との出会いはハーンにとって、人生最大の幸運で日本永住の大きな絆となった。急変しつつあった新日本の明治期でも、松江は依然として古風な旧日本の名残を色濃く残し、奇妙で風変わりな神社や寺院も多く、彼の興味をそそるものがあった。松江を離れて後、熊本、神戸、東京で痛切に実感することになるが、彼は外国の模倣や貪欲な欺瞞に充ちた都会の新日本をどうしても好きになれなかった。文化的植民地主義や覇権主義を正義とする傲慢な西洋によって、繊細で美しい日本の風変わりで古風な体制が崩れていく様を眼にしたハーンは、西洋文明を模倣する日本は致命的な間違いを犯しているのではないかと懸念していた。旧日本が尚も残っている小さな村の庶民生活こ

そ、彼が心から愛した本当の日本であった。松江では学校の生徒も先生もみんながハーンを暖かく迎え、彼は心から信頼しうる愛情と尊敬を分かち合うことができた。生徒がハーンの自宅を訪問した時は、出来るだけ簡単な単語を使いながら会話し、分からない単語を使う場合は、辞書を引きながら身振り手振りを交えて意志疎通に努めていた。特に、松江の職場を退職して後も続けられた西田千太郎との交友は、彼の教師としての優れた資質を引き出す重要な出来事であった。松江での英語教師の生活は、来日して最初の著書となった『見知らぬ日本の面影』に収められた「英語教師の日記から」に多くの逸話となって記されている。教育勅語の奉読の模様や明治日本の教育の功罪を記述し、ハーンは明治日本の教育現場に直接関わりながら、当時の若者の生活と精神状態を克明に記録している。

　ハーンが教師として学校や生徒を見る眼は、極めて正確で客観的なものである。日本の町並みに溢れる漢字やひらがなの神秘的な視覚的効果に注目し、日本の生徒の図画の才能が日本語の視覚的教育や記憶に基づいていることを鋭く洞察している。綿密に整備された学年歴や松江城広場での壮観な運動会にも彼は深く感銘している。尋常中学校の職員室の描写などは、松江では西田や他の教員とうまく調和して、英語教師としての生活に馴染んでいたことを示している。[5] 他の教員とも共感をもって、ハーンは授業の合間に煙管で一服し、一杯のお茶で疲れを癒すのを楽しみにしていた。また、疲れて何も喋らない時でも、この当時の彼は暗黙の共感を他の教員と分かち合うことができた。彼は黙って煙管をくわえ、柱時計の音に耳を傾けて充足した時を過ごすことができた。後の熊本や東京の職場での孤立感や焦燥感とは全く異なった彼の姿が、松江の教師生活の中に散見できる。したがって、松江時代を描いた『見知らぬ日本の面影』は、ハーンの日本観を知る上で重要な作品であり、冷静な客観性と優れた描写力で、未知の異文化世界を見事に把握する彼の作家的力量を示している。

　ハーンは島根県尋常中学校で週20時間、及び師範学校で週4時間の授業を受け持ち、会話、リーデング、英作文、聞き取りを担当した。日本語が出来なかったハーンは、尋常中学校の生徒達に英語を教える事の困難さを痛感した。当初は必要に応じて日本人教師が補助することもあったが、彼は常に自ら信じる教育理念を実践し、難しいことでも生徒を几帳面に指導し、黒板に綺麗な絵を書いて分かりやすく親切に説明した。絵の非常に上手いハーンは、手早く黒板に書いた。彼の絵画の才能は、アメリカ時代に新聞や雑誌に自らの漫画やイラストを挿入して、記事に面白味を持たせようと工夫した頃から既に発揮されていた。『妖魔詩話』に描かれた異界の幽霊の姿は、見事な出来映えで、来日以降も彼の画才がかなりのものであったことを示している。英語の字句や類語も分かりやすく、絵を描いて見せるように分析したり区別して彼は解説に努めた。また、自由英作文の授業を重視したハーンは、生徒達の作文内容の画一性と没個性に当惑した。彼は生徒達の想像力の欠如と画一的発想に危惧の念を抱いた。想像力を育成して独創性を発揮させるために、彼は親しみやすい作文のテーマを与え、正直に自分の言葉で自分の考えを簡単な英語で述べることを生徒達に求めた。ハーンに促されて生徒達は、自分の感情や日常生活について率直に考えるようになった。

　『座談会旧師小泉八雲先生を語る』によれば、週24時間はかなりの重労働であったが、月給百円

は当時としては校長よりも高給で、県知事に次ぐものであった。(6) 会話の授業では、30人程のクラスで生徒を順番に呼んでハーンが英語で話しかけ、会話練習を行った。授業中、生徒が騒がしくなると、教壇を鉛筆でコツコツと叩いて教室を一瞥し、"Boys, boys, don't talk so much."と叱ったという。ハーンはいつも大きな単眼鏡を使い、潰れた左眼を気にして常に右眼を生徒に向けて授業をしていた。リーデングでは、同僚の西田千太郎と同じ教科書を使って、生徒に順々に音読させ発音の指導をし、間違った発音は板書して繰り返し読ませるという発音練習に重点が置かれていた。日本語を解さなかったハーンは、訳読式授業でなく、クラス全員で英文を音読する授業を進め、感情を込めて単語を発音するという実践的な指導を行った。英作文の授業では、自由作文で生徒は与えられた簡単なテーマ、すなわち、「宍道湖」、「蚊」、「酒」、「蛙」、「雛祭り」、「民芸品」などの日本に関するものについて、毎回短い英文を提出して指導を受けていた。生徒が書いたものをハーンが綿密に添削して返し、面白いものはクラスの前で朗読された。生徒の英作文には親切丁寧な添削をして、さらに詳細な批評まで記入したという。成績優秀者には『ギリシャ英雄伝』などの書物を賞品として与えた。作文を通じて彼は生徒と語り合い、東西の思考様式の相違を学んでいた。生徒達の作文の特徴は、個性がなく文体までもが皆似ていること、想像力に欠け独創性がないこと、教訓的暗示に縛り付けられて発想の自由がないこと、教訓的な故事や逸話を当然のように皆が引用しようとすることであった。

　また、ハーンは生徒を可愛がり、多くの外国人教師がキリスト教を信奉していたのに対して、彼は神仏を尊敬して日本古来の風俗習慣を尊重したので、生徒や市民にも評判が良かった。(7) 聞き取り教材では教材の選択に細心の注意を払って、生徒に親しみやすい英訳本の竹取物語や日本の昔話などを使用した。ハーンが読んだ英語を生徒が黒板に板書し、訂正した英語を生徒がノートに書き写した。崇高な感情を喚起して教育するために、時にはロングフェローの詩などを彼は書き取らせることもあった。授業中は教科書も原稿も持たず、何も見ずに一字一句の間違い無しに、彼は書取の英文を繰り返し暗唱したという。教材を完全に暗唱できる程に自分のものにして、教壇に立っていたハーンの教師としての真摯な姿勢を見ることが出来る。

　ハーンは草木から小さな虫や鳥に至るまで、弱小なる命を終生愛していたが、教え子に対する彼の愛情は人一倍深いものがあった。安い学費で精神的教育が行われているとはいえ、日本の生徒達は、貧困の中で欧米では生きていけないような粗食に耐えて、難解な西洋の語学や科学に関する苛酷な勉学に心身共に没頭していた。粗末な衣服と、真冬でも火鉢一つという厳しい学習環境で体力を消耗する教え子の身の上を彼は非常に気遣っていた。「英語教師の日記から」の終結部では、勉学に殉教した横木富三郎という生徒の死を哀感を込めて述懐している。(8) 優秀であった横木の死は、彼の教え子への愛情と共に、読者に感銘を与え、詩的哀感を醸し出す名文となって述べられている。ハーンは若くして病死した横木少年の純朴な心を描写して読者に感動さえ与える。教え子には、尋常中学校から東京帝大まで教えを受け、ハーンの作品の翻訳を手がけ、自作の俳句を発表した英文学者の大谷正信、陸軍大佐の藤崎八三郎、東大教授の石原喜久太郎などがいた。特に優秀な生徒達であった石原、大谷、小豆沢（藤崎の旧姓）、横木については、彼は大いに彼等の健康に気を使って指導していたのである。ハーンが横木の死を知るのは、熊本へ転勤した後のことであったが、そ

の早すぎる死を悲しみ、学友の小豆沢の手紙による報告を基にして、彼は惜しむべき逸材を追悼して作品の中に書き残したのである。横木は無口であるが、実に強い性格の持ち主でいつも勉強ばかりしていた。大工の親には学問を続けさせるだけの経済的余裕がなかったが、成績抜群であったので金持の援助で進学していた生徒であった。横木を描写するハーンの筆致には深い愛情が込められている。

> 「横木はいまや全校の誇りである。実に落ち着いた顔をしている。目は切れ長で、なんともいえぬすばらしい微笑を浮べている。教室で発する質問は実に頭の切れるいい質問で、あまりに意表をつくものだから私はしばしばなんと返事していいやら戸惑うほどだ。それでも説明が十分納得行くまで質問を止めない。横木は自分で自分は正しいと思うかぎり、クラスの他の連中がなんと思おうが、一向に構わない。物理の新任の教師の授業に出席することをクラス全体がボイコットした時、横木だけは他の生徒と行動を共にすることを拒絶した。」[9]

付和雷同しない横木は、しっかりとした自分の考えを持った個性のある生徒であった。常に道義的に正しいことを率先して行うだけの確かな論理を身に付けていた。立派な才能の持ち主が成熟を待たずして死んでしまい、下劣狡猾な輩があらゆる危険を回避して生き延びているこの世は、ハーンにとって不思議にも残酷にも思えた。寵愛した教え子の大谷に横木の死を悼み、あまり勉強しすぎるなと忠告している。体が悪くなればいくら頭が良くても、この世では何も出来ないと健康を愛情豊かに気遣っている。

　自分自身も背が低く小柄で隻眼で苦労していたため、彼は日本人を妖精のように小さくて神秘的な存在だと親近感を持って感嘆し、また、小さな動物、虫類にも心からの同情を抱き、弱者や貧困者を愛した。激しい勉学の負担に耐えられず、病に倒れ死んでゆく純朴な教え子たちの悲惨な宿命は、小柄な彼自身の幼少年期の苛酷な運命を想起させ、彼を心から嘆き悲しませたのである。ハーンは生徒に対して師弟関係よりも兄のような親密な関係を求めた。学生の食生活や栄養問題に触れて、西洋の学生が肉や卵などの栄養たっぷりの食事をして勉強出来ることを、乏しい米やお粥でやろうとしているとハーンは案じていた。[10] 学生の体力は充分ではなく、高等教育の激しい勉学に耐えうるだけの充分な食事を与えられていないと危惧している。また、彼は生徒達から"Sir"と呼ばれて、支配者のように崇められるのを好まず、単に"Teacher"と呼ばれて兄のように慕ってくれるのを望んだ。このように、学問だけでなく、心から親密に教え子の健康や将来の行く末までも心配していたハーンは、現在ではあまり見かけられない希有な教育者であったことが分かる。生徒達の想像力や個性の欠如を憂い、貧弱な食生活と脆弱な体力を見ると、日本が属国にならずに如何に西欧列強と渡り合っていくかについて、教育者としての彼は真剣に懸念していた。

3．教育会での講演「教育における想像力の価値」

　ハーンは尋常中学校着任後2ヵ月の1890年10月26日に早くも島根県教育会に於いて「教育における想像力の価値」と題する講演を行って、教師の教育指導と時代精神への示唆に富む内容を発表し、

自らの教育観を語った事は特筆すべきことである。[(11)] 県教育会での講演には、ハーンの教育者としての信条が見事に披瀝されており、病弱の西田は喀血の病を止血剤で押さえてまでハーンの通訳を行って、遂に途中で喀血し悲壮な光景であったという。[(12)] 日本で初めて教職についた彼が、早くも教育に対する自らの理念を述べることを求められたのである。その論旨は時代の変遷を経た現在でも、充分通用する不変の道理を説いた立派なものである。最後に学ぶべき事柄を最初に学んでいるという教育の欠陥を指摘し、日常生活に必要な名詞、代名詞、前置詞、動詞などの単語を学んで後に、最後に各単語の定義や文法を覚えるのが自然な教授法だと説く。しかし、日本の生徒達はまだ単語も知らないのに、名詞の定義を教授され、各品詞の定義を理解しないうちに文法法則を教えられていると彼は難じている。そして文章構成法の規則が何を意味するか分からないうちに、生徒達は難しい文法規則を無益に暗記していると彼は断じた。想像力を働かせることなく、機械的な記憶力の訓練に終始している教育の不毛性に彼は警鐘を発したのである。単に機械的に事実のみを教える教育の不毛性を論じ、事実だけを学ぶのではなく事実の起こる所以を学ぶ必要性を訴えた。

　心服するハーバート・スペンサーの総合哲学を援用して、変化する特性を有する細胞は、幾千万年にわたって幾百万もの変形物体を進化によって造形し、進化は形態のみならず精神も進化し、心の同感や高尚な感情を生みだし文明を発生させるのであるとハーンは説明する。この精神の進化が想像であり、思考を頭脳に描き現すことである。諸学問には想像力を必要とするものが多く、想像力を欠けば真の研究も不可能となる。体力の虚弱は許せても、想像力の思想のない者は決して役には立たないと彼は断言している。したがって、教師たる者は生徒に想像力、すなわち心の創造力を養成するように教授する必要がある。

　ハーンは想像力を伴わない事柄だけを教える教育の無益を訴え、事実と事実の関係に止まらず、事実の起こる所以や由来を完全に理解し研究するには、想像力を働かせて心に描いて知る必要があると説いた。すなわち、人類の支配的学問において、想像力を必要としないものは存在しないからである。教師は生徒の想像力の育成や啓発に常に心がけねばならない。教科の好き嫌いも生徒達の想像力の有無に深く関わっている。想像力を働かせて興味を感じたことは、一生の記憶に残る素晴らしい生命的な知識となる。5歳の時に感銘を受けた絵画が、今なお色鮮やかに心に生きていると自らの体験を語り、生徒の心に絵を描いて見せるように、面白く分かりやすく教える技量や力量を教師たる者は身に備えるべきだと彼は論じている。このように重要な想像力の機能を生徒に育成するためには、常に生徒に質問をさせるように教室で指導することである。

　また、教師は質問に丁寧に答えるように務めて、常に生徒の質問能力を高めるように心がけねばならない。そうすれば、単に記憶力の増進に止まらず、同感の情や高尚なる感情を植え付け想像力を養成することになる。教材の進度を気にして、執拗な質問を嫌がったり怒ったりする教師は失格である。なぜなら、質問は想像力の源であるからだ。教師は同感を伴った指導によって、生徒の想像力を鼓舞し学問への興味を育成するべきである。「この花が赤くてあの花が黄色いのは何故でしょう」というような、たとえつまらない事でも、生徒の最も質問したい事であれば、その質問を否定したり拒絶するような狭量な教師ではなく、本当の教師たる者は心を広く受け止めて、出来る限り平易に絵を描いて見せるように説明すべきであると彼は力説した。教師の威厳を損するような詰ま

らない質問でも、心狭く拒絶するべきではない。既定の進度を守るために、生徒の質問を避ける態度は、不充分に教科を教えるよりも、完全に半分の教科でも教えた方が実り豊かというものである。単語を語源的に解剖したり、類語を区分したりして、生徒の理解のレベルに合わせて丁寧にハーンは教え、自らの教育理念を実践した。学者然として上から生徒達を見下ろすのでなく、苦労人で絵の得意だったハーンらしい生徒の目線に立った教育論である。

　明治期の日本は、教育内容や理念、教授法などすべてについて欧米の規範を模倣し、民族性や風土を無視して欧米の教科書をそのまま使用していた。このような現状では、教師が欧米の知識を良く理解し日本の生徒達の資質に適合させて、彼等の想像力に訴えかけるようにして、教育効果を充分考慮して教育しなければならないと彼は注意を促している。このような勧告は現在の日本の教育界にも依然として当てはまる卓見である。日本の国民性に適合しない外国式の教授法や思考様式を無反省に導入することは、強制的に生徒の想像力の枯渇を招来し、単に無意味な事実の羅列と記憶力による暗記教育だけに終始してしまう危険がある。ハーンは初等教育についても、生徒の才能の育成が教科書だけに頼ってなされるべきでなく、絶えず自己精進して教授力を高める教師の技量と力量の有無が、生徒の想像力養成を左右すると断言している。すなわち、教育を構成するのは、教科書ではなく教師の才能と想像力である。教科書を教えるのではなく、教科書で教える教師こそ最も望まれる人材である。外国語の学習には語源的で民族的背景から丁寧に教えて、教師は洞察力をもって生徒を見つめ、学問の世界の面白さに引き込むように授業しなければならない。

　ハーンによれば、事物の根源を探究し、学問に精進できる人材育成のためには、想像力で心を豊かに育み自己の独創性を表現できるように指導して、将来の学術研究に臨む探究心を養成することが肝要である。ニュートンやダーウィンに想像力がなければ、偉大な歴史的業績は達成できなかったであろう。想像力育成のためには、教育において教師は生徒に頻繁に質問し、自分の意見を発表することを奨励することである。５歳の子供の発した質問でも、学者が千年かけても解明できないことがある。答えられない質問を冷笑して葬り去るのではなく、教師は生徒の疑問には親切丁寧に答えなければならない。分からない場合は正直に述べ、出来る限り調査して生徒の不利益を防止するべきである。「神の意志ですべては決められた」というような宗教的な答えは、生徒の興味や探究心を阻害し、発明や発見への想像力の発達を止めてしまう。宗教は学校ではなく家庭や教会で教えれば充分である。想像の芽を摘み去ることなく、同感の情のある応答によって、想像の発育に充分の自由と栄養を与えることが肝要である。特に、子供の頭脳は新鮮で鋭敏であるので、指導次第で良くも悪くもなり、その影響は一生涯消えるものではない。不注意な教師の些細な言動が、生徒の一生の成否を決する場合もある。ハーン自身が単なる知識の教師ではなく、生徒の心の想像力に深く関わる魂の教師であることを求めていた。

　日本人は古代ギリシャ人のように美意識や想像力に富んでいるにもかかわらず、日本の国情に合わない西洋式の教育法を模倣して、欧米の書物を至上のものとして教室で使用するために、生徒の自由な想像力は萎縮し、単なる生硬な知識として暗記の対象となり、教育は生徒の記憶力だけを働かせることに終始している。外国から目新しい方法論が紹介されると、すぐに金科玉条のように飛びつき、国情や対象の相違を考慮せずに、強引に採用して熱しやすく冷めやすく飽きてしまう教育

施策に彼は警鐘を鳴らしている。この弊害を避けるために、教師は西洋の学問をよく把握して、教科書だけに頼らず、生徒の学習に適応するように教授すれば、生徒達は西欧の知識を自分自身のものとして吸収し、優れた自己の文化創造に寄与するものとなる。したがって、教師は西洋模倣の教科書に依存することなく、自分の知っていることは教科書にないことでも面白く簡潔に告げて、生徒の想像力を育成するように、教育者としての技量と力量を培う努力を怠ってはならないと彼は力説した。今日でも充分通用する古くて新しい議論である。

　明治の日本は旧日本の伝統文化を否定し、西欧の合理主義思想に追随する新日本へ変貌する必要に迫られていた。日本古来の宗教観、審美感、風俗習慣などはすべて近代化の障害として受け止められ、産業資本主義の導入、功利的科学主義の進展、個人主義的自我の主張が、新たな国家建設のために何よりも求められた。

　西欧化に走る新日本を嫌い、旧日本を讃美するハーンは、時代の趨勢に逆行するような頑固な日本贔屓の文化的保守主義者であった。文化的保守主義と進化論的理念が合体した講演内容は、彼の確固たる教育理念の表明であり、終生基本的に不変であった。心の進化は情緒の発達であり、想像力の育成は文明の発展をもたらす。旧日本の伝統文化と新日本の行く末に対して含蓄に満ちた提案をして、彼は明治日本の国家的課題を見事に論じている。西欧の学術を日本に適応させて自分のものとし、西欧を凌駕する文明を創造して、西欧に自国文化を輸出することも不可能ではないと彼は説く。

　ハーンによれば、教育における想像力の存在は重要である。質問と答えは想像力の出発点である。問いを発するには好奇心や興味が前提として必要であり、教師は子どもに関心を持たせるような説明や対話に心がけるべきである。教師たる者は何事も面白く教えるべきであり、教科書に頼ってマニュアル通りに教える機械的教育よりも、その効果は遙かに甚大である。疑問や質問を発する好奇心を奨励するために、教師はあらゆる問いを何でも受け止め、生徒との交流を維持すべきである。教師としてハーンは教え子の訪問には几帳面に対応し、常に対話を積極的に持ち、分かりやすく説明することを心掛けていた。中でも、ハーンは想像力を伸ばすために、英作文教育を重視した。完全無欠の綺麗な英文を生徒に書かせるよりも、独創的な思考力を表現している内容のある英文を彼は高く評価した。日本の生徒の想像力の欠如を是正し、紋切り型の思考様式から解放された独創性を養うことを目標においていた。英作文の指導を通して日本の生徒の貧弱な想像力の有様に接したハーンは、正直に思ったままに自分の考えを述べ、自分の生の感情や日常生活の習慣や身のまわりの事物を自分で独自に考えることを教室で求めた。

　彼自身が西洋に日本を紹介する著述に際して、生硬な論文調の作品ではなく、西洋の読者の心にまるで日本にいるかのような感覚を与えて、単に外部からの観察者ではなく、日常生活の中に入り込んで日本の思考様式で考えているかのような感覚を生み出す事に努めた。これは日本での教師経験から生み出したハーンの著述の基本方針であった。

　このように、松江での教師生活では、英作文や英会話の授業を通じて、ハーンは日本の生徒の心に触れ、自宅にまで出入りする生徒と交流を深めていった。天長節に天皇の写真に向かってお辞儀をしたハーンの態度が、前任者タットルとはまるで違っていたことに生徒達は驚く。前任の英語教

師は宣教師であり、キリスト教以外の信仰を持つ日本人を野蛮人と蔑視し、生徒にも西洋至上主義を公言していた。この牧師は授業中にキリスト教徒を尊敬しない者を卑俗で無知な人間と決めつけ軽蔑した。休み時間になると教室で寝たり、時には横になったままで授業をしたので、生徒も憤慨し非常に不評であった。したがって、教師として不適格であるということになり、学校はこの牧師を明治23年7月に中途解雇したという経緯があった。元来、キリスト教嫌いであったハーンにとって、前任者の教師失格の話に溜飲が下がる思いであった。前任者こそが卑俗で無知な野蛮人のキリスト教徒であり、天皇と祖国のために貢献することは社会的義務であると彼は生徒に向かって説く。さらに、天皇や祖国を軽視する悪意の言葉には、義憤を持って応じることが臣民としての義務であると、力づけるかのように「英語教師の日記から」の中で述べている。[13]

　献身的にハーンの世話をした小泉せつを伴侶にしたことは、松江での幸福を決定的にし、貞淑な日本女性に信頼しうる心の拠り所を得て、母性への思慕と畏敬の念は夫人への愛によって具体的に結実する。結婚問題は彼に国籍を意識させた。家庭を維持し権利や財産を保持するために、婿養子として日本に帰化して日本国籍を獲得し、妻や子供を昔の自分のような不幸に陥らせないことを願った。

　しかし、西インド諸島のような灼熱の夏の暑さが大好きであったハーンにとって、松江の寒さは熱帯志向の彼には耐え難い地獄であって、寒気に対する恐怖が松江から1年程で去ることになる大きな理由であった。酷寒の冬の間、彼は厳しい寒さのために体調を崩しながらも、教師としての責務を全うするために真面目に出勤した。病気でやむを得ず欠勤した場合は、授業に穴を開けたことに西田や生徒達に大変な責任を感じていた。病気中でも英作文の添削をするので答案を見せてもらいたいと西田に連絡したりしている。

　冬の寒さに閉口し温暖な土地を求めて、また小泉せつとの婚姻によって扶養すべき家族や親族ができたこともあり、ハーンは月給2倍という条件で、明治24年11月にチェンバレンの世話で気候も穏やかな熊本第五高等中学校（現在の高校3年から大学2年に相当）に転勤することになる。当時の外国人教師の給料は日本人に比べて非常に高額であった。県立の尋常中学校が百円であったのに対し、官立の第五高等中学校では二百円であった。多くの人々に見送られて旧日本の土地を去るが、その後、松江は心の故郷としてハーンにとって忘れられない場所になる。松江を去ったことを後悔し、幾度か山陰地方を旅し永住の地として考えることがあった。

　松江時代の初期の熱狂的な日本讃美の後に、熊本、神戸、東京へと移り住むに及んで、幻想の国への夢が破れ現実に直面して、ハーンは日本理解を方向転換することになったと従来考えられてきた。しかし、彼の楽園や熱帯志向は、彼の異文化受容の思想や激しやすい感情のギリシア的でラテン的な資質と深く関わっている。彼の日本理解の方向性は、松江時代に確固たるものとして出来上がっていたのであり、激しい感情の起伏に突き動かされて、自虐的で被害妄想的な言葉を投げかけて、西洋と日本の狭間の様々な問題に、外国人教師、作家、評論家、さらに時代を洞察する先覚者として苦悩することはあっても、来日以来14年間、死ぬまで頑固一徹で一途な彼の日本観の基本は不変であった。

4．熊本時代、教育改革と学生指導

　熊本第五高等中学校では1週間に27時間の授業を担当し、多忙な環境で1891年11月から1894年10月までの3年間在職した。当時の熊本は松江と正反対で、急速な近代化で軍都に変貌しようとしていた。夢中で教師の職務に献身していた松江時代と異なって、熊本でのハーンは日本の教育の装飾的で形式的な制度を鋭く洞察するようになる。教育制度ばかりでなく、教科書の内容や選定、教育方法の問題、過激な西洋化と日本のアイデンティティーの問題など多方面にわたって鋭い批判的見解を彼は述べるようになる。

　1891年11月30日の西田宛の書簡では、熊本は面白味のない都市だと不満を述べるが、学生は勉強熱心で品位があると最初は好印象を持ったことを伝えている。[14] ここでも、前任者は宣教師であったので、英作文や英会話の指導もせず、いい加減な教育をしていたペテン師だと彼は厳しく非難している。学校で採用されていた英語の読本を使用せず、会話と英文学の講義に切り替えたと述べ、読本は学生には理解しがたいジョージ・エリオットやディケンズの小説であり、英会話の本も怠け教師が使うようなものであり、無用で無益のものだから使用を止めたと言っている。また、学生の英作文能力がまったく駄目だと分かってディクテーションで書取練習させることにしたと教授法を細かく報告している。また、ハーンは語源や類語を解説しながら、学生の語学力を考慮した授業を絶えず工夫し、学生の目線に合わせて丁寧な教育をしていた。教師だけが高いところに立って、学生を見下ろすように無視して講義し、自らの教育法の稚拙さを自覚せずに、学生を小馬鹿にするような不見識な先生ではなかった。

　熊本は古い日本の伝統文化を捨て、軍備増強に邁進する西洋化の急先鋒であった。そして、松江時代よりも年長の学生を教えたため、以前のような親密な交流もなく、ハーンは熊本の町も学校にも幻滅を感じ始める。しかし、実際には、1年程の滞在期間の松江に比べて、熊本では3年程教えていたので、数多くの卒業生に関わっている。その間の事情は「九州の学生とともに」に書き残されており、中でも、漢学の先生であった秋月悌次郎に深い敬愛の念を抱き親しく交流した。若い教師が洋学や西洋語を教えていたのに対し、依然として中国の先賢達の永遠の英知を教えていた秋月は、忠義や名誉という人間形成にとって重要なすべてに関わり、その老齢なる容貌はハーンにとって神に似通うものがあった。

　　「教師と学生との関係が表層的でない実例が一つある。これはその昔の塾や藩校の時代の師弟間の愛情の貴重な名残りの一つと言ってもいい。第五高等中学校の年老いた漢文の教授は全員から尊敬されている。そして若者に対するこの人の感化力はたいへん大きい。この人のたった一言でいかなる怒りの暴発も静めることができるし、この人の微笑で人々をおおらかな気持ちへ向かわせることもできる。それというのもこの人は、老世代における剛毅で真実で高貴なるもののすべての理想、老日本の魂、を体現していると若者たちの目に映じているからだ。」[15]

秋月は戊辰戦争で会津藩の参謀として戦った人物で有名な漢学者であった。日本古来の武士の風情を保持した存在であったので、ハーンにとって旧日本の魂を正に体現したような敬愛すべき人間で

あった。校長の柔道家加納治五郎もハーンの心服した人物であり、彼は大いに自由な授業をすることを認められていた。

　松江尋常中学校の教え子大谷正信への1891年11月付けの手紙では、熊本は松江程美しくないと不満を漏らしているが、第五高等中学校の立派な煉瓦造りの建物に驚嘆し、学生の出来も申し分ないと記している。同年12月付けの手紙では、クラスで首席の成績を褒めた後で、将来を嘱望されながら勉強しすぎで急逝した横木の轍を踏むなと大谷の健康を気遣い、健全な身体なくしては精神は明晰でありえないと忠告している。1892年1月22日付けの手紙では、大谷の英文の出来について、松江で教えていた頃よりは上達したが、完全なる英文にはまだ数年を要すると文法的な説明を加えながら細かく訂正し、誰でも間違いを恐れずに書き続けて上達するものだと励ましている。

　熊本での教育は松江ほど簡単ではなく、尋常中学校から高等中学校へと学校のレベルが上がり、その上一週27時間を全く教科書を使わずに、彼は授業を行わなければならなかった。その中にはラテン語やフランス語まで担当教科に含まれていた。さらに、学生の語学力も予想よりも貧弱であり、授業での対応を迫られていた。有名な物語を簡単な英語で書き換えたり、書取や簡単な英作文を学生に課した。松江と同じく、熊本でも学生の自主性や独創性の欠如には彼は困惑している。学校側は徐々に実用的英語の時間ばかり増やし、理論的な学問内容の授業を減らす傾向があった。板書することも多くなり負担は大変であったが、熊本で担当した英会話、英作文、文学講義のクラスでは、むしろ教科書なしの方が学生達にとって授業効果が高かった。

　ハーンは授業には充分の準備をしていた。彼はこの頃になると、かなりの日本語能力を身につけるようになっていたが、授業は常に英語だけで行われた。毎回、紫色の風呂敷に手帳と辞書を入れて教室に入り、時折手帳を確認程度に見ながら、ゆっくりと講義し難しい表現は黒板に書いたり、絵で説明したので学生は筆記しやすかった。英作文では、「文学で永遠なるものとは何か」というテーマで書かせたり、簡単なスピーチをした後で、内容について自分の英文でまとめさせたりした。学生の英作文の特徴は、簡単な単語よりも難しい単語を好み、短い文よりも複雑な長文を使いたがり、短い慣用句を理解しないことである。また、「人は何を最も永く憶えているか」というテーマでは、不幸なことよりも幸福だったことを永く記憶するという意見よりも、最も辛い事件の悲しみが永く記憶に残ると答えた作文に同感したのは、辛い過去を持つ彼自身の偽らざる率直な感想であった。

　口頭と板書による教育は、本に頼らずに英語表現に集中出来るので、短い授業時間の中で英語で思考して英語で表現するという教育方針に基づいて、ハーンは先進的な教授法を考案し自ら実践したのである。現役の作家的見地から、彼は書くことの指導に熱心で、聴解練習と同時に書き取り練習を合体させた英作文練習を生徒に課していた。また、彼は特に日本人に馴染みのない動詞と前置詞の連語や動詞の語源を少しずつ説明することを心がけた。このように、学校と学生達の現状を考慮して、彼は新たな英語教授法を考案せざるを得なかった。島根県の教育会での講演「想像力の価値」の中で表明した教育理念をさらに熊本でも実践し、その効果を高める授業方法を彼は西田に細かく報告している。文部省の官僚主義的な検閲で不要な訂正や挿入が加えられて、立派な内容の読本でも学生の好みに合わないものになっていると難じている。現行の教科書を使わず教科書制度を批判したハーンは、現在の文部行政や官僚主義への批判を先駆けたような先見の明を持っていた。

松江と同様に熊本でも学生の想像力の欠如に彼は不満を投げかけている。また、仮に想像力を持っていた場合でも、日本的想像力を刺激できないために、英語英文学の教育を非常に難しいものにしていると彼は看破している。西洋的想像力を全く持たない学生達に英文学を教えることの無益さを痛感し、習得困難な教科である以上、英語英文学は言語習得能力に優れた学生にのみ教えるべきだと主張している。英語習得をすべての学生に強制することは、国家的損失であり、全く無茶苦茶な教育方針だと彼は苦言を呈している。中国の漢文の学習だけでも西欧の言語6カ国語の学習に匹敵する程に難しいのに、学校で3カ国語を勉強することを課していることの無謀さをハーンは批判している。森有礼の英語化政策の不可能性を痛感し、実用的レベルに達しない一般学生に、無理に外国語学習の負担を強いるのではなく、語学習得能力に優れた者だけに教育すれば良いとハーンは考えていた。苛酷な勉学に倒れ死んでゆく学生がいるのは、国家的な教育施策の失敗であると言う。また、貿易商人や金満家は子弟を直接外国の学校へ留学させるのが最善だと説く。

　すなわち、ハーンによれば、日本の学校教育の内容そのものが全く装飾的で実際的でないため、大学を出ても何ら実用的な役に立たず、卒業生の4分の3が社会に無用の人材となっている。したがって、科学的哲学の重要性は、不毛の論理学や形骸化した倫理学よりも遙かに大きい。さらに、日本の学生の乏しい語学力では作家の文学を味読できないし、詩と散文の区別さえできないと現状を危惧している。このような現状を考慮して、文学の指導に熱心で厳格であったハーンは、逆説的に大学での文学部英文科の存在理由に疑問を投げかけている。形式主義の日本の教育制度に根本的な疑問を抱き、国の行く末を思い悩み心痛の念を表明している。英作文で美しい心根を表現する純朴な生徒達も、日本政府のまやかしの教育を受ければ、利己的な無情の人間になってしまうと嘆いている。政府の教育は、生徒達にとって継母のような嫌な存在で、昔の素朴な寺子屋の教育の方が遙かに望ましいと義憤を発している。

　国公立学校で学んでいる者でも、全く想像力に欠け、低い語学力の輩がいるとハーンは不満をこぼし、彼等に英文学を教えることの無益さを語っている。大学の教育はペテンであるとし、特に日本の大学教育はいかさまであると嘆いている。このような教育が無益で有害でもある大学や学生に何故日本は国費を浪費しているのかと激しく糾弾している。学生の3分の1のみが、大学に在籍する資格を有しているが、残りの学生は単に時間を無駄にしているだけであると断じている。そして、優秀な学生にはより高度な教育の機会を与えるべきであり、そのための高等教育の改革が求められるべきであると彼は主張した。

　また、西田への1893年3月3日付けの手紙でも、彼はハーバート・スペンサーの学説に従って、言語習得の自然な教授法では、まず最初に話し、そして書き、その後で文法を学ぶのですと述べている。このような観点から、教科書の文法規則は細かすぎて日本の生徒には無益であると考え、自分が用意してきた文法事項を何も見ずにひたすら板書して生徒に書き取らせることもあった。英語の教科書は西欧至上主義の教授者の好みで決めるのではなく、日本の国民性に考慮して編纂選定されるべきだと論じ、当時の文部当局の教育政策、価値観などに鋭い疑問を投げ、生徒に興味を持たせるような新たな内容の教材開発に努めるべきだとした。しかし、このような改革は文部官僚から独立してなされなければ、検閲や干渉によってうち砕かれてしまうと述べている。生徒に読ませる

のに最適な教科書の不在が、日本の英語教育を不毛なものにしている。英語がほとんど話せない生徒に、ジョージ・エリオットの難解な『サイラス・マナー』を読ませるような教育の無益さを切々と訴えている。学校施設に金を使うよりも、教科書開発にもっと金を使うべきだとハーンは警告している。純粋で簡潔な英語で書かれたキングスレーの『ギリシア英雄伝』やバークの論文などを、文学的味わいと道徳的理念を教える推薦図書として彼は選んだ。

宣教師の無責任な教育とキリスト教布教が旧日本を破壊すると危惧したハーンは、また同時に教科書問題を契機に文部省に不信を募らせていた。文部省の教育行政の無策ぶりと、まともな授業もしなかった前任者の宣教師を彼はペテンと非難した。そして、旧日本を破壊し新日本に突き進む熊本への幻滅が、脱西洋の文明批評家ハーンを生みだしたのである。

熊本でも、ハーンは英作文の授業には特に熱心に指導し、優れた答案はクラスで朗読して訂正していた。常に英作文の答案の取り扱いには細心の注意を払い、添削や批評が機械的作業に陥らないように努め、作文内容から学生達の心理、思考、感情を捉え、そこから日本人の心や九州人の気質を読み取ろうとしていた。教育者としての授業活動で得た知識をハーンは作家としての日本関係の著述に生かそうとしていた。学生に対する緻密な観察によって、西欧追随志向とは異なった、九州人の士族の魂を知り、質実剛健の伝統を彼は理解するようになる。温厚な松江の生徒と違って、熊本の学生の無骨さに最初ハーンは当惑したが、英作文を通して徐々に学生の内面的な情緒や個性を把握出来るようになる。英作文に思いがけない感情表現や独特の思考を見つけだすこともあった。このように、学生との交流を深めるために、教科書に頼らずに、英語で思想を表現することを教えるのが彼の目標であった。

ハーンは忙しい職務と著述の合間に、松江時代の教え子の英文の手紙にも愛情溢れる添削を加えて指導に努めている。前述したように、寵愛した大谷への1892年1月22日付けの手紙では懇切丁寧に、動詞、定冠詞、不定冠詞、時制、集合名詞などについて説明している。松江の職を辞しても尚、かつての教え子の英作文能力に強い関心を抱き、熱心に指導しているハーンの教育者としての姿が垣間見られる。また、クラス管理や学生指導の難しさを報告し、どのように指導し訓練していくかが教師に課せられた使命であると述べている。教師たる者は学生を良く管理して指導すべきで、不平ばかり言っている教師は管理指導能力の欠如を露呈しているだけだと断じている。

このように、熊本時代のハーンは、学校当局や文部省の教育政策に不満を抱き、終始批判の立場を貫いていたが、学生に対しては熱心な指導を愛情を持って行っていた。松江での14ヶ月間、県立尋常中学校での教職体験の後、熊本の国立学校で教えるに及んで、日本の教育界全体の事情を理解するようになり、教育制度の不備を糾弾し、学生や国の行く末を非常に心配するようになっていた。ハーンの日本の教育制度に対する批判内容は、実は今日の教育事情にもそのまま通用するような普遍性を持っていると言っても過言ではない。

5．ハーンの書簡

ハーンは著書以外にも多くの書簡を残しているが、中でもチェンバレンに並んで多い西田宛の書簡は、約6年半程の交友の間に105通にも及び、松江を去った後も続いた両者の親密な関係を物語っ

ている。また、推敲に推敲を重ねた著書以上に、書簡は彼の生の感情的な声を語り、分かりやすい
直截な表現で日頃の不満や愚痴、外人教師としての抱負や不安、細やかな気遣いなどをうち明けて
おり、ハーンの人間性、教師像、人生と文学を分かりやすく語っている。書簡に示された西田と松
江に対する変わらぬ愛情は、松江を離れた後もますます強まり、物質機械文明に毒された熊本や東
京で、日本の近代化や文部行政を鋭く批判するようになる。西田と松江を惜しむハーンの気持ちが、
日本の伝統文化を愛情豊かに理解する心情を育てたのである。西田も克明な日記をつけており、両
者の友情を裏付ける貴重な資料となっている。興味深いことは、日本時代におけるハーンの書簡の
半数以上が実は3年間の熊本での生活の中で書かれ、また、熊本での失意の生活が孤独な思いで彼
を家に閉じこもらせ、一年ほどの松江での素晴らしい体験を如何に文学作品に纏めるかという作家
的使命に全精力を傾けさせたことである。

　1892年6月27日付けの西田への手紙では、熊本での居心地の悪さを自覚して、いつ解雇されても
困らないように貯金する事にしたと述べ、熊本は不快な都市だと繰り返している。授業は会話、作
文、講義すべて教科書なしで教えているので、週27時間は松江時代よりもきつい仕事だと報告して
いる。板書することが多いので大変だが、学生は教科書なしを好んでいる。学生はよく勉強し優れ
ているが、学校は兵舎のようにだだっ広い教育工場のようで、すべてが遠く離れていてお互いに親
密な交わりがなく、機械的に時間が過ぎてゆき、ゆっくりする暇がないとしている。松江の中学校
とは異なって、国立学校の公務員である熊本の教師と学生の間には、師弟愛とか人間的な愛情が全
く見られない。政府の役人として、教職を東京の本庁への出世の手段と考え、授業はただ機械的な
繰り返しの仕事として何の熱意もなく行われている。単に授業開始の合図で教室に入り、時間終了
の合図で教室から出ていくだけである。事情を知る学生も教師に対する尊敬や敬愛の気持ちを持た
ない。国立の学校は官僚養成所であり、教師は政府の役人として教職を本庁への出世の手段と考え
ているので、このような教師に学生は何の尊敬の念も抱かないとハーンは鋭く批判の眼を向けてい
る。同年12月13日付けの手紙では、合理化と予算削減のために、国会に第五高等中学校とその他3
つの学校を廃止する提案が出されたと知り、彼は現在の外人教師の地位を失う危険性を痛感してい
る。また、多額の給与で採用した外国人教師には、まったく学生を理解しようとしない者や適性を
欠く人物がいたりして、必ずしも教育的効果を挙げてはいないという疑念が絶えず論議されていた。
布教目的の宣教師であったり、教師としての仕事や責任を果たさない問題教師も多かった。外国人
教師よりも日本人を採用するのが得策という考え方が徐々に大勢を占めるようになりつつあった。
何よりも、ハーンが熊本に赴任してまもなく、第五高等中学校の廃止案が帝国議会で議案として取
り上げられたことは、彼の熊本での在職を不本意なものにした。

　1893年2月8日付けでは、何時解雇されるか分からない貧乏な外人教師で、日本の同僚教師から
も疎んじられているとハーンは被害者意識を募らせ、3年の契約が終われば、実に不愉快な熊本を
去る決心だとして、半分の給料で京都にでも移ってもいいと西田に言っている。同月19日の手紙に
は、熊本が嫌いな理由として、近代化、寺院や僧侶など珍しい習慣がなくだだっ広いこと、醜悪、
場所に不案内で文学的題材が不足などを挙げている。しかし、妻の節子夫人がもう少し我慢して様
子を見るようにと勧めている。同年8月16日付けでは、京都へ移ることを考えているが、同僚とな

る外人教師と巧くやっていけるか不安だと言い、外人宣教師に対する根深い不信の念を表明している。

1894年7月8日付けの手紙では、教え子の小豆沢が軍人になることは、最良の選択だと認め、その将来を嘱望している。しかし、熊本での3年間の職務で神経が疲れ果て大変不幸になったとし、努力や提言が学校側から報いられず、利用するだけで絶えず自分を排斥しようとする陰謀があったと断言し、大変孤独で生活も退屈だから、家族がいなければもう日本に止まっていないだろうと西田に心境を吐露している。

1894年3月4日付けの大谷への手紙の中で、彼は文学や言語学の研究の実用性に疑問を投げかけ、工学、建築学、医学、応用科学の分野を勉強してくれたら嬉しいと言っている。明治の日本の現状では、法律家や文学・教育関係の仕事はあまり将来的見込みがなく、科学者こそ国家的に求められている職業だと忠告している。装飾的な教育に終始している日本の大学を卒業しても、学生は何ら実用的な知識を身に付けていないし、卒業生全部が教師や法律家になれる訳でもないと現代でも通用するような言葉を発している。受けた教育が実用的でないため、実は社会で少しの役にも立たないことを憂慮し、大学生の4分の3はお飾りの教育を受けたために、何事もなす事の出来ない人間になったと辛辣な意見を述べている。

価値あるものはその価値に比例して学習するのが困難であり、文学や言語学や科学の学習は難しいが、同じ苦労をするなら金銭的報酬のはっきりした科学者の道を選択するのが賢明だと警告している。明治日本の学生に実際的学問を奨励するハーンの見解は、充分に当時の社会情勢を考慮した上での老婆心の指導であった。飽満飽食の現在のような時代では、社会を揺るがす多くの問題教師や欠陥教師の出現ばかりか、英語嫌いの英文科学生や何ら社会経験も文学的で語学的な見識もなく大学院を出て教壇に立つ教師が溢れている。

希有な才能の優れた文学者でありながら、文学者として身を立てることの困難さを痛感していたハーンは、常に実際的でない学問に進むことは愚かなことだと述べ、職のない身の上の恐怖を説き、明治日本の変革にとって、文系学生の4分の3は無益な人間になってしまうと警鐘を唱えた。専門職としての文学に対する彼の見解は厳しいものがあった。場所を転々として何度も推敲しながら物書きを志し、彼自身が苦労し独学で学んだ文学修業を思うとき、その道の険しさを誰よりも知るのは他ならぬ彼自身であった。しかし、優秀な教え子たちはハーンと同様に文学者になって大成しており、彼等に多大な影響を及ぼした偉大な教育者であったことを証明している。ハーンは教師としての最も重要な資質である学生への愛情と確固たる教育理念を持ち合わせていた。時の権力に媚びへつらうことなく、また、権力者的な見地で捉えることなく、常にジャーナリズムで鍛えられた先見性をもって、学生の立場で教育方法を改善していた。曖昧な授業で終わることなく、学生の教育指導は松江時代から常にきめ細かく工夫されていた。日本の学生を愛し、日本を理解しようと努力して、授業では学生にひたすら西欧の文学や思想、歴史を語った。

生徒の実際の学力を考慮しない文部省の教科書の選定に対して、ハーンは文部省の不作為を鋭く批判した。学生の想像力を育成するような教科書の実現は、教育現場を熟知した彼の希望であった。学生が何を好み、学生にとって何を読めば良いか、改善するべきことについて自分が一番分かって

いるという自負の念が彼にあった。しかし、文部省は教科書問題の重要性をほとんど自覚していなかった。彼の希望する教科書編纂の実現はまったく可能性がなかった。過重な授業負担、文部省の無策ぶり、外人教師排斥の気運、さらに熊本を嫌悪していたことなどがハーンの挫折感を強めた。彼の厳格な教育理念とジャーナリストとしての鋭い予見力が、文部省の官僚主義からの絶縁を決意させた。文部省は予算削減のために、学校の統廃合を論議して教育行政は不穏な情勢であった。彼は努力の報われなかった熊本時代の酷い扱いを文部省の陰謀だと常々憤慨していた。

　西洋至上主義思想やキリスト教教義を生徒に植えつけようとする宣教師の教師達は、英語教育そのものには無関心で、ほとんど英語を話すこともできない生徒に難解な読本を読ませて平然としていた。理不尽な現状を憂慮したハーンは、無為無策の文部省に英語科教科書の改善案を具申したが、教科書改革が聞き入れられることはなかった。松江時代から一貫して、英語教育の教科書を不適切と判断したハーンは、熊本でも教科書を使用せずに、英作文、英会話、英文学講義などの授業を担当した。適正な教科書不在の中で、英語を書くことの実践的練習を通じて、作家的見地から自由に英語で思考し表現する指導を生徒に与えることがハーンの目的であった。生徒の心の中を知るために、ハーンは英作文では自由に思いのままを書かせ、九州人の気質を理解し交流を深めようとした。松江の生徒とは違って、幾分年長の熊本の生徒達は自己表現が少なく、話しかけても笑いもせずむっつりと寡黙であった。語学力の優れた者や貧弱な学力の者など様々な生徒達と対面しながら、無類の忍耐力で学習指導をしていく中で、自発性もなければ非社交的であるとも思った生徒達と心の交流を得ていく過程は、数々の教師体験の逸話と共に『東の国から』の中に記されている。

　当時の文部省に英語の教科書や教育改革について提言するが、いずれも却下されたことや、西田千太郎のような良き理解者もなく孤立することが多くなり、ハーンは外人教師の身分に将来的な不安を感じていた。松江と異なって熊本はハーンの期待する日本の姿を留めていなかった事や、週27時間を教科書なしで口頭と板書だけで授業するという苛酷な重労働の日々を続けていたこと、『見知らぬ日本の面影』を完成させ、『東の国から』の原稿執筆に多忙であったことなどが重なって、彼は熊本を去る決意を固めた。著述に集中出来ないことや、学校内での外人教師としての自分の地位の保証に将来的不安を感じていたため、契約満了をもって退職し、他校からの招聘も固辞して、彼は1894年10月から月給百円で神戸の在留外国人向けの新聞社『神戸クロニクル』社で記者としての仕事に就くことにした。当時の文部当局は徐々に外国人教師から日本人の教師に切り替える方針を固めつつあった。ハーンは敏感にこの動きを察知していた。『神戸クロニクル』に彼は「日本の教育政策」と題して当時の日本の文部行政に対する彼の持論を掲載したのである。

　日本人全員が必死になって英語を勉強しても、満足な結果を得られなかった現状を考察して、ハーンはどのような教育制度によっても、英語を母国語のようにはできず、日本人の考え方を西洋人のように変えようとする試みは不可能であり、外国人のように感じ考えることに固執すれば重大な問題を生むことになると苦言を呈している。

　　「一民族の社会的・道徳的な体験は、ともかく別の民族のそれと取り換えられるとしても、その
　　可能性ははなはだ疑わしく、一挙になされるにせよ徐々になされるにせよ、よい結果を産むも

のではない。別の種類の障害も注目を引きはじめた。この国の未来は青年の能力にかかっているが、その青年は疲労困憊してしまった。最も優秀で、最も熱心な青年の多くが過労に倒れた。」[16]

　異常な外国語学習熱の中で、学生全員に学習を強制するのではなく、優れた外国語能力のある者だけの少人数クラスで学習を奨励すべきだと彼は説いた。英語をはじめとする外国語学習に反対しているのではなく、実用的レベルに達することのできない人々にまで、外国語を強制する悪弊をハーンは問題にしたのである。熊本での経験は彼に日本の外国語教育に関する根本的欠陥を認識させた。

　1894年10月23日付けの西田への手紙では、熊本で受けた酷い扱いで、自分は日本人になれないし、日本人から同情を得ることもないと悟った言い、また再び西洋人の仲間入りをした方が良いと孤独に打ちひしがれている。日本人を理解出来ると思った自分の愚かさを自戒している。いくら親しくしようとしても、常に一定の間隔の距離を保とうとする日本人に対する疑念、その性格的特徴である堅苦しい儀礼的部分に乗り越えられない人種的違和感を感じていたことも事実であった。洋服を非難し和服を高く評価して、日本的美の味わい方を理解しようと努力しても、また、どれ程日本に惹かれようとも、結局は日本人になれないという事実が、彼を押しつぶし文学的霊感の欠乏にまで至ることもあった。

　1895年3月9日付けでは、鹿児島と仙台から外人教師として招聘をうけたが、文部省の教育施策に不信を抱き、行く決心がつかないと西田に述べている。同年7月25日には、教え子の落合にはなるべく熊本には行かないように伝えて欲しいとか、長崎の医学部のある所は素晴らしいと述べ、暗に医学の道を勧めてみたり、大谷は文学をやるというが後悔しないことを願うと案じている。大谷は文学の創作に必要な同情的資質に欠けており、むしろこの点で最も優れているのは小豆沢で、文学的感性において一番聡明であり、大谷ほどの魅力はないが、観察力が鋭く本当の文学的気質を有しているとし、素朴で率直な筆致で書く小豆沢は、事物に対する感情の真実性に非凡なものを持っていると分析している。また、貧弱な食生活と健康問題については、教え子の身の安全に繰り返し言及している。

　また、ハーンは文学研究についても厳しい見解を繰り返し述べている。日本人にとって外国文学の研究は無益であるとし、外国文学を研究することの困難さについて触れて、正しい発音や抑揚もできない学生に、音調の強弱に基づいている西洋の詩を理解することは望めないと指摘している。西洋の社会生活を知らずして西洋の小説を理解できないのは、5年間日本に滞在している自分でさえ、今なお真に日本人を理解出来ないのと同じだとしている。日本で作家であり評論家である自分の困難な立場は、西洋にいる日本人学生の直面する文化的障壁の困難さと同様であると述べ、結局、東洋人は子供の時に西洋へ行き、完全に自分の母国語を忘れ去って、その国の風土や国民性に早い時期にどっぷり浸かってはじめて、西洋文学や西洋人を理解するであろうと言っている。しかし、英国人のような考え方をする日本人は、異端視されて自国内での自分の将来を閉ざされ、ヨーロッパ人のような考え方をする英国人は、英国内から裏切り者扱いされ非難されると異文化理解に生きる者の困難な立場を西田に訴えている。

しかし、近代化に走る軍都熊本を嫌悪したハーンにとって、西欧文明の模倣に終始し旧日本の存在しない神戸の新開地はもっと気に入らなかった。それでも、神戸時代のハーンは、教職を辞めてもかつての教え子や親友の西田に教師として手紙を書き続けた。特に寵愛した大谷正信、小豆沢八三郎、落合貞三郎への愛情溢れる励ましや忠告は、辞しても尚一人の人間教師としての立場を堅持したハーンの真骨頂を示し、その面目躍如たるものがある。彼は気に入った優秀な教え子には、どこまでも好意を示し、その人生の行く末にまで関わろうとし、西田への手紙でも、教え子への気遣いの言葉を惜しみなく投げかけ、身の上をしきりに案じている。

　寸暇を惜しんで著述に専念するハーンであったが、大切に思う者には頻繁に手紙を出した。このように、退職後も、彼は優秀な教え子の健康や食生活や将来の職業に至るまで親身になって心配していた。そして、就職に有利な進路として、教え子には装飾的な教育ではなく、科学的教育を受けて実業界に出て独立して生活する道を勧めている。文学では食べていけないし、安定した生活や将来性も望めず、終生路頭に迷うことになるという彼自身が身にしみて体験した恐怖を教え子に諭している。

　ハーンは教え子から将来英文学をやりたいと相談を受けた時、法律、文学、語学よりも、実利的な科学、医学の方面へ進むように絶えず繰り返し指導していた。文学は学校でなくても最善の学習が可能であると説き、日本が必要としているのは科学者であると常に強調した。松江時代から一貫して彼は実践的な教育を信奉しており、将来実際に役に立つ勉強をして、実生活で独立していけるように心がけよと繰り返し主張した。実は松江尋常中学校の西田も、天才でもない限り文学や芸術などの非生産的なものを専門職として選択することの危険性を生徒に訴え、工学や医学に進むことの賢明さを説いている。ハーンは勿論、西田も文学的志向の強い人物であったが、明治を取り巻く当時の時代精神を考慮しての発言であった。また、両者共にスペンサーの実利的教育論や科学的教育論に精通しており、大いに影響を受けていた。彼等の親しい交友関係はこのような思想的親近感も根底にあった。科学万能時代においては、科学的かつ実際的な学問を学校教育において行うべきだと彼等は信じていた。文学で生きていくことの難しさを痛感した若き日の艱難辛苦が、実利的で実践的な知識や学問の必要性を説くハーンの根拠となった。彼自身が来日以来、教職を生計の基盤に置かざるを得なかったのであり、文名が高まり本が出版されるようになっても、著作だけの生活に絶えず経済的不安を感じていた。実際に役に立つ応用科学を勉強して、日本が必要としている専門的な科学者になれというのが、ハーンの教え子に対する口癖のような忠告であった。

　法律家や文学者や教育家よりも、電気技師、建築士、医師、科学者こそ、明治の日本が最も必要としている人材だと、寵愛した教え子大谷正信への1895年3月8日付けの手紙の中で、彼は執拗に忠告している。どうしても文学の道を進むという大谷に対して、昔の本よりも現代作家を読んで、あらゆる偉大な文学作品に流れている感情や情緒の動きを学びなさいと忠告している。文学は人間の崇高な感情を喚起するものであると述べ、最終的には英文学の研究から日本文学に寄与するような考え方に立って勉強して欲しいと希望している。英語での文学的行為や作家的著述は、どの様な観念でも表現できるくらいの熟練した英語力がなければ、実際の役には立たないので、日本で英文

学を教えるのは大変な冒険だと言っている。同年6月28日にも文科よりも理科へ進学するように繰り返し忠告している。

6. 東京帝国大学での英文学講義

　その後、三番目に就いた教師の職にハーンは、松江や熊本よりも一番長く勤めることになる。東京帝国大学文科大学（現在の東京大学文学部に相当）の英文学講師に就任した彼は、実に精魂を傾けて熱心に授業を続けて、明治29年9月から36年3月に至る6年半にも及んで学生の指導に励んだ。当時の帝大文科大学学長外山正一がハーンの著書を高く評価して、是非にと大学に月給四百円で招聘したという経緯があった。東京帝大講師の話が来たとき、以前の熊本のような休む暇もない苛酷な労働条件では行く気になれないと難色を示していたが、外山学長やチェンバレンの丁寧な説明で納得し、週12時間の条件で承諾した。正規の高等教育を受けず全くの独学であったハーンが、高収入で日本の最高学府の教壇に立つには外山の先見の明による決断があった。帰化して実質的には日本人になっていたが、外山学長の配慮で外国人教師としての俸給を与えられることになった。ハーンの東京帝国大学での英文学講義は職人的作家としての創作経験を取り入れた、親切で分かりやすいもので、文学の世界に学生達を誘う熱意に満ちていたため、多大な感化力を発揮して高い人気を博していた。

　しかし、東京帝大でも多くの学生が思った程に真面目でなく、ただ試験に萎縮するばかりで、学力不足で熱意もないので、多くの者は大学への入学を許可されるべきでないと嘆き、英語力も他の外国語の能力も低いのは、高等学校での教育にも問題があると日本の教育制度に彼は疑問を投げかける。英語を満足に5行として書けない学生がいるので、早急に教育制度の改革が必要だと西田に1896年12月18日付けの手紙で訴えている。月給四百円の仕事には乗り越えるべき多くの失望や障害があるもので、自分勝手にしている学生を教えるという不本意な仕事に不平ばかり言ってはいられないと自らを慰めている。しかし再び、75パーセントの学生は本来大学へ来るべきでない者達だと辛辣さを究め、フランス語しか知らない者がドイツ語の言語学の授業に出たり、西洋の言語を全く知らない者が言語学の講義に出ている大学のあきれた実態に、彼は大いに失望と疑問を投げかけている。それでいて、難解であるが故にミルトンの『失楽園』を選択する自尊心の強い学生の気質にも訴っている。読本ばかりでなく、英作文でも難しい単語や複雑な長文を使いたがる学生の傾向は、現在でも尚古風なアカデミズムの悪弊として存在している。

　大学は多くの学生にとって実社会への単なる通り道になっており、勉強せずに通り抜けられるものなら授業にさえ出席しない。このような学生の将来は暗く、勉学の精神は死滅しているとハーンは日本の教育の現状を嘆いている。このような大学の有様が実社会への登竜門になっていることが大きな誤りであると言っている。また、几帳面なハーンにとって、学生らしい服装は何よりも望ましいものであるが、学生服や帽子の身だしなみのだらしない学生が多く、学内全体の規律が乱れているとも嘆く。

　英作文の授業では、ハーンは作文の添削をした後、優秀者に対しては褒美として賞金や賞品を与

えた。この報償制度は教師を始めた松江時代から引き続き行われてきたものであるが、彼の蔵書や賞金を与えたり、学生の注文に応じて書物をアメリカへ注文することもあった。教師時代を通じて一貫して彼の報償する優秀者とは、単に誤りのない完璧な英語を上手に書いたためではなく、型にはまらず自由に独創的な思考を表現できる学生を意味していた。300枚もの答案に目を通し、一日がかりで賞品の荷造りや発送をしていた。賞品はホーソンやポーの全集であったり、50円や30円を賞金として与えていた。その判定基準は best English ではなく best thinking による。英語の単に上手な作文ではなく、日頃の研究や自分の意見を示しているような最良の思考表現をした英作文に彼は賞を与えた。ハーンによれば、英作文は文法や修辞的規則ではなく、言わなくてもよいものを知り、効果を集中させることによって他人の模倣を避けて、自分の個性を発展させるような芸術的規則によることが肝要である。練り抜かれた表現が示す圧縮力と洗練さを英作文に求め、表現の圧縮と思考の構築を調和させて統一的構成をもたらすように心がけるべきだとした。

　東京帝大での英文学講義は、やはりテキストを使用せず、ゆっくりとした英語の口述と分かりやすい説明であったため、学生は逐一講義内容を筆記することができた。このようにして書き残された講義録は、コールリッジの文学批評に匹敵すると高い評価を与えたコロンビア大学教授の J. アースキンによって、校正編集されて著書として出版された。講義録が出版されることについては、原稿も下書きさえもない口頭による講義なので出版には価しないだろうと述べ、10日か15日ぐらいかけて書き直しすれば出版できるが、それほどの価値もないとハーン自身は謙遜していた。しかし、この多様な内容の講義は当時の東京帝大の学生には申し分のない文学論で、ハーンは日本での長い教職経験から学生の考え方や感じ方に合わせて、出来る限り簡単な英語で説明している。また、苦労してきた独学の人物であったハーンの文学講義は、学生に独特の魅力と知的示唆を与えていた。批評家であり教育者でもあるハーンの全体像は、苦難のアメリカ時代の独学による文学修業と記者としての実践的な執筆活動が深く関わっている。対象を正確に観察し的確な文章に書き残す作業は、新聞記者からはじまった作家ハーンの原点でもあり、推敲に推敲を重ねる職人的作家としての信条にもなっていたので、教育者としても学生に書くことの重要性と自己表現の必要性を教えた。彼はひたすら学生の想像力と感情に訴えかけ、不毛の知識としての文学ではなく、書くことを中心とした自己表現と自己実現の手段としての実践的な教育を行ったのである。

　彼の講義は非常に生き生きとした具体的表現や具体例を駆使して、実践的に文学を語る職業作家の視点で行われた。誇張的表現も散見されるが、分かりやすく懇切丁寧に学生の想像力に訴えかけるように文学の世界を解説している。文学の面白さを説明して学生に関心を持たせるために、学生に問いかけ考えさせるような口調が講義の特徴であった。特に美しい声の持ち主であったハーンの講義は、耳を打つ快い楽音のように学生を陶酔させ、佳境に入ると彼の声は熱をおび調子も高められ吟遊詩人の様な面影を帯びてくる。学生は夢心地の内に懸命に筆記するペンを走らせつづけ、授業が見事な語りと共に終了すると、緊張の夢から醒めてほっとするのである。あとで落ち着いて、筆記した講義ノートを読み返すと、何気なく語られた講義の言葉がすべて美しい詩の様な名文になっているのに学生たちは感嘆した。文学研究家ハーンが、詩人的特質を豊かに備え、文章表現や文学の言葉に如何に繊細であったかを垣間見る逸話である。

万全の準備をして授業に臨んだハーンは、必要な文学的名文はすべて暗記しており、教壇に立つと天才的詩人のような独特の雰囲気を醸し出して、人名と年月日の確認のための小さなメモ帳一つで、文学史でも文学評論でも何も見ずに口述できた。⁽¹⁷⁾口述に際しては、コロンの位置から改行に至るまで指示しながら、学生に講義内容を出来るだけ正確に筆記させていた。長時間の授業でも椅子に座ったりもたれたりせずに、疲れを知らぬ澄み切った美しい声で、言葉が流れ出るように講義を口述したという。

　松江時代から11年間にも及ぶ教師生活において、彼は一貫して誠実な先生として教え子に深い愛情を示した。既述したように、教え子の健康や食生活を心配したり、文部当局の教育制度を批判し、当時の日本の現状を考慮して、学生に科学や実業の方面に進路を取るように勧めていた。優秀な学生には心優しい気遣いを示し賞品を与え、日本研究の調査を手伝わせた大谷には、報酬を与えたり学費の援助もした。反面、能力もやる気もない学生には厳しく、高等教育を与えるのは国費の無駄遣いだと決めつけ、学生の3分の2は入学すべきではない者達だと厳しく叱責した。

　学者として英文学について多くを知っていると自慢できる程ではないが、文学の解説者として原稿や本もなしで英文学全般の歴史を講義することはできると自負していたハーンは、自分のアカデミックな方法論での限界と現場の職人的作家としての長所とを的確に把握していたと言える。正規の高等教育を受けず、独学の人であった彼は、自分の学識不足にも謙虚に気づいていたが、最も得意とする作家的立場から、文学を感情や情緒表現、人生の描写として教えることに努めた。詩は詩人の発する感情の質や力で説明しようとし、学生の想像力や感情に訴えかける教授法を取り、変化にも富んでいたので学生の評判も良かった。最も独創的な講義録は、『人生と文学』としてまとめられている。それでも、冷静なハーンは学生の想像力が日本的なものであり、西洋的な想像力とは本質的に異なっているので、実際にはどの程度真意が理解され、文学研究にとって意味があったのか疑問も残ると自重する態度をとり、あくまでも冷静沈着な批判精神を維持していた。

　東京帝大で6年半英文学を教えたが、文学の情緒的側面と近代思想を関連づけて教え、彼は常に従来の方法とは異なった独自の教授法を考案した。また、彼の英文学講義は学生の立場を考慮して親切で平易であり、著書の執筆に多忙であったにもかかわらず、6年半で一度として同じ内容を繰り返すことがなかったもので、学生に与えた影響は大きく、日本の英文学研究の基礎を形成している。ハーンは近代思想ではスペンサーに思想的影響を受け、情緒的側面ではロマン主義文学の影響を受けていた。情熱的な語り口と冷静な判断力が講義の特徴であった。偉大な学者ではないかもしれないが、心から文学の味わいや楽しさを伝授するような親しみの溢れた優れた教育者であった。

　文学の普遍性に触れて、真の詩は想像、情緒、熱情、思想であるから、万人に伝播する力と真実を有し、言語の特異性や価値とは関係がないと彼は断じる。文学芸術は現実と想像の事象との巧妙な結合であり、生の生硬な事実ではないのは、写真が絵画と比較できないのと同様だとし、生の事実は科学が要求するものであり、文学芸術の対象は美に他ならず、美であるかぎりにおいて真理を含むものであると論じている。

　東京帝大での勤務状況では、ハーンは大学へ着くと、同僚学者達のいる教官室には入らず、真っ直ぐに教室へ行くのを常としていた。講義の合間の休憩時間も、池の辺りで煙草を燻らせて逍遙し

ていたという。雨が降っても休憩に教官室へは行かず、そのまま教室で黙して窓から景色を眺めていた。元来、彼は親しい友と以外はうち解けず、派手な社交を好まず、孤独を愛する風情があった。良き理解者であった外山学長の死後、同僚の外人教師との親交を避けていた彼は、学内でも孤立無援の状態に陥った。一片の解雇通知で帝大辞任に追い込まれたことにハーンは激怒したと伝えられている。献身的に授業に精魂を傾けてきたことが、忘恩的に冷たく切り捨てられたことで、彼は大学側に猜疑心を抱き、被害者意識を募らせて、その後の学生の留任運動や井上哲次郎学長の要請を頑固に断って辞任する。学生達はハーンの人柄や素晴らしい講義の内容を惜しみ熱心に留任を働きかけたが、一徹者のハーンは辞任の決意を翻すことはなかった。後任に英国留学帰りの夏目漱石が赴任したが、情感豊かに学生に分かりやすく講義した前任者ハーンへの熱烈な支持に反して、理知的で面白味のない居丈高の漱石の授業は当初あまり人気がなかった。ハーンの復職を願う学生達の間に留学帰りの新任講師に対する反感が募っていた。ハーンは常に平易な表現と流暢な口調で、ゆっくりと学生に書き取らせるように独特の名調子で講義していた。日本びいきのハーンの授業が学生達に受け入れられ、洋行帰りの漱石が異質な西洋かぶれとして反発を招いていたのは皮肉な運命であった。当初ハーンと漱石に授業を分担させるという大学側の折衷案は、日本研究と英文学指導者の草分け的存在であったハーンの自負心を大いに傷つけたのである。追い出すように着任した漱石の大学での居心地は、ハーンの名声と人気に気後れしてすこぶる悪いものであった。やがて漱石も大学を去り著作活動に専念することになる。

　東京帝大での在職期間が最も長く、また日本の最も優秀な学生を指導したこともあり、この時期にハーンの優れた教え子が数多く輩出した。教え子たちの中には、後に英文学者や俳人、詩人になった者が多く、上田敏、土井晩翠、戸川秋骨、大谷正信、落合貞三郎、田部隆次などの著名人が世に出た。英文学者で評論家として著名な人物は数多いが、中でも、「海潮音」で有名な上田敏、不朽の名作「荒城の月」の作詞者である土井晩翠、チャールズ・ラムの研究や翻訳を手がけた戸川秋骨、ハーンの伝記を纏めた田部隆次などは特筆すべき人達で、ハーンの著作の翻訳や業績の評価確立に貢献した。

　東京帝国大学を退職して後、坪内逍遙の招きで明治37年3月に早稲田大学で教鞭を取ることになり、ハーンは英文学の講義を急逝するまで6ヶ月間行った。やはり彼は同じ講義をただ繰り返すような安易なやり方をせず、早稲田でも常に新たなメモ書きを用意して講義に臨んでいた。しかし、同年9月にハーンが急逝したため、胸躍らせた学生達の期待を集めた講義は長く続かなかったが、英文科の教え子には、児童文学で有名な小川未明、英文学者の日高只一などがいた。ハーンの教師生活は明治23年9月の松江の尋常中学校赴任から明治37年9月に54歳で急逝するまで、14年間のうち神戸クロニクルの記者をはじめて眼病のために数ヶ月後に退職する神戸時代を除いて、11年間を著作の執筆に従事しながら、生徒と心の交流を果たす英語教師として、また職人作家としての経験から文学の創作と東西文化を論じる希有な英文学教師として、日本の教育と文学の発展に大きな足跡を残したのである。また、ハーンの描いた日本は、神秘に包まれた美しい幻の国で、現実の新日本を外国に知らせることにならないかもしれないが、彼は旧日本に自分の文学の表現を見出し、伝統的な日本の心を世界に紹介したのである。

7．ハーンの今日的評価

　ハーンは明治日本の面影を伝える希有な作家として日本では根強い人気があり、現在でも着実な読者層を保持している。特に明治23年8月から1年2ヶ月程滞在した松江では、文豪として親しまれ敬愛をこめてヘルンさんと呼ばれて大切に扱われており、小泉八雲記念館や旧居なども整備されている。これほど日本人の心を捉えて離さない外国人作家は珍しいと言える。日本での高い評価に対して外国では必ずしも高くないハーンの評価は、日本の国際社会での地位の上昇や下落と共に大きく変動した。中国にうち勝った日清戦争や大国ロシアを破った日露戦争当時、世界中が日本に注目し新興国日本を紹介する書物として、彼の著書は各国で翻訳され大いに読まれた。その後第一次世界大戦までは、おおむね国際社会で好意的に日本が受け入れられていたので、ハーンの作品も好評であった。

　しかし、軍部の独走と共に、軍国主義の帝国日本に対する国際社会からの非難が集中するようになった。特に先の大戦では敵国日本の事情を研究するために利用されたが、大戦後はハーンも裏切り者扱いで評価は極端に下落し、その後の西洋のアカデミックな日本研究者達からもジレッタントとして無視されていた感がある。ライシャワーやベネディクトなど歴代の著名な日本研究家達もハーンの業績と評価については正面から論議するようには一切触れなかったようだ。当初は東京帝大教授の B. H. チェンバレンと同列の日本研究者としてハーンは定評があったが、日本を取り巻く世界情勢の変化と共に、日本に対する敵対的評価と連動して西洋での彼の評価は低下していった。日本の幻想に耽溺し正確な客観性を欠いたロマンテッィクな著述家として、学者的な日本研究家から軽んじられるようになった。太平洋戦争後、対日占領政策に参画した日本語通訳者や日本解釈者が日本研究家として学究的学者の地位を固めるにつれて、ハーンの西洋での評価は極めて低いものとなった。親交の深かったチェンバレンもハーンと疎遠になって以降、『日本事物誌』第6版で彼について悪意に満ちた評価を下している。40歳で新天地を求めて来日し、日本に異常な程陶酔して神々の国と絶賛したが、彼の『見知らぬ日本の面影』は現実の日本ではなく、彼が勝手に見たと思いこんだ日本の幻想を描いたに過ぎないという非難である。その後、このような意見がハーンの評価を押し下げる論拠として西洋では定着した感がある。しかし、日本についての社会的な事実を描くよりも、ハーンは自分にとっての幻想としての真実性を虚構の物語で描いたのである。作家が全て自分の創作意図に基づいて本を書く以上、あらゆる作家の文学的記述は現実の事実をそのまま描くものではない。文学が事実の単なるレポートではない以上、事実を誇張したり変更した方が、事実そのものの記述よりもさらに事実の核心を適確に表現できるのは勿論のことである。

　一方、日本では西洋の動きに反比例するように、当初英語でのみ読まれていた著作が、全て日本語に翻訳されて根強い人気を博してきた。戦後の日本の国際的地位の向上に伴い、西洋でもフランシス・キングやジェイムズ・カーカップなどを中心にハーンの再評価の気運が高まりつつある。ローウェル、ロティ、キプリング、ベネディクト、ライシャワーなど多くの日本研究家の中でも、ハーンほど日本で愛読され親しまれている作家はいない。誠実なハーンの教師像や推敲に推敲を重ねる彼の慎重な著述姿勢は、チェンバレンの非難の不当性を際だたせている。両者はスペンサーの評価でも対立していたが、繊細な日本の音楽を野蛮なものとして評価しようとしない横柄なチェンバレ

ンの西洋至上主義にはハーンは心から義憤を感じていた。熊本から神戸に移住して後、1896年のチェンバレンからの手紙を最後に両者の文通は途絶えてしまう。このように、熊本を去って神戸時代以降、チェンバレンやその他の友人との交流も徐々に疎遠になり、さらに、右眼の視力が悪化して新聞社を辞めなくてはならなくなり、孤独の中で被害妄想や誇大妄想が大きく内面化し、苦悩する猜疑心が激しい感情ともなって人付き合いを避け、自らの文学世界の完成へと霊的想像力に磨きをかけ、ハーンはさらに魂の世界を凝視するようになる。ハーンは都会を嫌悪し、鄙びた片田舎の土地を喜び、その風情を好んだ。日常性の限界を超えた非日常の中に自由な想像力の世界を幻想するのであり、現代、過去、未来の境界を超越して、すべてを融合する魂の実在を彼は確信した。神秘的な霊的世界を幻想する中にハーンは救いを見いだしていた。元来、ハーンは脱西洋に生き甲斐を感じ、非西洋的なものに取材することで自己実現できた人物である。彼は全身全霊で古い日本の心を理解しようとし、日本研究に自己の人生を献身的に捧げ、日本の庶民を同胞として愛し、土着の文化を心から味わうことができた。その飽くなき研鑽の中で優れた日本研究の業績を残して日本帰化を果たし、ついに日本の最高学府である東京帝国大学英文学講師になるに至ったのである。

　「ある保守主義者」、「趨勢一瞥」などは、明治日本の文化的激動や衝撃を目撃したハーンの洞察を示す比較文化論と言える。東西比較文化の視点や異文化理解の鳥瞰的視野から、混乱と矛盾の明治時代の激動の中で、現実の急変に対処するために暗中模索する日本人の苦渋を同情をもって眺め、彼は西洋文化の横暴や西洋思想の虚飾を糾弾しようとした。教師として優れた資質を持っていたハーンは、「英語教師の日記から」や「日本人の微笑」において、西洋文化崇拝の教育を明治日本の悲劇的変革と位置づけ深刻に懸念している。西洋至上主義の近代化の劇的変革の波が教育現場にも及び、古き日本の純真な精神が功利主義教育や科学至上主義によって蝕まれていく姿を彼は教育者として誰よりも痛切な面持ちで目撃していた。信仰深く無垢の日本人の心は、西欧至上主義の近代化で激変し、明治の日本は軍国主義によって世界に覇権を主張する全体主義国家に変貌する道を突進していた。ハーンの来日後 4 年で日清戦争に勝利し、日本は近代産業化と軍備増強に邁進することになる。そして、ついに日本は日露戦争に突入し、戦争中に彼は病没することになる。ハーンは日本の近代化と軍国化を不可避な時代の必然と認めながらも、勝利に陶酔してナショナリズムを高揚する軍国主義の暴走と日本の将来的破滅、すなわち第二次世界大戦での大敗と国家的破局をすでに予言していたと言えるだろう。畢竟するに、ハーンは明治の時代の行く末を憂い苦悩する正に日本国の教育者に他ならなかったのである。彼が日本文化に対して示した優れた洞察力は、今なお現代の日本の国のあり方に意味深い示唆を与えている。

　ヨーロッパ時代にイギリスやフランスの寄宿学校で受けたひどい教育は、松江、熊本、東京でのハーンの教師像に大きな影響を与えた。キリスト教主義の下で行われた非人間的な教育に彼は猛烈に反発し批判した。寄宿学校の厳しい規則や劣悪な環境は、そこへ送り込んだ厳粛なカトリック教徒の大叔母の思い出と共に、彼を極度のキリスト教嫌いにさせた。一神教を正統として主張し、他の宗教は異端として攻撃するキリスト教の横暴さをハーンは糾弾した。教師としても彼は日本の神話の神々やギリシアの神々の世界を大切に思っていたので、西洋至上主義思想を生徒に押しつけるような英語教科書や宣教師の傲慢さを彼はひどく憎み、教科書を使用しない独自の授業を工夫し、

生徒や学生の自由な想像力と独創性を大切に育成しようとした。日本の学生には不思議に個性がなく、文体や筆跡までもが同族的類似性を持っていたために、ハーンは学生から想像力と独創性を引き出す教育を工夫し、目に見える世界だけではなく、霊や魂という不可視な世界に開眼するように指導したのである。ハーン自身も生徒や学生の実践的な自由英作文の指導を通じて、日常的な言葉で書くことの重要性を再認識し、自らも創作活動に生かしていた。書くことにこだわった教育者として、彼は常に庶民の生活と思想に密着した文学に立ち返ることの必要性を説いた。特に、来日以降、彼は徐々に装飾的な文体をやめて、単純な言語の感覚を創作に生かすことを実践し数多くの名作を残している。

　ハーンは16歳という多感な時期に片目を喪失したために、以後不幸な運命と闘い艱難辛苦の人生を歩むようになり、放浪生活やどん底生活を身をもって体験し、波瀾万丈の生き様から数多くの人生経験を積んでいた。両親の離婚によって自らに課せられた辛い人生の茨の道を考えれば、ハーンが1893年5月13日付けのチェンバレン宛の手紙の中で、全て教育の目標とは、ひたすら良き父親と良き母親を育成することに尽きると看破したことは、不幸な生い立ちを知る者にとって実に意味深い含蓄を含んでいる。あまりに機械的に時間を浪費している装飾的な教育制度の欠陥は、将来的には想像を絶する手段、すなわち学校の廃止によってのみ対処せざるをえなくなると論じ、彼は次のように断じている。

　　「すべて、教育の目的は、ひとえに良き父と母を作ることである。ここにおいて、古代東洋とハーバート・スペンサー氏の考えは一致します。しかし、もし人生の最大部分が何ら実用の役にも立たぬことを学ぶだけに費やされ —— しかも真の学問を積んだ人々にとっては結婚が世代の進行ごとにますます困難になるとしたら、いったい良き父、良き母となるために人々はどのようにして教育され得るのでしょうか。」[18]

強大に膨張し各分野に細分化された科学は、今後加速度的に増大して、現行の教育機関ではとても対処できない程に巨大化を続けている。膨大な科学の一分野だけを選択して学習や研究をして、人生を生きぬくために悪戦苦闘するだけで、ほとんどの人間が単に人生の準備期間として人生の半分を費やすことになる。しかし、この様な教育の結果は、確固たる知識を修得することなく生半可な断片的学識にすぎないものとなる。単に生きるための仕事の知識を身に付けるために、人生の半分を犠牲にし人生を楽しむ時間を人は失うのである。ハーンによれば、教育が犯罪を減少させることはなく、むしろはるかに危険なものにしてきた。高等教育を受けた上流階級の言葉は、一般大衆にとって象形文字の如く了解不能となり、社会の格差は深刻な事態におちいり、異常な社会不安を招来することになる。足るを知る精神によって、進化のスピードを抑制し、いたずらに新奇な思想や発明で社会を混乱させるのを避けるべきである。勝ち組と負け組に峻別するような無情な現代社会を考える時、仁愛を基にした方法で教育は永遠の真理を扱う道徳に特化すべきとしたハーンの提言は、情愛を重んじる教育者としての真骨頂を示していると言える。彼が教師としてまた作家として示した弱者に対する同情、共感、優しさは、このような辛酸を舐め尽くす苦難の人生から生まれた

彼の人生観や人間観と密接に関係している。想像力の教育によって、教師と学生との間に、魂の響き合うような交流なくして教育の目的は達成し得ないのである。単なる機械的な知識の伝達ではなく、教育や文学を通して自分自身を表現し、相手に親密に語りかける教育者や文学者として、さらに作家や批評家として、常に学生や読者の心に語りかけ、訴えかけるように想像力や物語の世界を語り、英語教育や文学講義に献身してきた彼の業績は、人生のあらゆる辛酸を舐め尽くした人間の技量と力量であったからこそ成し得たものであった。

注

（1）E.スティーヴンスン『評伝ラフカディオ・ハーン』（遠田勝訳、恒文社、1984）p.47.

O.E.フロスト『若き日のラフカディオ・ハーン』（西村六郎訳、みすず書房、2003）p.80.

左眼の損傷について、ハーン自身は縄の端の結び目に打たれたのでなく、喧嘩相手に拳で殴られたと思いこんでいたという。

（2）『ラフカディオ・ハーン著作集』第4巻（恒文社、1987）p.299.

（3）『島根評論』西田千太郎先生追悼号（第12巻16号、昭和10年）pp.12-14.

広瀬朝光『小泉八雲論』（笠間書院、昭和51年）p.239., p.281.

（4）『座談会旧師八雲先生を語る』（島根県立松江中学校英語科、昭和15年）p.50.

（5）小泉八雲『明治日本の面影』（講談社学術文庫、1990）p.20.

この八雲名作選集では、『見知らぬ日本の面影』上下2巻の原著の約4分の3の作品を『明治日本の面影』と『神々の国の首都』の2冊に分けて収めている。

恒文社からは『日本瞥見記』上下2巻として上梓されている。

（6）『座談会旧師八雲先生を語る』p.41.

（7）同書、p.44.

（8）『明治日本の面影』p.67.

（9）同書、p.59.

（10）同書、p.33.

（11）根岸磐井『出雲に於ける小泉八雲』（八雲会、昭和5年）p.97.

（12）『島根教育』（345号、大正11年月11号）p.2.

『英文学研究』（東京帝国大学英文学会、第5冊、大正12年）p.7. 講演の英文の原稿は市河三喜博士の探索にもかかわらず結局発見されなかった。翻訳文は、通訳した西田が病気がちと多忙のため、代わって同僚の中村鉄太郎が行ったものである。

（13）『明治日本の面影』p.54.

（14）『ラフカディオ・ハーン著作集』第14巻（恒文社、1983）p.231.

書簡については年月日で内容を各々確認できるので、全部についてそれぞれ注をつける事はしない。

cf. *Lafcadio Hearn Life and Letters* 2vols. by Elizabeth Bisland (1908, Houghton Mifflin)

（15）小泉八雲『光は東方より』（講談社学術文庫、1999）p.41. 邦題は『東の国から』、『東の国より』など様々である。

(16)『ラフカディオ・ハーン著作集』第 5 巻（恒文社、1988）p.418.

(17)『出雲に於ける小泉八雲』p.107.

(18)『ラフカディオ・ハーン著作集』第14巻　p.550.

第四章　小泉八雲の異文化理解

1．時代精神

　ハーンは1850年に生まれ、19世紀末の時代に活躍した作家である。彼は19歳から40歳まで、マルティニークでの二年間を除けば、ほとんどアメリカで新聞記者として生計を立てていた。当時は世界大戦の挫折もまだなく、無限の経済的富と科学の発展が期待され、世界中の富がアメリカに集まり、様々な発明発見でユートピアを地上に実現しようと意気込んでいた時代であった。極東の島国日本はようやく明治維新で世界に国を開き、近代国家への道を歩もうとしていた頃であった。アメリカでは世界一周の旅が話題になり、紀行作家は世界の各地から見聞録をレポートし、大衆は未知の国々の異国情緒を熱狂的に歓迎した。産業革命以後の科学の進歩は、人類に無限の進歩とユートピアを約束するかのように、陸路や海路や空路の発達を促し、世界各地への移動が容易になり、望み通りの探訪旅行が可能になった。このような時代精神の影響を受けて、ハーンも自分自身の移動による外界の変化で自分の内界を変え、新たな可能性を絶えず求め続けた。それは自己の可能性の探求であると同時に、自己実現を異文化に求めようというロマン主義的熱情と異郷に対する哲学的で文学的な探究とが、複雑に入り混じった彼独特の幻想的想念の世界を創り上げた。彼は創作や詩的霊感に行き詰まると、無気力になる自分を鼓舞するかのように、場所を変えて空間を移動することで、新局面を打ち出そうという求道者的な異文化探訪の姿勢を終生一貫してとり続けていた。ハーンの未知の空間への移動は、西洋文明社会から脱することによって得られる精神的冒険を意味し、さらに従来の文学素材や手法とは違った異郷を好んで取材し、彼は異文化空間に独自の文学世界を模索したのである。

　経済的富の蓄積と近代科学の発展と共に、西欧中心思想は列強国の植民地支配と共に世界を席巻し、西欧的価値観に精神的規範を置き、文明や文化の理想として人類の歴史に長らく定着してきた。しかし、物質的繁栄の背後で道徳意識が衰退するようになり、19世紀末の世紀末的退廃の後、西欧中心的世界観に凋落の兆しが見え始める。この傾向は20世紀初頭に向けてさらに顕著になる。ハーンの脱西洋の思想もこの動きと無縁ではない。西欧の合理主義や資本主義が矛盾や混乱を露呈し、袋小路に行き詰まってくると、知識人や思想家達の間で自省的で懐疑的な考察が繰り返され、いままで盤石であった西洋の基礎理念が揺らぎ始めた。西欧文明は精神的に病み始め、絶対的であったキリスト教信仰の衰退と共に、現代の病理であるニヒリズムや無信仰、無政府主義などが台頭し始めた。西欧中心主義の崩壊は西洋の絶対化が相対化される過程を促進し、他の文明世界や異文化の価値に注目する知的冒険や思想的探究を生みだした。西欧的価値観に対する自制的態度と倫理的反省は、多文化容認の世界観や東西融合の文化樹立を模索する動きを加速することになった。

　多くのジャーナリストや作家が、世界各地の辺境へ赴き紀行文や記事を書いた。そして、読者も日常性からの解放を求めて、見知らぬ異郷の異国情緒に浸ることに好奇心や関心を持っていた。ハーンは19世紀末のアメリカのこのような時代精神を一身に帯びていたが、さらに、父方のケルト的な

漂泊する吟遊詩人の要素と母方のギリシア的な神話や異郷への憧れを併せ持っていた。しかし、アイルランドでの両親の離婚と大叔母の破産に始まる親族の冷たい仕打ちから、深い心のトラウマに苦しみ、その後の艱難辛苦の人生体験の中で、西洋白人社会に対する反発や不信をますます募らせた結果、彼は複雑な気質の作家となった。すなわち、大叔母の利己的な都合によって、非人間的で劣悪な環境の寄宿学校で厳しいキリスト教教育を強制されて牧師になることを求められたこと、在学中の遊戯の事故で片目を失明し人生に大きな障害が生じたこと、また、無分別な投資による大叔母の破産のために正式な教育を最後まで受けられなかったことなどが、彼のキリスト教嫌いを生み、艱難辛苦に耐えざるを得ない彼の波乱の人生行路を決定づけた。しかし、彼は逆境の中にありながら、図書館通いで独学の勉強を続け、強度に近視の隻眼にもかかわらず、膨大な量の読書を果たし文学研究に献身した。欧米の読者が知らない異郷の世界を、独自の文体で異国情緒豊かに美しく表現して紹介することが彼の仕事となった。そして、未知の異文化に取材して独自の視点と文体で表現することが、漂泊する吟遊詩人のようなハーンの魂を鼓舞した。時代が求め読者の欲求に適合した故に、彼の優れた異文化探訪の一連の作品群が生み出されたのである。

　異文化空間の探訪が、ハーンの精神の安定となり、彼の記事や作品は世界中の読者に感動を与えた。異国の未知の土地に理想郷を夢見たり、新天地での新たな人生の可能性を信じることは、万人共通のロマンである。自分の可能性を押し広げるために、彼は常に未知の異文化の土地を必要とし、それを繊細な感性で調べ尽くして、特徴や美点を捉えて見事に表現する才能を持っていた。しかし、ある場所での目標が一定の期間の後に達成されると、空虚な疎外感を味わい急速に創作意欲を失い、彼は充足感を再び求めて慣れ親しんだ土地を去るのである。小泉セツと結婚して家庭を持つまでの来日以前の彼の人生はその繰り返しであった。

　死ぬまで気の向くまま、世界各地を永遠に彷徨うのが自分の運命だと自覚していたハーンは、生来、現状に安住できず、満たされない魂の遍歴を続けるロマン主義者であった。30歳近くになってようやく記者として安定した地位を確立したが、彼は尚も心の充実を求めて各地を永遠にさまようような吟遊詩人的願望を抱いていた。彼は安定した仕事を辞めてでも、自分の希望する探求を実行に移して思うように好きなところを彷徨い、常に自らをリスクに追い込むかのように、極限的な土地と人との出会いに自らのアイデンティティを求めて異郷の異文化を探訪した。

　新聞記者の安定した職を得た後でも、非日常的な変化を求めて放浪を繰り返したハーンは、生来のロマン主義的な気質から遠くはるかな空間に惹かれながら、イギリス、アメリカ、日本などの各地で異文化を体験し、19世紀末の科学技術や経済の発展や世紀末的退廃という時代背景の中で活動を続けた作家であり、多くの複雑な要素を内面に凝縮した人物であった。日常性を嫌うかのように変化を求めて放浪を繰り返したハーンには、悲劇的な生い立ちのトラウマや背が低くて片目という肉体的なコンプレックス、遠くはるかな空間を夢見る生来のロマン主義的な気質、イギリスやアメリカや日本という異文化空間に身を晒すことを好む傾向などが複雑に絡み合っていた。

　彼の著作は他の追随を許さない彼独自の異郷探訪と異文化理解の世界を示しており、読者に未知の領域を伝える独特の味わいの文学である。ハーンは日本では小泉八雲の名で怪談の作者としてのみ一般に知られているが、アメリカ時代からの波瀾万丈の人生と風変わりな彼の性癖を吟味し、膨

大な著作、書簡、講義録などを丹念に調べれば、異郷を好む異文化探訪の作家としての漂泊の生涯と、文学芸術に深い造詣を有する吟遊詩人的な魂の全体像が明らかになる。

　ハーンの著作は独特の味わい深い文体と鋭敏な感性によって、日本文化への透徹した洞察力を示した芸術作品である。当時、多くの紀行作家が活躍して、世界旅行による異国情緒の報告がもてはやされたが、時代の流れの試練に耐えて生き残った者はほとんどなく、単なる興味本位の現地レポートは時間とともにその存在理由を失ったのである。しかし、ハーンの作品は単なる事実を報告する旅行記でなく、吟遊詩人的な特質を有する希有な作家の芸術作品として生き残っている。ハーンのような数奇な生涯の作家が、様々な異文化の先端にまで探訪して記した作品に対する正当な評価は困難なものである。この複雑な気質を有する作家の独自の業績に対する評価は、日本のみならず欧米でも賛否両論に分かれ、熱狂的に高い評価と存在さえ無視するような両極端の傾向が混在している。

２．異文化探訪

　ハーンの異文化探訪への傾倒は、両親の離婚による母子生別が原点であった。その後の人生の艱難辛苦の逆境をむしろ生きる糧として、また永遠の母への思慕を楽園や異郷を求める漂泊の魂に昇華して、学校の正規の教育に頼らず、現実社会の現場に即した文学研究や社会勉強を彼は独学で成し遂げた。非情な父親のアイルランド人の血筋である西洋を憎み、ギリシア人の母親の血筋を非西洋と捉えて、東洋的なものや異文化を心の故郷とした。したがって、ハーンが背負った不幸な生い立ちは、必然的に彼の人生をさすらいの旅路にした。彼の放浪のエネルギーは、見果てぬロマン主義的情熱を生み出し、異文化探訪の人生への積極的な姿勢と脱西洋の思想を彼に植え付けた。

　西洋人にしては背が低く風采の上がらぬハーンは、16歳の時に友人との遊戯中、ロープの結び目が左眼にあたり片目を失明していた。彼は醜く潰れた左眼を過敏に気にして、決して正面から写真を撮らせなかった。残った右目も強度の近視のため、激しい勉学による酷使の結果、眼鏡もかけられないほど異様に大きく飛び出していた。この風貌に対する強烈な劣等感が彼を白人社会から遠ざけ、アメリカに永住させることをさらに難しくした。来日して後、晩年に至ってもなお、ハーンは自分の左眼の醜い傷痕を酷く気にしていたという。無意識に手を常に潰れた左眼にあてていた。このように、幼少期の不幸な生い立ちと苦労が身にしみて、彼はともすれば猜疑心を抱き被害妄想に陥りやすくなり、左目失明以後は必要以上に自分の容姿に強い劣等意識を抱いていた。過敏な神経のハーンは、対人関係で人と打ち解けて付き合うのに用心深く、気にいった人との付き合いを求めるのには熱心であったが、突然明確な理由もなしに友人と絶縁するという激しい気性の持ち主であった。また、記者として名声を得た後でさえ突然、彼は日常生活の圧迫から逃れるように各地を当てもなく放浪したり、カリブ海のマルティニーク島に赴いて未知の土地の風俗を調べたりすることを生業にしていたが、最後には西洋社会から遠く離れて、極東の島国日本へ渡り日本に帰化して永住するという人生行路を選んだ。

　このように、ハーンは魂の拠り所を求めて、アイルランド、イギリス、アメリカの各地を彷徨い、さらに西洋から東洋へ漂泊して、吟遊詩人的感性を持ち続けて未知の土地に異国情緒を求め、生活

に密着した取材と執筆態度によって異文化理解に新たな足跡を残した人物である。父親の出身地であるアイルランドでは肉親との縁薄く、彼はさまざまな苦難の末、渡米を決意する。母親の生まれ故郷のギリシアはごく小さいときの淡い記憶しかなく、二度と会えない母親の面影と重なって幻の国となった。ハーンはその後、生まれ故郷のギリシアの島の替わりを求めるかのように、終生、島と海に深い憧憬の念を抱き、ニューオーリンズではグランド島や西インド諸島のマルティニーク島を訪れ、現地に取材して作品の執筆に専念した。旅行記作家やルポルタージュ作家と言われる程、実に多くの地方を訪れて取材したハーンのアメリカ時代は、記者の仕事と文学研究の毎日であったが、彼はアメリカに同化し定住する気にもなれなかった。ハーンはジャーナリズムから生まれた作家であり、彼の作品の多くは芸術的創作であると同時に、当時の時代の風潮を反映した異文化探訪の記録でもある。19世紀末のアメリカの楽観的エネルギーと道徳的退廃に溢れた広大な土地と南部の閉鎖性に見られる地域性、すなわち、シンシナティとニューオーリンズ、自分の不幸な生い立ちが背負ったヨーロッパでの屈折した幼少年期、ギリシア、アイルランド、イングランド、フランスでの光と闇、このような様々な各地を遍歴するうちに、土地と人の結びつきの中で歓喜と絶望の体験をして、孤独で繊細な彼の感性が出逢ったものは、複雑な作用を心に働きかけてハーンという稀有で詩的な異文化探訪の作家を誕生させたのである。

　また、ハーンの異文化探訪は自己探究と自己実現の旅であり、永遠の母性像を求めての見知らぬ異郷の土地への漂泊であった。それは現実にはどの女性にも分有されているが、十分には実現され得ない永遠の母性像であり、常に追い求めながら現実には捉えられないものである。この理想と現実の二律背反の矛盾的対立が彼の漂泊の人生を特徴づけている。ハーンの自己探究の中で永遠の母性としての理想郷を求める心が、異文化へ傾倒する彼の人生行路を形成した。親族との縁が薄く、幼少期より疎外されて孤独の環境の中で育ったハーンは、どの土地にも人にも安住できず、世界の各地に理想郷を求めて放浪したのである。

　異文化や異郷が彼の最も心引かれる研究テーマとなったことは、彼の不幸な生い立ちと無関係でない。ハーンの異郷への傾倒には、自らの魂の渇きを癒そうとするような精神的必然性を感じさせるものがある。不幸な生い立ちと幼少年期の心の深い傷は、弱いものや小さな虫への同情の念を植付け、彼を人の心の痛みのよく分かる人物に育てた。異文化や異郷を探訪するハーンは、意識のフロンティアを常に追い求めることによって、精神の安定を得ようとした。意識のフロンティアを求め続けた彼は、さらに、異界を求めて亡霊や霊界への飽くなき関心を抱き、人間社会の光と闇の背後に潜む名もなき魑魅魍魎にも深い関心を抱いた。異文化を求めて脱西洋の領域を探求し、辺境の人間の極致的な営みに対する賞賛の傾向を強め、西洋から隔絶した極地としての異郷、すなわち、熱帯のマルティニーク島への探訪に意欲を示し現地への長期取材を敢行した後、ついに、彼は極東の島国日本に渡るに至った。彼の不幸な生い立ちと苦難の幼少年期、どん底生活の青年時代、このような辛酸を舐め尽くすような運命の試練が、宿命的な人生の陰りや人間の負の力をハーンに痛いほど感じさせた。想像を絶するような逆境に打ち勝つべく、彼はひたすら努力し、何があっても一途に文学研究と創作への希望をあきらめなかった。このような過酷な運命の連鎖が彼を複雑な感性の人間にした。常に強迫観念と被害妄想に苦しめられて、彼は抑えがたい激情と猜疑心に駆られ、

自分を取り巻く環境に安住できず、自分を追い詰める日常性から逃げ出し、異文化、異郷、異界という非日常性に新たな可能性を追い求めたのである。

　アメリカでの新聞記者時代の取材や創作活動、西インド諸島でのクレオール文化の現地報告などで優れた作品を残し注目を浴び、西洋人のために多くの異文化探訪の著書を書いて、ハーンはアメリカですでに多くの読者を得ていた。しかし、作家としての名声の確立は、来日して日本文化を取材した一連の作品を発表して後のことである。東洋の島国日本から彼は原稿を送り、新聞や雑誌は彼を快く迎え入れ、彼の作品を理解し期待してくれるアメリカの人々のために書くことが、彼の精神的な支えであり励みであった。皮肉なことに日本で小泉八雲として親しまれている彼の作品のすべてが英語で書かれたもので、日本の読者はまったく彼の念頭になかった。

　『ハーパーズ・マガジン』の美術編集長パットンから、日本取材旅行の意志打診を受けたハーンは、日本の美術、文学、神話、宗教に関する興味を今まで以上に深めていた。日本に行けば、マルティニーク島で取材した作品よりも優れた本が書けるという自信を深めたハーンの熱意に、パットンも彼の日本行きに全面的に協力した。今まで日本について書かれた多くの著書とは全く異なった視点で、論文体を避けて新しい著述方法で考え、作品内容に新たな生気と色彩を持たせて、読者に異文化の生きた感覚を与えたいというのがハーンの日本取材の抱負であった。新たな事実を発見するのではなく、自分自身の個人的体験に基づいた独自の観点から、読者が正に日本にいるかのような印象を与えるために、庶民の生活の中に入り込んで無名の人々の感情を描き、さらに一般の日本人の思考様式で欧米の読者に考えさせるような作品を書くことがハーンの目的であった。

　ハーンはパットンに向かって日本での取材計画と執筆予定の書物の内容について、明確に具体的題目を示して説明している。主要なものは次のような項目である。[1]

「第一印象、気象と景色、日本の自然の詩的要因」
「異文化」
「教育制度、こどもの生活、こどもの遊技など」
「家庭生活と宗教」
「寺院の儀式や礼拝」
「新奇な伝説と迷信」
「日本の女性」
「古い民謡」
「珍しい言語習慣」
「日本の政治的軍事的組織」

　異文化を直観的に把握する能力に優れ、日本に関する知識や洞察力が的確であったことが、来日前の彼の取材計画の精緻な意図に伺われる。主観的感情に溺れやすいロマンチスト、脱西洋の漂泊者、日本を熱狂的に賛美し日本に帰化した西洋の奇人、偏屈で一刻者の夢想者などの表現は、ハー

ンを誹謗する言葉として使用され、従来から奇妙な偏見と独断による評価が、実際よりも彼を矮小化してきた。反キリスト教を標榜し西洋に背を向けて日本人になったハーンは、西洋社会から見れば奇人変人の裏切り者扱いであった。彼の日本研究における異文化への洞察力や精神的円熟の境地は全く看過されてきた。正規の教育を受けずに、全くの独学であった彼のディレッタント的側面は、狭量な専門家や学者の批判の的となり、業績に対する正当な歴史的評価を全く無視する傾向すらあった。ハーンの描いた日本像は幻想的であり、単なる熱狂的な言葉の羅列にすぎず、冷静な事実の記述に基づいた学者的な論考に欠けると保守的なアカデミズムから批判を受けてきた。しかし、本来、彼が意図したものは西洋の学問至上主義的な立場からは一線を画すものであった。人間の包括的考察者として、また、異文化の柔軟な理解者として、さらに、袋小路に行き詰まった西洋文明の悪弊に対する救済者として、苛酷な生存競争や近代産業主義の汚点から解放された楽園を各地に探訪してその文化的位相を模索し、ハーンは極東の日本の世界に幻想のような理想郷を垣間見て、西洋の価値観とは隔絶したものの真実性を捉え、その幽玄なる美質を優れた想像力によって読み解き表現しようとした。さらに、光の世界の裏側に潜む闇の存在様式としての異界、霊界へも深い探究心を抱き、各地に不可思議な伝承、神秘的な伝説、風変わりな逸話、奇妙な風習などを取材して作品化することに努めた。

　従来の西洋至上主義の視点や見解とは異なったもの、生硬で抽象的な論調ではなく個人的体験の具体的事実に基づいたもの、人種を超えた人間の普遍的な精神を探究するような思想、対象の中に入り込んでその本質を掴み、読者にそこにいるかのような印象を与えて日本の風俗や伝統を伝えることがハーンにとって何よりも重要であった。日常性の中に秘そむ、卑近な現実的事実の背後に隠れた高い精神性を鋭敏に把握し、通俗的な観念から見過ごされた些細な事実や弱小な庶民生活から想像力で読み取った彼の日本観は、具象的エピソードを積み重ね、事実と事実の対立と矛盾、西洋と東洋の反発と隔絶を超えて、統合し融合するような高次の思想的境地に立った異文化理解の結実である。すべての雑多な否定と肯定を止揚するような弁証法的精神による創作態度こそ、西洋的価値観に縛られず自由に柔軟に異文化に接近した彼の思考様式を示しているのである。

　そして、彼は現地に取材するというジャーナリスト的な創作態度を確立して後、ついに、40歳にして極東の島国日本にやって来た。このような放浪の日々の果てに、終焉の地となる日本に定住し、19世紀の半ばに生まれた異文化探訪の異色の作家ハーンは、54歳で日本で日本人として生涯を閉じたのである。彼は波瀾万丈の旅路の終焉の地として日本を選んだ。型にはまらない柔軟な視点で、近代化を急ぐ明治日本の姿を彼は鮮やかに描き出し、今まで注目されることの少なかった極東の島国を西洋社会に繊細な文学的表現を駆使して紹介した。このような特異な経歴と優れた才能の作家が来日し、世界に日本を紹介する優れた一連の著作を発表したことで日本は大きな恩恵を受けた。一連の日本論の著作において逆説的に、ハーンが見出した日本の魂に日本人が惹かれ教えられたのである。ハーンは西洋至上主義に捕らわれない自由な視野と繊細な感受性で日本を捉え、日本人も気づかずに通り過ぎてしまうような様々な日常的庶民生活の貴重な記録を多くの著作に書き残したのである。

　ハーンはシンシナティ時代に新米の新聞記者として事件の記事を書き始め、特にニュー・オーリ

ンズ時代に入って徐々に本格的に、翻訳、文学評論、紀行文へと執筆活動の幅を広げ、さらに日本時代に入ると明確に西洋と東洋との比較文化的な考察を深めるようになり、常に異文化の対象に対して複眼的視点から柔軟な接し方を身に付けるようになった。西洋人の書いた日本に関する旅行記や印象記は既に多く出版されて、彼自身も大いに読んで触発されていたが、すべてが西洋からの傍観者的な立場の記録や観察の類で、白人至上主義的な観点から日本文化を見下ろした冷徹な断片的事実の羅列にしかすぎなかった。これに対して、ハーンは日本の生活の中に入り込んで、日本の事実と精神の色鮮やかな生きた存在感を漲らせた知識として作品を書こうとした。

　日本の地方の田舎に残された古来からの豊かな文化の伝統を探究するために、彼は日本文化の中に入り込み、さらに日本に帰化し日本文化と一体化することを生涯続けた。日本の庶民の日常生活、宗教的信条、民間伝承、迷信、風俗などに興味を抱き、日本の魅力的な真の姿を西洋の読者にどのように紹介するべきかを真剣に考察し、このために力強いアピールの豊かな文体を度重なる推敲と試行錯誤の後に構築したのである。顧みられることなく消滅しつつあった日本の伝統文化を再評価し復活させるために、埋もれた物語の新たな語り部となるべく生涯努めたのである。ハーンは日本を訪問した最初の西洋人でも偉大な学者でもなかったが、従来の日本関係の著書が学者や旅行者という傍観者的な視点から眺めていたのに対して、彼は庶民の中に入り込み日常生活の中で日本人のように考えたのである。同時に日本の深遠な文化と思想に真正面から取り組み研究を続けていたハーンは、日本の芸術文化の美意識が西洋のものに勝るとも劣らない優れた感性と繊細な感覚で形成されていることに注目していた。

3．異界、霊界

　ハーンの異文化探訪のもう一つの原点は、異界、霊界との出会いであった。異界や霊界への柔軟な思考が、従来の固定観念から彼を解放し、彼を独自の取材方法の異文化探訪者に育てた。このような不可思議な世界へのロマン主義的な熱中が、不可視なものを畏敬の念で見つめ、現状よりも遙か彼方の未知の土地を思慕の念で辿り行く彼の生涯を決定づけた。異郷の異文化に対するハーンの傾倒ぶりは、幼少年期の霊界へのトラウマ的体験に基づいている。ハーンはまだ幼い時に母親と父親の両方から縁を切られ、大叔母の重苦しい屋敷で孤独な幼少年時代の日々を送った。彼は4歳で母親と生別し、その記憶もはっきりせず、美しい浅黒い肌と大きな茶色の瞳が幻のように断片的に残っているだけであった。薄情な父親にも彼は5回程会っただけである。姿を消した母親は再婚し子供を産み、再婚相手から前夫との間に生んだ子供と会うことを禁止されていたため、父方の親戚に厄介になっていたハーンと弟の養育を拒んだが、晩年には精神を病み、10年間入院した後、59歳で亡くなった。また、後に成人してアメリカで農場主をしていた弟とは、日本へ発つ直前に文通があっただけで、彼には生涯一度として実際に会う機会はなかった。このように肉親の縁の薄かったハーンには、母親の記憶もほとんどなかったが、母親への思慕の念は非常に強いものがあった。

　母親に対する父親の冷たい仕打ちによって、幼くして生別したハーンは、父への根深い反発と母への強い思慕の念をトラウマのように心に刻み込むに至った。ハーンの満たされぬ魂とその後の英米での筆舌に尽くせぬ艱難辛苦の生活体験は、北方のアイルランドの白人社会を本能的に憎み、脱

西洋の思いを強め、南方のギリシアのラテン世界や東洋世界の異文化を賛美し、永遠の母性への憧憬を追い求める生涯の原動力になった。後年、彼は著書の中で、人間は成長し知識を身につけるにつれて、絶対的な存在を無限の母の愛として認識するようになると論じ、このような考え方を生む想像力の根源は西洋的というよりも東洋的なものに違いないと断じている。人類が進化すればするほど、神の概念はすべての聖なるものを変容する希望として、より女性的なものにならざるをえないとし、次のように述べている。

　　　「こうした考えは、どんなに信仰の薄い者にも、ありとあらゆる人間の経験のなかで母の愛ほど神に近いものはない ―― 母の愛ほど神聖の名に価するものはない、ということを想い起こさずにはいない。この惨めな小さな星の表皮の上で思想のか弱い生命がはぐくまれ、生きながらえることができたのも、母の愛があったればこそであろう。人類の頭脳のうちにより高尚な感情が花咲く力を得るようになったのも、その無上無私の愛があったからであろう ―― 見えざる霊界を信ずる高尚な心がよびさまされたのも、母の愛の助けがあったればこそであろう。」(2)

　強者としての白人の父の非情を憎み反感を募らせる一方で、弱者たるギリシア人の母の悲運に同情し、ギリシアや東洋を理想化し異国情緒を想像力で膨らませ、すべて自分の中の優れた能力は母からの賜物と考えた。人を愛する心や悪を憎み真理を探求し審美感を抱く能力は、全て母親から与えられたものと彼は信じ、異界や霊界への関心を独自の立場から深化させるようになった。

　子供のいない大叔母ブレナンは、当初自分の全ての遺産を相続させようとして、幼いハーンを引き取り世話をした。しかし、一人読書することの多かったハーンは周囲に馴染まず、ギリシア神話やケルト伝説の世界、お伽噺や昔話に強く惹きこまれていた。さらに、過敏なハーンが暗闇を怖がったりひどく幽霊を恐れていたので、そのようなことがないようにと厳格な大叔母の指示によって、5歳程で一人暗い寝室に鍵をかけて寝かされため、毎晩、彼は幽霊や妖怪の悪夢や幻覚に襲われた。過敏で臆病な性格を直すためという理由で、無理矢理に暗い部屋に閉じこめられて寝かされたために、感受性の鋭かったハーンは、激しく亡霊や幽霊に怯え悩まされた。大叔母の陰鬱な大きな屋敷の重苦しい雰囲気の中で、幼い多感なハーンは親子の絆を断ち切られて、肉親の愛情もなく一人暗い部屋に閉じこめられて眠り、恐怖の中で亡霊や幽霊と遭遇したのである。さらに屋敷に出入りしていた禁欲的なカズン・ジェーンが厳しい神の罰を説き、ハーンにキリスト教に対する恐れや亡霊を信じる契機を与えた。大叔母の屋敷の中では、まだ幼いハーンは名前で呼ばれず、単に「子供」と呼ばれていたという。周囲との意思疎通を欠き、両親から見放され、誰からも愛されていない状況の中で、彼は大人の世界に対する恐怖心を抱くようになった。このような幼少期の苛酷な体験は、冷徹な現実よりも夢幻の時空間に浮遊するハーンを育て、かって恐怖の対象であった亡霊や幽霊は、むしろ異界や魔界に非常な興味を持たせるに至った。肉親の愛に縁の薄い不幸な生い立ちの中で、周囲から疎外されて日常性は現実感を失い、彼は幻想や幻覚を見て不可思議な超自然世界に魅了され、恐怖であったはずの霊界や異界に傾倒し親近感を覚えていた。さらに、成長するにつれて、ハーンはむしろ亡霊や幽霊に虚偽のない純粋な霊魂や情念の存在を感じるようになった。また、大叔母

やカズン・ジェーンの標榜するキリスト教に反発すると同時に、彼は霊界や異界の神に一層の近親感を覚え信仰のようなものを感じるようになった。天涯孤独なハーンにとって、かって恐怖の対象であった亡霊や幽霊こそが唯一最も親愛なる存在となったのである。

　大叔母の屋敷に出入りしていたカズン・ジェーンという女性は、キリスト教教義の呪縛に取り付かれた悲哀の人物として幼いハーンの脳裏に焼き付いていた。[3] 彼女は天国よりも地獄の恐怖を幼いハーンの心に呪術的恐怖の言葉で植え付け、すでに亡霊や幽霊体験によって異界への関心を深めていた彼をさらに魔物の世界へ誘うことになった。すなわち、霊的体験による異界への関心は、彼女との出会いによってさらに駆り立てられ、キリスト教の神よりは魔性の存在、悪魔、亡霊、魑魅魍魎の世界、異端の神々、暗黒の中にあって顧みられることのない闇の存在に、彼は同情し惹き付けられるようになった。同時に、地獄の炎の恐怖に怯えるジェーンの苦痛に充ちた憂い顔と不吉な黒衣の姿は、ハーンにとって忌むべきキリスト教の恐るべき化身であり、不幸の身の上の自分をさらに追いつめ、不吉をもたらす憎むべき存在として、彼はその存在の消滅を願った。

　ハーンは彼女に関する奇怪な霊的体験をする。彼女の青白い顔のない亡霊に遭遇したのである。その後本当にカズン・ジェーンが肺炎で死亡する。誰にも言えぬこの不思議な霊的体験は、その後の彼の異界や霊界に対する探究心を形成し、不可知なものに対する畏怖の念を深める契機となった。ハーンによれば、死者への恐怖、亡霊に対する恐れは、太古の昔から人間の心の内奥に潜む生命の根源的恐怖である。生前は共に親交を深めた愛すべき人達が、死を境として恐怖の対象となり、昔ともに談笑しあった人の死体は、生きる者を脅かし憎悪しているかのように迫ってくる。このような死や闇夜に対する名状しがたい恐怖は、人類が太古の昔から何世代にも渡って遺伝子の中に伝え残してきたものであり、ハーンは亡霊や幽霊などの異界に対する探究に一種の信仰のような情熱を抱き夢中になった。ギリシアやローマの神話の神々も彼にとってはキリスト教にかわる大事な信仰の対象であった。

　このように、夜の暗黒の恐怖や闇の世界の思考は、その後、ハーンの霊的な神秘への直観的洞察力を開眼させ、異教の神の信仰を抱かせるに至った。人が眼を背けてきた醜悪なものに、彼は倒錯的な審美感を把握し、弱者や少数者に偽りない真実の声を洞察して、悪魔や魔性のものに深い同情と敬意を覚えた。下層貧民社会のどん底生活の中で孤立無援の少数者としての辛酸をなめ尽くし、複雑な血統を受け継いだ混血児のハーンにとって、本当の真実や美は少数者によってのみ把握されて、多数者からは無視され憎まれてきたものであった。自然界の具象の背後に不可視の存在を見つめるハーンの心眼には、多くの亡霊や幽霊の異界があざやかに見えていたのであり、来日後の彼は中国や日本の宗教の輪廻転生や死者の世界の信仰に何の抵抗もなく親近感を覚えた。光輝燦然とした霞に解け合う海と空の蜃気楼や幻影は、彼の不可視なものへの想像力を喚起する。霊魂の超自然性や超絶性に対する彼の考察は、中国の神仙思想における想像上の仙境蓬莱を取り上げて、その霊妙な大気に集中している。不老不死の蓬莱では死者をも蘇らせる不思議な草が生えている。彼は霊魂の不滅性や神秘性を次のように描写している。

　「この大気はわれわれ人間の時代のものでなく、途方もなく古い時代のものだ —— その古さは

考えようとすると空恐ろしくなるほどだ —— それは窒素と酸素の混合物なぞではない。要するに空気ではなくて、霊気から成り立っているのだ。—— 幾億万回となく生と死とを繰り返してきた霊魂の精気が混じり合って一つの巨大な透明体となったものだ —— そうした霊魂を持っていた人々は、私たちとは似ても似つかない考え方でものを考えた。どんな人間でもその大気を呼吸すれば、自分の血の中にこれらの霊気の顫動を取り入れることができる。これらの霊魂はその人の感覚を変えてしまう —— 時空の観念が改まり —— その人は、それらの霊魂の見たようにしかものを見ず、感じたようにしかものを感じず、考えたようにしかものを考えなくなるのである。」[4]

　蓬莱では人は老いることも微笑みが絶えることもない。その住人は小さな椀で食し、小さな杯で酒を飲む。このような古い伝説が伝える魔力は、遠い昔の死者の希望した魅力に他ならない。このような蓬莱の霊妙な大気は、日本の水墨画の山水に吹き渡る明るい雲を連想させる。その山水画の微かな霊気の中にハーンは蓬莱を読みとる。あらあゆる蜃気楼に幻影に不可視な超自然を感知し、遠い過去からの消えつつある伝言を看取して、その時空間を超絶した夢幻の境地を彼は芸術的表現に具現化しようとした。

　日本時代のハーンにとって、神秘的な夕日や夏の青い海、寂れた墓地、小さな虫や鳥、民話や怪談、弱小のものや消え去った過去、さらに、忘却の彼方の不可思議な異界への探求心は、今まで以上に旺盛なものとなった。このような異界に対する長年に渡る心血を注いだ彼の研鑽が、晩年の傑作『怪談』を生み出す独自の素養となった。しかし、彼は単に怪談の作家であるだけではなく、異界への鋭敏な探究力や洞察力から、優れた日本理解や異文化探訪の作家として大成するに至った。すなわち、従来の外国人のような傍観者的な姿勢で、日本人の心や伝統文化を上から見下ろす西洋至上主義者の態度ではなく、異界を眺める時に鍛えた精緻な観察力と想像力によって、彼は日本人の生活の中に容易に入り込んで、日本人の目線で眺めて、西欧の読者に日本の庶民の姿を色鮮やかに紹介したのである。

　さらに、ハーンは父と子と聖霊の名において、というキリスト教の祈祷の中の、聖霊、すなわちホーリー・ゴーストという言葉に異様な関心を抱いた。また、聖母マリアとイエスの聖母子像は、生別した永遠の母と自分のような切実な印象を与えた。このように、ハーンはキリスト教に反発し背を向けると同時に、異端的な興味と関心の対象として捉えたのであった。元来隻眼で弱視であったため朧なものや不可視な存在に対する幻想癖を募らせて、彼は亡霊や幽霊の実在を信じ、宗教ではむしろ正統な信仰心よりは、不可思議な霊的側面や不可知な異界、不気味なオカルト現象に異様な関心を抱き、既に7才頃から後年の世界観の萌芽を持っていた。

　遠い昔の宗教的認識における神の存在、聖なるもの、不思議な神秘などすべては、古代人によって霊的（ゴーストリー）の一語で説明された。聖霊や霊魂について語ることは、亡霊について語ることであり、宗教的な知識はすべて霊的なものであった。神という概念は古代人の亡霊の存在に対する原始的信仰から発展したものであり、ゴーストは至高の存在たる神に用いられるようになっていた。後年、ハーンは芸術作品における霊的要素の重要性に関する文学講義の中で、ゴーストリー、

すなわち霊的なるものについて次のような解説している。このような文学講義におけるハーンの論考は、芸術作品の本質に霊的要素を指摘した卓見であり、豊かな含蓄の形而上的認識を示している。

「今日、宗教上、神の、聖なる、不思議な、と称されるものはすべて、古代アングロ・サクソン人には、霊的（ゴーストリー）の一語をもって充分に説明されていたのだった。彼らは、人間の精霊や霊魂について語る代わりに、亡霊（ゴースト）について語った。そして宗教的な知識に関わるものはすべて霊的（ゴーストリー）と呼んだ。現在、カトリックの告解のさいに唱えられる決まり文句は、およそ二千年の間、ほとんど変化していないが、その中で神父は必ず、霊なる父よと呼びかけられる —— それは神父の仕事が、父親のように人々の霊ないし魂の面倒を見ることにあるからである。告解をおこなう者は神父に語りかけるとき、実際にわが霊の父よと言う。それゆえこのゴーストリーという形容詞に、事実非常に大きな意味が付与されていることがわかるわけである。それは超自然に関するあらゆるものを意味する。キリスト教徒にとってはそれは、神自身をさえ意味する。というのは生命の付与者は、英語ではつねに聖霊（ホーリー・ゴースト）と呼ばれるからである。」[(5)]

　神という概念は亡霊の存在を信じた原始宗教の信仰から生まれたのであり、ゴースト（亡霊）という言葉にはこの世のものならぬ厳粛な響きがある。また、この様な感覚を抱けば、物質的実体が本質的には霊的なものであり、人間それぞれが不可思議な一個の霊に他ならないという認識を生む。さらに、宇宙の神秘性も霊的なものであり、あらゆる偉大な芸術はこの宇宙の霊的謎を人間に想起させ、人間の内奥の無限なるものに触れさせるのである。したがって、偉大な芸術作品が与える感動は、人間が亡霊や神を見たときの異様な戦慄に似ているのである。どれ程、科学的知識が増大しても、超自然的内容の文学芸術は依然として歓迎され、霊的なものの真理の不滅性を物語るのである。

4．霊的宇宙としての海
　温暖な気候で澄み切った紺碧の海と空に囲まれたギリシアのイオニア諸島のサンタ・モウラ島、すなわち現在のレフカス島で1850年にハーンはギリシア人を母として生まれた。アイオニア諸島は歴史的にギリシアとローマの文化の融合する地域であったばかりでなく、その島民達にはアラブや東洋の血が混じっていたと考えられている。遠い昔の伝説に満ちた土地柄であり、幻想的なロマンスに彩られた人々の住む地域である。紺碧の空と海に憧れるハーンの熱帯志向は、幼児期に過ごしたギリシアの島での原体験と深い関係がある。そして、ハーンは常に自分の母方の先祖に東洋人の血を意識していた。ギリシアとローマの文化的融合の歴史に曝されたこの島の特性は、民族的遺伝子となって、絶えず相対的価値観を見失わないハーンのコスモポリタン的風貌や心理構造に受け継がれている。宍道湖や中海に囲まれた松江や雄大な海岸の隠岐の島を見た時、原体験としての幻想的なギリシアの島の記憶が鮮やかに甦り、運命的な出会いを意識した彼は、東京在住時でさえ永住の地として隠岐の島を希望したのである。

特に、ハーンの海や島に対する熱い思い入れは非常に深いものがあった。来日後、熊本時代にハーンは隠岐の島を外国人として最初に訪問した。日本海に浮かぶ隠岐の島は、彼にとってギリシアの島を思わせ、漂白する孤独な魂を慰めた。文明から隔離された島では松江よりも古風な風習が残り、綺麗な風景と純朴な村民が彼を心から魅了した。後に東京の都会生活に疲弊したハーンに、理想郷としての松江が念頭に浮かんだが、隠岐の島はさらに想像力に強く訴えかけ、彼は隠岐の島での永住を夢に見ていた。

　明治30年の夏、ハーンは静岡の焼津に行き、漁師山口乙吉宅の二階に逗留する。彼は焼津の海も乙吉の人柄も気に入り、明治32年にも再訪する。その後毎年35年までと37年にも、彼はお気に入りとなった焼津の海を訪れている。晩年に神の村だとまで絶賛した焼津は、旧日本の面影を求める彼の求道者的精神にとって、松江や隠岐島のビジョンと密接に結びついている。祈願が成就したら片目の達磨に眼を黒く塗り入れる習慣は、隻眼の彼の心を魅了し、屈託なく彼に挨拶をする村の漁師も農夫も、彼にとってお伽の国の無垢な住人のようであった。彼は大都会東京の生活の悶々たるストレスを発散させるかのように、焼津の海と村人に夢中になった。また、荒くて深い太平洋の海は、水泳の得意な彼を惹き付けて離さなかった。水泳の得意なハーンは、波に浮かんで葉巻をくゆらせたりしながら、いつまでも水の中で遊んでいた。熱帯と紺碧の海は、ギリシアの島に生まれた彼の生涯を貫く重要なイメージである。生誕の地ギリシアの島の絶壁と輝く海という彼の原体験を追究する旅は、ニューオーリンズの海と帆船、マルティニーク島の太陽と青い海、富士山を背景に帆船が集う横浜港、江ノ島、焼津、松江の宍道湖と中海、日の御碕海岸、隠岐の島などを次々と訪れる求道者的漂泊となり、自らのアイデンティティを模索する魂の渇望の癒しを求めるものであった。奇妙なもの、異質なもの、異国のもの、不可思議なものといった未知の領域への探求も、因襲の支配に反発して真実を追い求めるハーンの求道者的側面を物語っている。このような意味において、彼は人生に対して実験的で挑戦的な態度を維持し続けるロマン主義者であった。人生と文学の根元的ビジョンとして、これらの海に纏わる土地は彼に大きな力を与え、彼の作品に不思議な個性と普遍性をもたらした。海はハーンの想像力の源泉となり、幼少期の霊的体験と共に、異界の神秘を探究するロマン主義的心情を育んだ。遙か彼方の海と空を憧憬する彼の性癖は、常に現状の満足よりも未知への変化を求め、異文化や異界に対する強い関心を抱かせることになった。

　人生の辛酸を舐め尽くすような不遇な時代に、心の慰めとなった異界や霊界への情熱的探究は、海のビジョンとしての霊的宇宙との交感を求めて昇華する求道者的なハーンの文学思想の基盤となった。「焼津にて」は海のビジョンとしての霊的宇宙との交感を見事に表現したハーン晩年の傑作であり、彼の究極的な芸術観を示す散文詩と言える。漁港、大型漁船、お盆の灯籠流しの幽玄さ、海の神聖な神秘、このような漁村の情景からの考察と瞑想の中で、霊的宇宙の存在が究極的領域として示される。繊細な筆致で人間の生と死を独自の想念で見つめ、時折諧謔も交えながら、彼は霊的宇宙の壮大な真理を表現しようとした。海のビジョンから人間の魂の根源を霊的宇宙に求めたハーンは、黒人霊歌や民族舞踏、門付けの歌や童謡などのあらゆる音声や言葉に、霊的魂の表現を看取した非凡な想像力の持ち主であった。焼津の漁村や入り江の荒磯を賛美し、雄大な紺碧の海

と怒濤の波に感嘆し、彼は遙か彼方の霊峰富士山に畏怖の念を抱いた。古来の伝統を守りながら、村全体が共同体意識で協力しあう焼津の漁村で、ハーンは哀感を帯びた漁民の素朴な歌に旧日本の美質や遠い神話の世界を垣間見る。西洋を模倣して近代化する新日本には目もくれずに、無邪気で無心の庶民の素朴な心で、先祖からの神仏の教えを素直に守り続ける村人達は、彼にとって正に創世記の民であり、古き日本の神話の世界の人達であった。灯籠流しが死者との別れの儀式であることに深い感銘を覚えたハーンは、明かりを放ちながら海へ流れ去る灯籠を眼で追い、闇の中に消えていく様子を、無明の世界へ放浪する魂であるかのように感じ、異様な感銘を抱く。闇夜に燃えながら消えていく灯籠の姿は、異界や霊界を示唆しながらも悲哀に満ちて不気味であり、漆黒の海は危険で戦慄すべき死の世界を暗示した。

　怒濤の海原を見て、また大海の潮鳴りを聞いて、人は皆厳粛な気持ちになる。大海を眼前にすると、誰でも瞑想的気分に浸るものだ。うねる海の眺めと波の音が、この世の一切の煩いを忘れさせる。しかし、昼間の海よりも闇夜の海は、不気味な意識を備えた不可知な存在として人に漠然とした恐れの感情を与える。

　　「燐光で青く明るい夜に海水のきらめき又くすぶる明暗がどんなに生き生きと見えることか！燐光の冷たい炎の色の微妙な変化がどんなに或る種の爬虫類を思い出させることか！　そういう夜の海にもぐってごらん。濃い青色をした薄暗がりの中で眼をあけて、あなたの泳ぐからだの動きにつれて数えきれない光の微粒が異様にほとばしるのを御覧なさい。海水を通して見るその光の点は一つ一つ目をあけたり閉じたりするように明滅する。そういう瞬間には、私たちは何か馬鹿でかい感覚体にすっぽり包まれたような気がする。それはどの部分も万遍なく、触れて感じ、見てとり、意志を動かす一種の生き物で、その得体の知れぬ軟らかく冷たい霊体（ゴースト）の中で私が宙に浮いているという感じなのだ。」[6]

　闇夜の海の音から受ける漠然とした恐れの感情は、何万年も何十万年もの昔から先祖代々我々の遺伝子の中に伝えられてきた無数の恐れの総和に他ならない。海の音は人間に畏怖の念と厳粛な気分を与え、深い瞑想にふけさせる。太古からの恐れの感情は、不可視な霊的存在の海の深淵に呼応する。海には大霊が充満し、その深い深淵は我々の魂の根源でもある。

　太陽の下で光り輝く海は怒濤の波を見せて気高いが、闇夜の海は無明の世界の不気味さを露わにする。霊的宇宙の諸相を示す海のビジョンを凝視するハーンは、怒濤の波に霊的な命と意志を看破し、海に宇宙の魂を感じて、太古から無数に続いてきた命の感覚に霊的な想像力をかき立てられた。幼年期に見聞したギリシアの海の淡い原体験を想起し、母性としての海に魅了されていたハーンは、神秘的な波の豊かなふくらみに感動した。

　厳しい環境の中で生存競争を生き延びてきた遠い祖先の恐怖心が、何世代にもわたって伝達してきた人類の遺伝的精神に浸透して、人間は海の崇高な壮大さに感動すると同時に、海の不気味さに戦慄する。個我を超越し包含する広大な宇宙的規模の存在としての海との霊的交感をハーンは信じた。海の怒濤に対する崇高と恐怖の反対感情併存は、祖先達の厳しい苦難の歴史と厳粛な命の継承

の重厚な響きを伝えている。海の怒濤は太古からの人間の喜怒哀楽の響きでもあり、崇高と恐怖の海は怒濤の波音の音楽性によって、魔法のように心をかき立て、太古の歴史の神秘と悲哀のすべての記憶を彼に呼び起こす。人間の苦悩と恐怖の記憶は、悲哀を奏でる海の波の崇高な音楽で感情的に救われる。海を凝視するハーンは、怒濤の波に霊的宇宙の魂を感知する。彼にとって、神の似像としての人間は、神の奏でる音楽としての人生を歩む。人間の泣き声も笑い声も喜怒哀楽の叫びも祈りも全て、神にとって見事な調和の音楽に他ならない。何世代にも渡って伝達された人間の悲哀の調べの歴史こそ、神の音楽の最も偉大な旋律として昇華したものであり、無限の過去の喜怒哀楽の総和として人々に感動を与えるのである。

　精神的遍歴を続けるハーンの漂泊する魂にとって、海のビジョンとしての霊的宇宙との交感とは、このような海との宇宙的な出会いに霊的想像力の究極的領域を見出すことであった。幼少年期のギリシアの海の原体験の幻影とその後の実人生の海に纏わるあらゆる経験の総和が、彼の求道者的精神の中で人類の歴史的な記憶の広大な総体と呼応する。スペンサーの進化論の思想に影響を受けた彼は、人類の先祖の無数の死の総和として現在する命に対する畏敬の念と共に、海のビジョンの中に彼独自の有機的宇宙観を構築する。さらに、独自の神秘的ロマン主義の立場から、日本の自己犠牲的愛や無私の集団的意識、芸術的審美感と宗教的神聖との高尚な結合、善と悪を超越した不思議な民話や神話の世界などを彼は考察した。また、東西の文化的融合の可能性を模索する中で、キリスト教と仏教などを宇宙的視野から捉えて、彼は人類の精神史における歴史的変遷に対する宗教的考察を深めたのである。

5．新旧日本の相克、松江から熊本

　チェンバレンの英訳『古事記』やパーシバル・ローエルの『極東の魂』によって日本への関心を深めていたハーンは、1890年3月、ハーパー社の特派員としてニューヨークを出発し、さらにバンクーバーから横浜まで17日間の船旅の後、夢の国日本に到着する。はじめて超然とした富士山を眼にし、小さな白い帆船の群れ、飛び交う海鳥を見て感激し、日本を彼の漂泊する人生の終焉の地にしようとまで思った。彼は日本との出会いを宿命的なものとして受け止め、すでに自分の霊が1000年もの昔から存在していた所という強烈な帰属意識を持つ。しかし、明治23年4月横浜に上陸すると、同行取材の画家ウェルドンの俸給が自分よりもはるかに多く、絵に付け足しの記事を不利な条件で求められている事が明確な事実として判明すると、ハーンは怒り心頭に発し、後先を考えずハーパー社と絶縁してしまう。経済的苦境に陥ったハーンは、早速友人ビスランドの紹介状を持って横浜グランド・ホテルの社長ミッチェル・マクドナルドに会い、就職の世話を頼むことになる。マクドナルドから紹介してもらった東京帝大のチェンバレン教授を通じて、以前ニューオーリンズ万国博覧会ですでに旧知であった文部省の官吏服部一三に再会し、その斡旋で松江尋常中学校の英語教師の職を得る。

　松江に赴任するまでにハーンは横浜や鎌倉などを巡り、ビスランドに日本の印象を興奮気味で書き送っている。ハーンは東京から姫路まで汽車に乗り、さらに人力車で津山経由で山陰へ出て、途中下市で盆踊りを見ている。天真爛漫な日本人は世界でも類を見ない無垢な人々として彼に深い感

銘を与え、日本の信仰、風習、歌謡、衣装、家屋などに心からの親近感を覚え、その欠点までも受け止め、西洋人よりは日本人として生まれたかったと感激の心境を吐露している。神秘的な夢の国日本はハーンにとって、マルティニーク島の楽園よりもはるかに魅力的であった。純粋無垢な日本人の無心の姿は、利己的な個人主義と過激な競争社会の西欧的価値観を逆転させるような別世界であり、集団のために自己抑制や自己犠牲を優先するすべての言動が、麗しい美徳の国の住人として彼を深く感銘させた。

　明治23年8月30日に彼は松江に着き、9月2日に松江尋常中学校に初出勤した。教育勅語の奉読の模様や明治日本の教育の功罪を「英語教師の日記から」に記述し、ハーンは当時の若者の精神状態を克明に記録している。献身的にハーンの世話をした小泉せつを伴侶にしたことは、松江での幸福な家庭生活と日本永住を決定的にし、貞淑な日本女性に信頼しうる心の拠り所を得て、母性への思慕と畏敬の念は夫人への愛によって具体的なものとして結実する。結婚問題は彼に国籍を意識させ、家庭を維持し権利や財産を保持するために、婿養子として日本に帰化して日本国籍を獲得し、妻や子供を昔の自分のような不幸に陥らせないことを彼は願った。ハーンは宍道湖のある松江を故郷のギリシアのレフカダ島のように終生思慕し、ヘルンさんと敬愛してくれた素朴で温厚な松江の人々を愛していた。松江で伴侶を見いだしたことも松江に深い縁を彼に感じさせることになり、神社仏閣の多い松江で仏像や地蔵を眺めたり、子供達の無邪気に遊ぶ姿を見ては愉しんでいた。特に松江の風物の中でも、日本独自の音の美しさに彼は非常に敏感であり、聴覚をはじめとする五感で、古き日本の伝統に何とか触れようとした気概が、次のような一節からも伝わってくる。

　　「柏手を打つ音は鳴り止んで、一日の骨の折れる営みが始まる。橋を渡って行き来する下駄の音が一層かしましくなる。大橋を渡る下駄の響ほど忘れ難いものはない。足速で、楽しくて、音楽的で、大舞踏会の音響にも似ている。そう言えば、それは実際に舞踏そのものだ。人々は皆がみな爪先で歩いている。朝の日差しを受けた橋の上を無数の足がちらちら動くさまは驚くべき眺めである。それらの足はすべて小さくて均斉がとれていて、ギリシャの瓶に描かれた人物の足のように軽やかである。」[7]

　既に結婚して家庭を持ったハーンは、さらに、小泉家の親戚縁者も扶養する義務を負っていた。全てを託して信頼する家族の存在は、孤独な漂泊の日々を送っていた彼にとって、新たな生き甲斐であった。どんな辛い仕事があっても、自分を頼ってくれる人々と守るべき家庭の存在は、彼の心に精神的安定を与えた。松江藩の士族であった小泉家の古風な習慣や作法に触れて、ハーンは旧日本の世界に安らぎと小さな幸せを感じていた。彼を唯一頼りとし、常に細やかな気遣いを示してくれる人々の微笑や穏和な表情に、彼は絶えず自分の良心に訴えかけてくる責任と義務を感じ取っていた。ハーンが笑うと家の者が皆呼応するように笑い、彼が不機嫌だと家内の者全てが心配して息を潜め沈黙した。幼年期より肉親の縁に恵まれなかったハーンにとって、相互に信頼し合う生命的な人間関係は、かけがえのない家族の家庭という小世界であった。

　明治26年11月に長男一雄が誕生すると、既に小泉家の親戚縁者の扶養義務を一身に担っていた

ハーンは、さらに父親としての責任を痛感する。幼少年期からアメリカ時代にかけて、孤独な漂泊の人生を送ってきた彼にとって、家庭の温もりのある古風な大家族制の生活は、日本の家の概念や人間関係を体験する絶好の機会となった。大家族を扶養するという厳粛な事実が、彼に道徳的義務感を与え、一家の主としての自覚と責任感が、最も日本に精通した西洋人になることを可能にした。さらに、子供の誕生は彼の家族に対する使命感や扶養の責任感を一層強固なものにした。両親の離婚後の父親の冷たい仕打ちで味わった幼年期の不遇の日々とその後の艱難辛苦の半生を思い返す時、ハーンは女子供を虐待したり見捨てたりする非道な男の存在には、世の中全体が暗くなる程の強烈な義憤に駆られるのであった。小泉家の養子として日本に帰化した後は、家族への愛の精神と家長的使命感を自覚し、彼は献身的奉仕を強く意識する。家族に対する責任を果たすために、アメリカ時代のような漂泊する人生とは決別し、自分を信頼する人のために働くことを無上の喜びとして、彼は家族のために献身的に全力を尽くすのである。日本の家族を守るために、ハーンは日本に住み着き帰化して、小泉八雲の日本名を名乗った。混血のハーンは多種多様の文化構造を遺伝子的に受け継ぎ、複雑な生まれ育ちを経験し、体内に繊細で過敏な精神を有する人物であった。このような特異な精神を有する彼は、日本をこよなく愛した稀有な西洋人であり、西洋至上の先入観にとらわれることなく、西洋と東洋を絶妙なバランス感覚で捉え、日本文化研究に関する一連の著書を精緻な文体で書き記すことができたのである。

　松江の冬の酷寒に閉口する彼の熱帯志向は、彼の思想や感情のギリシア的でラテン的な資質と深く関わっている。また、妻の親族までも扶養する義務を負ったこともあり、彼は再びチェンバレンの世話で給与が倍で、気候も温暖の熊本第五高等中学校に転勤することになる。小さな蒸気船で松江を去るハーンのために、約200人の生徒達が彼の家の前に集まり船着き場まで見送った。その他多くの友人、知人、関係者達がすでに船着き場に集結していたという。県知事は送別の辞を言付け、師範学校の校長はお別れの握手をしに駆けつけていた。彼はこのような人の優しさや暖かさをいままで味わったことがなかった。皮肉にも、ハーンは松江を去るにあたって、いかに失うものが多いかを思い知るのである。

　ハーンは次の港で下船して、山越えで広島へ向かうことになっていた。尋常中学校の校長、師範学校と尋常中学校の数名の先生達、そして生徒一名までが親切にも次の港まで一緒に乗船して見送ってくれたのである。冬の冷気に包まれて、この別れの朝に松江の町を船上で見納めるにあたって、橋のかかった風情のある大橋川、鏡のような水面、奇妙に懐かしい古びた町並み、朝日を受けて輝く小舟の帆、夢のような美しい松江の姿と幽玄なる山並みに接し、彼は次のように夢幻の世界の記述を残して、失ったものの大きさを後に感嘆したのであった。

　　「この国の魅力は実に魔法のようだ。本当に神々の在す国さながら、不思議に人を惹きつける。
　　色彩の霊妙な美しさ、雪に溶け込む山々の姿の美しさ、とりわけ、山の頂を空中に漂うかに見
　　せる、あの長くたなびく霞の裾の美しさといったらない。空と地とが不思議に混ざり合ってい
　　て、現実と幻が見分け難い国 —— すべてが、今にも消えていく蜃気楼のように思われる国。そ
　　してこの私にとっては、それはまさに永遠に消え去ろうとしているのだ。」[8]

見送りの制服の列からは別れの悲しみの喘ぎがもれ、それから万歳、万歳の声が聞こえ、段々と遠ざかり微かに聞こえるだけになってしまう。この時、懐かしい親切な人々の顔も声も、船着き場も、大橋川と大橋も、すべてが返らぬ思い出になってしまったのである。松江城の天守、松江の居宅の美しい庭、遠くに聳える神々しい大山、湖水に写る月光、数え切れないほどの鮮やかな楽しい記憶の数々が、悲しいほどの美しい思い出となって後にハーンの胸によみがえっていた。彼は神々の国と自ら賞賛した土地から遠くへ離れていったのである。明治24年11月から３年間、ハーンは熊本第五高等中学校に勤めたが、西洋追随の近代化と軍備増強に邁進する軍都熊本に、醜悪な新日本の現状を見て苦しむことになる。彼は松江で同僚だった西田宛の書簡で松江を懐かしむように熊本を非難した。

　　「この都市は私がかって滞在したことのある都市の中でもっともおもしろくない都市です。とてつもなく長い通りに卑小な家が建ち並ぶ —— 立派な寺院や神社はなく、松江に比較してもほとんど寺院がありません。その場所全体が薄暗く、むさ苦しい様相を呈しています。」(9)

　学校の雰囲気にも彼は随分不満であったが、敬愛する加納治五郎校長や漢文教師の秋月篤胤、そして教え子の村川や黒坂などがいたので救いであった。熊本の冬も予想以上に寒かったので、西田や教え子の大谷に厳しい寒気に失望したと手紙に失意の心境を吐露している。古風な松江の繊細で優美な土地柄に対して、熊本は質実剛健で殺伐たる軍都であった。松江で見た柔和で古風な旧日本は遠く消え去り、近代化を急ぐ新日本の現実を彼は目撃する。酒を飲み喧嘩をする気の荒い熊本人を見て、穏和で天使のように無垢な日本人を賞賛し深く感銘した松江時代を、すべて幻想と錯覚であったと彼は自虐的に自戒した。彼は熊本のあらゆる面に反発して、新旧日本の矛盾と相克に苦しんだ。心からの共感と同情で感情移入して日本への認識を深めていたハーンは、旧日本の松江の母性的原理と新日本の熊本の男性的原理の対立に苦悩した。彼は熊本を日本で最も醜い不愉快な都会だと断定し、不毛の都市化で西洋式の軍都に変貌しようとしていると批判した。また、古風な九州人の気風は、近代化の洗礼を受けて軍国主義一色に染まっていると難じた。穏やかな好奇心で丁寧にハーンを扱った松江人に反して、熊本人は親切心よりは男らしさを尊び、近代化で合理主義が発達し、すでに西洋の学問にも通じていたため、外国人に特に敬意を払ったり、興味を示したりしなかった。彼は心から歓迎を受けた松江とは随分違った冷淡な扱いを受けたのである。

　近代化と機械化に邁進する軍都熊本の現状に加えて、さらに、熊本第五高等中学校は松江尋常中学校とは異なって大きな教育工場のようで、先生と生徒は親密な有機的関係で結ばれず、軍隊式に事務的な授業が進められ、学校の運営も規則に縛られ無機的に処理されていた。このような西洋追随の教育は旧日本の独創性や円熟した伝統文化を枯渇させ、西洋を模倣し自国文化を否定する皮相な新日本の人間を生みだした。人々は萎縮し日本の過去の歴史と尊厳を見失い、子供か少年のように西洋に追随する幼稚で哀れな矮小化した存在となった。

　古風な旧日本の人々は、狭い経験と無教育にもかかわらず、豊かな感性に満ち遙かに立派な独自

性を有する姿を示していた。ハーンは常にその独創的な思考に啓発された。これに反して西洋模倣の高等教育を受けた多くの人々は、自分自身の意見や思考力を喪失し、出世競争の詰め込み教育に知性はすっかり疲弊し萎縮していた。学校の教師も学生達も自分本来の意見を持たず、無味乾燥の不毛の議論しかできないのに、西洋かぶれの自惚れだけは強く、しかも、西洋の学問を全て征服したので、愚鈍な従僕のような外国人には何の敬意の必要もないと思っていた。その矛盾に充ちた欺瞞と傲慢の姿に、ハーンは困惑し憤懣を吐露している。松江の旧日本と熊本の新日本の対立に直面して、ハーンは孤独と苦悩の中でさまざまな矛盾と葛藤を味わう。しかし、この苦渋の沈思黙考の時期を通じて、彼の日本理解は豊かな実りを見せる。新日本と旧日本の矛盾と相克に苦悶するハーンの葛藤は、理想と現実の狭間にあって思索がさらに深まっていく契機ともなった。単なる感情的なロマンティストではなく、彼は理想と現実の相克に苦悩しながら、熊本を嫌悪し周囲からの疎外感の中にあって、独自の強靱な思索力で新たな境地を見出していく。熊本の新日本や知識人を嫌悪しながらも、農民や商人は粗野だが素朴な正直者が多く、醜悪な新日本の背後にも旧日本の美点が失われずに残っていることに彼は気づく。

> 「日本人の生活のあのたぐいまれなる美しさ、世界の諸他国のそれとはおよそ趣を異にしているあの美しさは、おなじ日本人のなかでも、そういうヨーロッパかぶれのした上層階級のなかには見いだされないのである。これはどこの国でも同じことだが、日本のうちでも、この国の国民的美徳を代表している一般大衆 —— つまり、こんにちなお自分たちの固有の美しい習俗になずみ、絵のように美しい着物を身にまとい、そして仏の御身影やら神ぜせりに、かれら固有の、あわれにも麗しい先祖崇拝の心を牢として固く守りつづけている大衆のなかに、それは見いだされるのである。」[10]

近代化の病弊は熊本第五高等中学校の先生や知識人に多く見られ、一般庶民は松江と同じく揺るぎない日本人の美質を失わず保持していた。知識人の新日本に対して一般庶民の旧日本という図式の中で、詩人気質のハーンは大人の老獪さよりも子供の純真な心情に心惹かれ、西洋かぶれの知的インテリよりは、社会の底辺に木の根のように大地に足をつけた大衆の思想や行動に共感を覚えた。彼にとって、一般庶民が社会の幹や根であれば、教養ある少数の指導者達は見せかけの虚偽の花にすぎない。西洋思想に洗脳され古来の日本文化を排斥する知識人が、功利主義や個人主義を標榜して、新日本の利己的な価値観に支配されているのに対して、旧日本の古風な日本人の思想と行動は、無我で私利私欲なしで義務に滅私奉仕し、社会のためや家族のためには、自己抑制することを厭わない倫理道徳を実践するものである。物質的に貧しい庶民ほど精神世界が豊かで生き生きした感性を保持し、社会的地位も高く教養に恵まれたインテリほど、硬直した観念に縛られた非生命的な精神と利己主義を露呈しているとハーンは嘆いた。彼にとって西洋文明は悪徳であり、日本文化が非西洋であるほど道徳的に優れていた。したがって、本来の日本人は利他的な善行を積み、無益な利己心や競争心を抑制する高尚な道徳心を身に付けているので、西洋文明を導入しなくても、儒教精神に基づいた理想的な国家を樹立できると彼は考えた。旧日本が既に精神的には西洋文明よりは遙

かに進んでいるにもかかわらず、西洋文明の悪徳を模倣しようとする明治日本の現状にハーンは危惧の念を抱いた。西洋文明の模倣によって近代化されていない旧日本の霊的な美、庶民の生活風俗、民話や伝説、怪奇な事件などに強い関心を抱き、彼は見事な作品として纏めた。

　自文化を絶対視せず異文化を偏見で判断しない客観性は、文化を西洋の優越感ではなく、日常的現実においてあるがままに把握することを意味する。不毛な分析的解剖ではなく、ハーンは共感と同情による豊かな受容力と理解力から、異文化への柔軟な想像力を発揮した。ハーンにとって、自文化を自虐的に見る日本の近代化は、西洋の支配に対する隷従であり。異文化の遭遇は自文化の新たな創造への革新でなければならない。自文化に対する愛情がないところには真の創造的活力は生まれない。日本の近代化を押し進める知識人には、自国民や自文化に対する愛着が欠落していると考えた彼は、明治の近代化の不毛性を日本の悲劇と看破した。古代から受け継がれてきた有機的な生命としての文化の伝統が、皮相な近代化によって分断され断片化されようとしているとハーンは警鐘を鳴らした。日本の精神を矮小化した西欧への隷従は、民族本来の人間的営みを否定し非人間化して、精神的退廃と物質文明至上の新日本の世相を生んだのである。

　しかし、没我によって調和の精神を実践する高尚な道徳の国旧日本は、西洋に対する科学的後進性にもかかわらず、逆説的に西洋に優る日本古来の独自の理念を維持していた。道徳的精神において日本は西洋よりも遙かに優れているとハーンは考えていた。しかし、日本古来の伝統文化が西洋の個人主義や物質主義の過剰と共に崩壊に瀕し、明治維新以降に導入された西洋式の教育は欧化政策を急激に押し進め、自国文化を自嘲的に批判しては自虐的に否定する風潮を生んだ。自国文化を卑下する心が、古来からの旧日本の高尚な倫理観を蝕み、学生達から清純な微笑みは消え去り、自国文化を卑しめて西洋式教育を受容し、自らは西欧思想を制覇したと勘違いする自己欺瞞と傲慢に起因する虚偽と不遜の姿勢が、当時の若者や知識人の心に増幅していた。

　熊本でこのような新旧日本の対立に接したハーンは、熊本の教師や生徒の気難しい無愛想と慇懃無礼な態度に対して不満を抱き憤懣を吐露した。熊本に転勤しても尚手紙をくれる天真爛漫な松江の生徒に対して、年長の熊本の学生は画一的で個性が無く、卒業して東京に行く場合でも先生に挨拶に来ることもない。西洋の列強に対抗して軍備増強に急ぐ熊本では、外人嫌いをはっきりと口にする程、外人排斥の気運があった。学生達に英作文を書かせても、世論に支配されて自分の意見や独創的な説を発表できず、自発的に問題提起する能力もないとハーンは難じた。しかし、日本の西洋追随に反対していたハーンは、むしろ排外思想に賛成であり、日本人が古来の高尚な精神を尊重して自主独立の必要性に目覚めるなら、日本の英語教育の廃止さえ支持するとまで断言した。

　「いったい、東洋の学生に、西洋の学生の平均能力以上の学科を課そうとしたり、英語を自分の国の国語、乃至は第二国語にしようとしたり、あるいは、こういう訓練によって、父祖伝来の感じ方、考え方を、もっとよいものに改良しようとしたり......というような物の考え方は、じつに無謀な考え方であった。日本は、どこまでも、自国の精神を発展させて行かなければ駄目だ。異国の精神などを、借りものにしてはいけない。........ 日本の国民全体に英語を学ばせるなどは、ほとんど乱暴にちかいことであった。（いったい、英語という国語は、「権利」

については、いろいろ説教を説くくせに、「義務」については、いっこうに説くことをしない国民の国語である。)」(11)

　文部省の英語政策は大変な労力にもかかわらず、道徳的感情の崩壊に役立つのみであると批判する一方で、英語導入の影響がある意味においては全くの無駄骨ではなく、日本語の語彙を豊かにして柔軟さを加え、新たな思想の表現形式を生む可能性をも彼は指摘している。理想と現実の乖離に混乱した教育現場や軍国主義台頭の世相を憂慮したハーンは、常に日本の将来を真摯に危惧していた。しかし、厳しく批判した学生達からハーンは彼等の信頼を得ていた。学生を厳しく批判しても決して嫌悪の対象とはしなかった彼は、指導者としての公正な姿勢を常に維持していた。学生達も当時の外人排斥の風潮にあっても、教師としての彼の存在に強い信頼を寄せていた。ハーンは元来感情の起伏が激しく、好き嫌いの感情に支配されがちであったが、指導者としては学生の身の上を心から心配し、日本への深い愛情を若い学生達に傾注する献身的な優れた教師であった。熊本の近代化に失望しても、日本の文化に対する畏敬の念は失われず、日本の未来を懸念するハーンの熱意は熊本の学生達にも伝わっていた。

　西洋追随の近代化に走る日本を嫌悪したが、彼は優れた日本人の資質に日本の明るい将来の展望を期待した。好き嫌いだけの感情に支配されて、新旧の日本の対立を単に傍観者的に見るのではなく、彼は日本の真の理解者として苦悩し、日本の自立のための根本的解決を模索する異文化理解者の立場を堅持していた。西洋と日本の文化的対立について様々な考察を残したハーンは、単なる主観的な感情に溺れることなく、また豊かな思索を枯渇させることもなく、両者の理想的な融合の実現を常に心に描いていた。日本の近代化を嫌悪しながら、近代化の歴史的必然性を認めていた彼は、決して日本の現状を傍観者的に冷たく否定したのではなく、矛盾的対立の和解を求めて真摯な考察を続けていた。西洋の文化を至上のものとして受容するのではなく、日本に適合するように咀嚼して導入するべきであり、目新しい西洋の流行にすぐに飛びつき、一時期熱中するとすぐに飽きてしまい、冷静な判断もなしに何にでも振り回されることがあってはならない。

　明治以降の日本は複合的な雑種文化であり、単に西欧を模倣し近代化したのではなく、全体としての生活様式は日本的な和洋折衷で、必ずしも西欧化を目標としてきたわけではないという考え方もある。西欧をうまく日本化するように、日本社会は修正を繰り返し独特の文化を構築したとするものである。したがって、日本の近代化は西欧の模倣でも隷属を示すものでもなく、日本独自の新たな文化構築の過程であった。大量の西洋的要素を吸収してきたが、西欧に対して日本は対等の関係で、相互依存により創造的活力を維持しながら、新たな進歩と自律的統合を果たしてきたと言える。しかし、物質文化ではなく精神文化を捉えてみる時、西欧の技術による革新が真に日本文化の創造的精神の土壌を死滅させなかったであろうか。西欧的科学主義の機械的機構が、本当の精神文化の混血を果たし、西欧文明導入が生きた有機的統合として新たな摂取と同化の過程を確立したであろうか。欧化主義に邁進した明治期の日本文化のアイデンティティに対するハーンの真摯な問いかけは、今なお現在の日本の問題である。彼は詩的想像力で日本の魂の声を聞き取り、誰よりも日常的現実を洞察しながら独自の日本文化論を考察したのである。

「日本文化の真髄」におけるハーンの説によれば、日清戦争に勝利した日本の意味は、西洋化による改革的激変ではなく、従来日本民族が有していた技能や練達を増強しただけである。西洋文明による技術革新は日本古来の技能を強化したことによる富国強兵をもたらしたのに他ならないとする。さらに、西洋化は古来からの国民意識を近代化という特定の方向へと再調整する役割を果たしたに過ぎないとする。明治維新以来の日本の近代化の歴史は、西欧文明との対峙の中で新たな文化との遭遇の度に、社会システムを改善し独自の成長を成し遂げてきたことを示している。西欧への隷従や模倣ではない対等な関係において異文化間の相互依存を保ちながら、日本は豊かな発想を得て自律的な自己実現としての文化的統合性を模索してきた。

　しかし、技術的で物質的な側面から離れて精神面を眺めて見た時、西洋文明の摂取が本当に日本人の激変をもたらしたのかという疑問が生じる。西洋のキリスト教社会から見れば、極東の神道と仏教の国日本は分かりにくい異教、異端、異郷の地である。このような国が明治維新という時代の激震に耐え、短期間での欧化政策を果たしたのは歴史上でも希有な現象である。多くの代償を払っての国家的大改革は、すでに成熟していた国民精神や民族的職能を再評価し再編成することによって、新たな次元へと大規模かつ効率的なものへと飛躍したものである。明治維新の日本文化の発展と近代化は、単に西欧化の結果というのではなく、歴史的必然としての新たな国家的展開であった。日本の近代化は問題解決の英知あふれる成果であり、日本全体の文化の修正と成長であった。従来のものが無効になる側面はあっても、それは根本的な激変や改革というよりは、すでに成熟していた職能の効率化であり、古来からの国民的精神の拡大であり、既存の思想や組織の再編と再評価であった。

　柔術の技に見られる俊敏な英知に基づく柔軟な折衷主義で、日本人は単なる模倣に終始しない独自の文化構築を必ず成し遂げるとハーンは力説する。事実、明治10年代末頃から、初期の極端な欧化政策に対する反発もすでに起こっていた。ハーンは日本の西洋文化の導入と理解を「柔術」の中で論じ、キリスト教宣教の伸び悩みは実に好ましい健全なる姿だとして、日本は賢明にも自国の力を増強するものだけを選別して取り入れていると述べている。次のように彼は日本に全幅の信頼をよせて、楽観的な希望的観測をすることもあった。

　　「要するに、日本は、西洋の工業、応用化学、あるいは経済面、財政面、法制面の経験が代表するものの粋を選んで、これを自国に採用したといえば、それで足りる。しかも日本は、どんなばあいにも、西洋における最高の成績のみを利用し、そうしていったん手に入れたものを、自国の必要にうまく適合するように、いろいろ形を変えたり、あんばいしたりしたのである。」[12]

　熊本の失意と幻滅の３年間は、実はハーンの日本論や比較文化的思想の構築にとって、収穫の多い充実した思索の時期であった。養子縁組、帰化、大家族の扶養、子供の誕生などを通じて、ハーンは日本の家庭を自己体験で知り、庶民生活から日本独自の文化の理解を深めた。教師としても県

立の松江尋常中学校だけでなく、国立の熊本第五高等中学校にも勤務することになり、県の教育界、国の教育官僚、政府の指導方針などの文部行政に直接触れて、日本の教育界全体を展望できる立場にあった。また、国際関係では日清・日露の大戦の動乱に接して、彼は軍国主義と国家的ナショナリズムの台頭に日本の危うい将来像を予見し深刻に危惧した。

　明治27年の日清戦争勃発で日本は世界中の注目を浴たが、ハーンは熊本の講演会で、「極東の将来」と題して時局を論じ、戦争ではなく科学産業の競争力でのみ日本の将来が開けると説いた。特に東洋で西洋に対抗してうち勝つ国は、日本と中国だと看破し、さらに中国が世界の大国になることを予見していた。しかし、日本が古風で質素な生活や健全で真面目な道徳観を放棄すれば、日本崩壊の危機が必ず訪れると警告している。ハーンにとって、日本の第一印象は小さな妖精の国であり、人も物も小さく風変わりで神秘を湛えていた。したがって、比類無い文化を持つ日本人は、小さくとも素朴で簡素な生活を守り贅沢をしないかぎり、独自の強さを発揮して西洋に対抗しうると彼は考えた。質素倹約の美徳を保持せずに、西洋の物質文明に溺れ贅沢に暮らすようになれば、国力の低下と道徳の堕落を招来するが故に、簡素で知的な生活に必要な範囲の事物のみで満足することが、国力の増強と国民の幸福に資するところ大であると彼は力説した。しかし、西洋追随思想によって、富国強兵の軍国主義にひた走る明治日本は、あまりにも背伸びしすぎ、自分を実際より大きく見せることに夢中であった。お伽と妖精の国は、日清・日露の戦争へと突入し勝利する軍事大国の道を走り続け、文民統制を喪失し悲劇的結末へと向かうことになる。このように、現実の諸問題に対する精密な観察と洞察力から極東の将来を予見したハーンは、100年以上も前に日本の軍国主義の壊滅的な末路とその後の精神的退廃や物質主義謳歌を予言し、そして来るべき中国の台頭を警告していた。さらに、彼は日本の時局から単に時事問題に止まらずに、日本の未来の深刻な精神的病理や破滅的な文化崩壊の危機をも懸念していた。

6．日本論の探究、神戸から東京

　明治27年11月に敬愛していた加納校長が他校へ転任し、自分の契約期間も満了するため、ついに馴染めなかった熊本第五高等中学校の教師を退職して、ハーンは神戸クロニクルの記者として勤めることになった。苛酷な授業の負担から解放され、新聞に社説を自由に執筆することで、彼は作家活動に集中しようとした。ハーンが熊本で目撃した近代化の激動と教育の形骸化は、時局の動乱や混乱への苦悩の考察と共に、日本研究に対する彼の思索を深めさせた。常に批判し警告を発し続けた彼自身の精神的軋轢の原因であった新旧日本の対立は、西洋を模倣し追随する新日本を鋭く批判する独自の日本論を生み出した。熊本、神戸から東京帝大の講師を経て人生の最後に至るまで、彼は一貫して日本の硬直した官僚組織の不見識な教育方針を糾弾し、日本の将来を憂うという反体制的な立場を堅持していた。日本の知識人には儀礼的で冷淡な者が多く、本来あるべき一切の素朴な人間的交流を不可能にしている現状を彼は熊本で体験していた。彼の批判は緻密さと辛辣さを加え、特に官僚の非人間的な思考は、組織の歯車として立身出世競争にのみ専念している利己的自我を露呈していると非難した。野蛮な西洋人にも劣る堕落した役人達は、常に利己的栄達のみを念頭に置き、官僚としての昇格のためには手段を選ばない非道の輩に他ならなかった。すなわち、野蛮な西

洋人が心底に善良な人間的要素を残すのに対して、利己的な立身出世と保身のために不道徳の限りを尽くす日本の役人達は亡国の徒であった。悪徳に満ちたエリート官僚を大量に生み出す不毛な教育組織をハーンは熊本での教員生活で自ら目撃していた。西洋追随を標榜する明治政府の近代化の方針は、日本古来の精神文化を無視した皮相な西洋模倣でしかなく、堅実な成果のない鍍金であり、根本的な教育理念を喪失していた。教育の不毛性は国家の理念喪失に他ならず、近代日本の行く末の暗雲を暗示していた。新日本の教育が産出したエリート官僚や西洋かぶれの知識人たちは、日本の心を見失った利己的打算に終始する忘恩の徒でもあった。ハーンは当時の誰よりも日本のアイデンティティと近代化の問題、古来の伝統文化と西洋思想の相克を切迫した国家存亡の課題として受け止め、明治の時代精神の病弊を深刻に考察していた。

　このように、ハーンは伝統文化を排斥するような日本の近代化に異論を唱え、西洋模倣の教育が産出するエリートに利己主義と精神的堕落を看破し、名もなき庶民には西洋人に負けない立派な資質を認めた。庶民の素朴な感情や思考に日本の美点である無私協同の道徳倫理を認め、彼は日本古来の精神的支柱の源泉を探究しようと努めた。素朴な無名の庶民に西洋人の何倍もの人間の尊厳を感じ、その立派な紳士然たる資質と木訥な話しぶりに高い精神性を看破して彼は感嘆した。ハーンは旧日本が新日本に蝕まれて消滅していく惨状を目撃して、如何に西洋文明が醜悪な影響力と暴力的破壊を発揮するかを痛感した。庶民が歌う民謡や童謡に心からの同情と共感を覚えて、日本人の清純な精神世界に感嘆したが、彼は軍歌には何の興味も持たなかった。集団主義的日本にむしろ国民的個性を認め、その驚嘆すべき滅私の清浄な力を強調する一方で、西洋の個人主義は利己的な自己中心主義を奨励する社会悪であると彼は断定した。人間のエゴを醜悪なまでに追求し、弱肉強食の競争原理に支配された西洋物質文明に反して、日本古来の国民感情は自己犠牲と崇高な倫理観において他に比類ないもので、この上もなく麗しい人間的特質だとハーンは激賞した。

　日本の素朴な民衆の中に西洋を凌ぐ高度な倫理観を見出したハーンは、腐敗したキリスト教社会や近代産業の非人間的な機械主義を糾弾したが、むしろ西洋社会から失われた真実のキリスト教的愛や自己犠牲的愛が、日本人の日常生活に現存することを認識した。さらに、何の打算もなしに行われる無償の行為に示された日本人の無私の感情に、彼は心から共鳴し、西洋文明社会が到達し得なかった倫理的感情と繊細な日本の美意識の根源を解明しようとしたのである。

　明治期の多くの日本人が西欧に渡り、異文化に触れて日本文化を再認識しながら、新たな時代を生き抜くために近代化に邁進したのに対して、ハーンは日本の現実と厳しい将来に鋭い批判の眼を向け、脱西洋を志向した考察の中で、古い日本の前近代的な伝統の中にむしろ日本の本質を捉えようとした。人間の弱さや儚さを知り抜いていた彼は、日本の庶民の情愛、前近代的な無私の姿、没個性、物事にこだわらない淡泊な生き方、小さな生活で見事に何不自由なく満足して生きている古来からの日本人の生活の知恵に高い評価を与えていた。このような日本人の美質が西洋化の下で消滅するに及んで、近代産業化に邁進する中で、日本が切り捨てた古き伝統や庶民の心の叫びを、ハーンは作品の中に生き返らせ、永遠の文学として記録し後世に残したのである。東西文化の相違を見つめるハーンは、西洋には存在しない日本の繊細な芸術的認識や才能に注目した。西洋の幾何学的な均衡の美、均斉の美的感覚に対して、日本にはむしろ機械的な均衡や均斉を巧妙に避けるような

侘びと寂の精神、すなわち、不揃いの美、アンバランスの妙、不規則の美感があった。彼はこのような日本人の美意識の具体的事例を詳細に観察して、日本の精神世界を探究し、消滅しつつある旧日本の姿を浮き彫りにしょうとした。

　神戸クロニクルの社説でも、日本の物質的国力は西欧に劣るが、精神世界の優れた美点を保持すれば、国家的危機において列強に優るとも劣らない力を発揮するとハーンは力説した。日清戦争に勝利したのは西洋の科学や軍備の導入の成果ではなく、日本古来の集団主義的な国民性の威力によると彼は看破した。集団に奉仕するために自己を滅却して没我的献身に傾倒する国民的感情は、西洋の利己的な個人主義に対峙する日本独自の高邁な精神主義であり、世界に誇るべき道徳だと賞賛して彼は強く魅了されていた。近代西洋文明模倣の悪弊として日本社会を蝕んだ物質至上主義や拝金主義、立身出世主義や利己主義、過激な弱肉強食の生存競争、廃仏毀釈と倫理の衰退、このような様々な病弊が西欧的価値観の浸透と共に、旧日本の繊細な道徳感情を枯渇させ、今なお、現代日本の根底を揺さぶる重大な問題であり続けている。西洋文明はあらゆる点で日本的な価値観と正反対の価値観を基盤に置いており、日本古来の精髄とは隔絶した世界である。西洋文明が日本にどれ程の改革の苦痛を強い、どのような脅威を与えうるかを考え、ハーンはその巨大な文明の利己的な打算のメカニズムを憎んだ。西洋文明の実利的などん欲さ、残酷な偽善の巨大な体制、非情な弱肉強食の富の傲慢さを彼は心から憎んだ。ハーンは西洋の伝統やその合理主義に疑念を抱き、西洋の覇権主義や産業社会を不道徳で退廃的なものだと考えていた。

　　「西洋文明の真に崇高なる所産はもっぱら知的なものであった。それは純粋なる知識の峻険なる氷の高峰であった。そしてその永遠の雪線の下に埋もれて感情面での理想はみな死に絶えてしまったのである。仁慈と義務とに重きを置く日本古来の文明は、その固有の幸福理解や、その徳義を実現しようとする意志、その巾の広い信仰や、その歓喜に似た勇気、その素朴さや飾り気のなさ、その足を知る心、その己を空しうする心などにおいて間違いなく類を絶して秀れたものであった。西洋の優越性は倫理的なものではなかった。西洋の優越性は算えきれないほどの苦難を経て発達した知性の力に存するのであり、その知力の力は強者が弱者を破壊するために用いられてきたのである。」(13)

　西洋文明によって日本は新たな活動様式を学び、新たな思想を会得しなければならなかった。日本は列強諸国に対抗して生き延びるために、必要に迫られて西洋の科学技術文明を修得し、西洋文明から多くを取り入れねばならない境遇にあった。しかし、自国古来の善悪の観念、義務や名誉の観念などの最良のものは保存し、西洋文明の物質主義の浪費性や快楽主義に対しては断固として拒否する態度をとるべきであった。日本独自の折衷主義がどの程度、西洋かぶれの欧米至上主義を押しとどめ、自国文化のアイデンティティを保持し得たかは、現在日本の国のあり方の根幹に触れる重大な問題となっている。明治維新以来、日本は自国文化を排斥して全面的に西洋化を受容することによって、近代化を促進しアジアで唯一西欧の列強諸国に対峙しうる国家となった。しかし、日本の欧化政策は中国や韓国が自国文化に固執して日本ほど西洋化を推し進めなかったのとは対照的

であった。西洋化によって軍国主義国家として近隣諸国に侵略し、日清・日露の大戦に勝利して後、大東亜共栄圏の名の下にアジア諸国を西欧の植民地化から解放しようとした第二次世界大戦で日本は破滅的大敗を喫した。戦後アメリカの駐留軍の庇護の下で物質的繁栄を極め、経済大国と称された日本には何か国としての重要な理念が今なお欠落しているのである。

　外国人居留地であった神戸は、何処よりも西欧の風俗習慣を模倣し、西洋風の建築物などで賑わっていた。近代西欧の悪徳を露骨に顕示する新日本の醜悪さに直面したハーンは、熊本以上に神戸を忌み嫌った。下品で横柄な西洋人が、上品ぶった英米風の流行を神戸で蔓延させている事に彼は不愉快な思いを募らせていた。物静かな日本婦人の控えめな物腰や穏やかな声に、日本女性の美徳と豊かな母性を感じ取ったハーンにとって、居留地に出没する気取った西洋の女性の尊大な身振りや自己顕示のポーズは、西洋の優越感を誇示するもので非常に気に障るものであった。旧日本の古風な文化や風物を愛するハーンは、急速に西洋化する新日本の姿を示すもの、すなわち、ピアノ、カーテン、教会、洋館、洋服などを大いに嫌悪し、日本古来の美徳や文化を破壊する西洋文明の醜悪さに義憤を感じていた。

　日本女性の心の美質、日本人自身が見過ごしている平凡な日常性の中の美徳、近代化の中で捨て去ろうとしている日本古来の洗練された審美意識と道徳感情、愛と美の理念としての神道と仏教の和合などにハーンは心からの共感をもって接した。日本の日常的習慣や家庭の躾けの観察に止まらず、アメリカ時代に身に付けた新聞記者の取材方法を活用して、彼は社会の底辺に生きる名もなき人々の生態に迫り、芸者や旅芸人の悲哀を描いて無名の庶民の人生を把握しようと努めた。母性への憧憬、下層階級への共感、そして独自の審美的感性によって、ハーンはキリスト教や西洋至上主義に束縛されずに、神道や仏教の本質を究めようと宗教的考察を深め、単なる通俗性や時事性を超越した日本の普遍的な価値を捉え表現しようとしたのである。

　無名の庶民の日常生活から生まれた民芸品、民話、民間信仰や伝承、祭礼儀式などを西洋から来た傍観者として眺めるのではなく、ハーンは庶民の生活感情に共感して、古来からの日本の精神の核心に迫ろうとした。無名の弱小な人々の素朴な生活にこそ、人間の真実の姿や日本社会の活力と信仰が現れていると考えた彼は、具体的な些末な事実を精密に観察しながら、貧しい庶民に気高い精神性や麗しい美点を捉え、穏やかな皮相的表情の奥に激しい情念の炎を看取したのである。

　素朴な庶民の生活に人間の魂の郷愁を感じ、消え去りつつある日本古来の文化に尊厳を鋭く感取したハーンとって、西洋文明の虚飾に充ちた贅沢品は、私利私欲の人間の欲望と偽善を露呈するものであった。神戸での生活体験は、彼に西洋と日本の歴史的相克をさらに真剣に考察する機会を与え、『心』、『仏の畑の落穂』などの優れた日本文化考察の著書を生むことになった。『心』の中の「趨勢一瞥」は西洋と日本の対立と和解を独自の弁証法的考察で論じた秀逸な作品となっている。

　「民族的感情、感情的な差別、言語、風習、信仰の壁、これは何世紀たっても、超えがたいままにのこって行くようである。直観的に、おたがいに相手の気質を見抜くことができるような、例外的な人物相互の牽引から生ずる、温かい友愛の例もあることはあるけれども、だいたいに

おいて、外国人が日本人を理解しないことは、日本人が外国人を理解しないのとおなじである。そのうえ、外国人にとって、誤解よりもさらに悪いことは、自分が乱入者の立場にあるという単純な事実である。普通のばあい、外人は、日本人とおなじ扱いを受けることは、とても望めない。これは、なにも外国人が余分な金が自由になるというためではなく、人種が違うためなのである。」(14)

　近代化を急激な欧化主義に求めた切迫した明治日本の状況下では、列強に対抗するための近代的軍備増強という軍国主義の側面が大きかった。明治維新の急激な変化は、外圧による自発性を欠く西洋技術の導入であったため、民族古来の創造性に深刻な代償を支払った側面も否定できない。「趨勢一瞥」で、ハーンは日本社会という有機体に西洋の文化を無理矢理取り込んでも、異物となって組織の歪みや狂いが生じてしまうと指摘している。「英語教師の日記から」では、欧化主義の日本で過激に西洋の知識を詰め込み勉強させられた学生が、過剰な負担に健康を害し、致命的な結末を迎えた悲劇的事例を彼は体験として紹介している。寒中でも薄着を強いられていたという当時の学生の劣悪な生活環境や栄養価の乏しい粗食から、栄養失調に陥る者も多く、激しい勉学が与える消耗と過労から病魔に犯される事例も多かった。優秀な学生ほど果敢な若い精神で重荷を背負い、過剰な近代西洋の知識を短期間で習得しようと体を犠牲にして致命傷を負った。日本の文明開化の顕著な成果には、数多くの若い命の犠牲と悲劇が介在していた。急激に短期間で移植しようとした欧米文化導入による明治維新の変革は、日本の土壌に恒久的に定着するまでには相当な犠牲を必要としたのである。

　神戸の外国人居留地は日本の中の西洋であり、海外へ行かなくても英米文化を見知る場所であったが、西洋人は傲慢な君主として不遜な振る舞いを傍若無人に行い、白人至上主義を体現するかのように、支配者として日本人を酷使し思いのままに冷徹な雇用をしていた。日本を支配できると過信した横柄な西洋人は日本を過小評価していた。傲慢な西洋人に義憤を覚えた憂国の日本人が自力を付けてくると、日本と西洋の双方に対立感情が生まれ、西洋の反日感情と日本の排外運動に火がつき、対立と和解が緊急の課題として重要な政治問題になった。双方の利害対立は人種的反感と共に、根拠のない偏見と憎悪を生むに至った。民族的対立や偏見、言語や習慣の壁、宗教や文化の対立、このような西洋と日本の根本的葛藤の問題は、幾多の軋轢や戦争を経た明治から現代の平成に至っても、尚乗り越えられない深い溝となっている。例外的に個人間で温かい友情が生じる場合があるけれども、西洋が日本を理解できないのは、日本が西洋を本当には理解できないのと表裏一体の関係であり、両者は永遠に平行線を走りお互いに真に交わることがない。相互の異文化理解の至難さを力説する先覚者であったハーンは、表面的な妥協や友好を否定して、西洋の侵略と日本固有の文化の消滅という切迫した事態に対処するため、西洋の模倣ではなく日本人による自立国家樹立の可能性を模索した。西洋の支配から脱却するために、日本人の不撓不屈の努力による西洋至上主義思想の打破こそ、世界に誇る日本古来の姿を維持し確立することになると彼は力説した。

　西欧人の生活体験や感情の違いが、日本人との精神構造の相違に直結していることは否定できない。西洋のマクロ的精神の想像力や技術力による豊かな生活に対して、日本はミクロ的精神で小さ

なものの風雅や細かい職人芸による生活である。ハーンによれば、西欧人にとって日本人の生活環境は、規模において小さく風雅であり、不思議な価値観と珍しい趣味に満ちている。西洋と日本の価値観や生活感情の隔絶した違いを現実に体験し、西洋的価値観から日本を見て判断する時、ハーンは東西文化の対立の深さを深刻に把握した。小さな木造の小屋のような家屋の立ち並ぶ日本の街路に対して、煉瓦と石づくりの堅牢な建築物の西欧の町並みは単に外見的相違以上のものを示している。ゴシック風の大伽藍と白木づくりの神社、西欧の叙事詩と日本の俳句短歌、オペラと芸者などに現れた感情表現や想像力の相違は、日本の感情や知性の繊細さと矮小さに他ならない。明治維新後の近代化した大都市でも、西洋思想の影響を本当に示すような大きくて堅牢な外観の建物はほとんどなく、都市には依然として吹けば飛ぶような小屋のような町並みが続いていた。極東にあって西欧経済を脅威に曝す日本が、貧弱で小さな生活環境に甘んじているという現実は、西欧人にとって不可解で不気味な印象を与えていた。このようなハーンの印象は今なお現在の欧米人の日本に対する奇異な思いと本質的に同じである。

　明治28年12月、ハーンに東京帝国大学の英文学講師の仕事の依頼が入った。熊本よりも近代化した神戸を嫌悪した彼が、東京を気に入る筈もなく躊躇していたが、翌年1月外山学長の熱心な説得で再び教職につく決意をして上京する。しかし、ハーンは東京帝大での授業の合間の休憩時間でも、大学構内で他の教授達と談笑することなく、三四郎池辺りを一人散策したり佇むことが多かったという。

　ハーンは宣教師でもあった外国人教師達を嫌い、何か自分に不快な状況が訪れると、彼等の陰謀だと思いこむ誇大妄想と被害妄想に苦しみ、他人から誤解を受けやすい激しい気性の一面を持っていた。若い日の艱難辛苦があまりにも骨身にしみ込んでいたので、一旦猜疑心を抱くと思いこみの強い性格のために冷静な判断に欠ける場合もあった。アメリカ時代でも彼は多くの人と交友を持ちながら、些細なことで絶交し多くの敵を作って孤立した。眼科医のグールドなどは典型的な例で、交友関係の拗れからハーンを中傷誹謗する目的で本まで出版した。チェンバレンとは日本時代に親密なつき合いを続けて、教職の斡旋や日本研究などで彼は大変な世話になったが、日本やスペンサーに関する見解の相違から感情的に縺れて不和になり、和解することなく絶交した。チェンバレンも日本から英国に帰国して後、ハーンについて否定的な評価を残している。どの様な人間でも長所と欠点を表裏一体に合わせ持っているが、ハーンは思いこんだら人間関係を犠牲にしてでも自らの信念に生きる一徹者であった。

　近代化した大都会の東京に彼は何の感銘も受けず、砂漠化した不毛の都会東京の生活には日本らしい所はまるでないと不満を抱く。新たな洋館と古風な和風の屋敷の併存、焼けるとすぐ建て替えられる小屋のような店と殺風景な兵舎、田畑と竹薮、工場と雑踏、停車場と歯ブラシのような電柱の列、地上にむき出しになった水道管と水のない貯水池、坂だらけでうねった大都会の地形、雨になるとすべてが泥だらけになる市街地、このような混沌とした当時の東京の不愉快な雰囲気の中で、詩的永遠を考えて文学的創作や哲学的考察を深めることなど不可能だとハーンは失望した。詩的精神を欠いた大都会東京の喧噪から逃れて、彼は焼津の海岸に安らぎの空間を求めた。

西洋化に邁進することによって近代化した東京は、新日本の文化の断片から成立した大都会であり、無機質な鉄とコンクリートの不毛の土地で、文学的情緒や審美的感性に訴えるものの何もない所であり、人間的な繋がりや有機的な生命を喪失していた。急激な西洋化の中で日本古来の伝統や美点は失われ、工場と雑踏だけの殺風景な大都会は、正にこの世の地獄ともいうべき混沌とした惨状であった。醜悪な近代産業社会に急変する新日本の激動の中にあって、ハーンはわずかに面影として残る微かな旧日本の懐に止まろうとした。日本の古い浮世絵に描かれた蜃気楼のような霞の中に、彼は古き良き日本の理想郷を求めた。

　東京での生活では社交的なつき合いを極端に避け、彼は全てを犠牲にして著述活動に専念し、毎年のように著書を出した。東京帝大での多忙な講義を続けながら、『異国情緒と回想』『霊の国日本』『影』『日本雑記』『日本お伽噺』『骨董』『怪談』『日本』などの一連の日本研究の著書を彼は完成した。英文学講師としての業績に関しては、教え子の学生達によって筆記された膨大な講義内容が纏められ著書として死後出版された。来日以前でさえ、ハーンは既に人生の最良の時期を新聞社の奴隷となって無駄に浪費してしまったという強迫観念に苦しんでいた。今までの文学的蘊蓄や異文化探訪の取材と調査研究に基づく独自の創作手法によって、優れた文学的著作を残すという彼の使命感は、年齢と共にますます高まり、もうこれ以上貴重な時間を無駄にできないという決意を強めていた。命の続く限り著作活動に精励するという思いは、書くことへの執念となり、一日でも物を書かないと不安で苦痛を感じるまでに至った。このように、晩年に至って我を忘れて執筆に没頭するハーンは、社交を絶って自宅周囲の散歩以外はまったく外出しなくなり、文学的著作活動に殉教するかのような変人奇人に徹していた。

７．文学論の構築

　東京帝大での文学講義は主に『文学の解釈』『詩の鑑賞』『人生と文学』に纏められているが、ハーンの文学研究者としての業績は、英米文学や日本文学の両方から高い歴史的評価を得ているわけではない。彼の作品も異文化探訪の紀行文や印象記、再話物語、日本論、東西比較文化論など多岐にわたるが、従来の文学作品の範疇から逸脱したものが多かったため、ジャンルの間隙のものとして正当な扱いを受けずに過小評価されてきた。文学作品の作家としては本格的な小説家でも詩人でもなく、英文学講義においても専門家として高等教育を受けた研究者でも評論家でもなかったため、ディレッタント的側面が強調されて、彼を文学史のジャンルから締め出し、研究者としての業績を過小評価したり無視する傾向があった。したがって、従来の学問分野の研究者や学者というよりは、彼は最近注目されている東西の異文化交流史、比較文化学、比較文学の分野における先駆的作家として扱うべき存在であると言える。比較文化や比較文学は幅広い知識によって、宗教、教育、芸術、科学、経済、政治、哲学などの変遷を世界的視野における相互の影響関係において研究するもので、ハーンのような博識と豊富な人生体験を有し、従来の学問分野に固定されずに自由な思考様式を発揮して、様々な文化の実地調査研究に通じた人物を正当に評価するのに最適の学問分野である。

　ハーンの文学講義を校正編纂したコロンビア大学のジョン・アースキン教授によれば、形式よりも内容において優れた精妙な構成の鑑賞と批評は、英文学史上コールリッジに匹敵する程の価値を

有している。ハーンの文学講義の語り口は、文学的職人作家として口承文学やストーリーテラーの手法を活用したもので、教え子の厨川白村もその素晴らしい内容を絶賛し、また、矢野峰人は身近に創作現場に接するような感銘を得たと賞賛した。授業においてハーンは文学を情緒の表現として捉え、学生の想像力に訴えかけて作家や詩人の本質を分かりやすく説明しようとした。すなわち、文学の中心を情緒におき、人生体験の本質の総和的な再現と把握し、彼は門つけの旅芸人の語り部のような感動的な話術の口調や節回しに内包された魂の叫びを再現して学生に伝達しようと努めた。戦慄するような感動を与え、強烈な情緒を伝達する語り手として学生に対面し、彼は熟練した職人的技量と力量で人間の魂の声を再現し、語り部としての文学の特質や魅力を解説しようとした。

　ハーンは「創作論」で芸術的技能の先天性を強調して、芸術家としての見識や熟練は他から教育されるものではなく、教育とは無縁に自発的に育成されるものであると断言している。教育によって大芸術家が生まれることはなく、芸術的天才は教育に関係なく偉大である。本を読んでも上手に楽器の演奏をしたり、綺麗な陶磁器を造れないように、詩や小説の書き方は教育以外のところで培われ、芸術的にものを眺める才能は教育とは無関係に育つ。

　　「教育が偉大な作家を生み出したことはない。これに反して、彼らは教育にもかかわらず偉大な作家となっている。なぜなら、教育の影響により、素朴で本能的な感情は必然的に弱められ、鈍らされることとなるが、この素朴で本能的な感情の上にこそ、情緒的な芸術の高度な側面が依拠しているからである。ほとんどの場合、知識は、ある非常に貴重な天性の能力を犠牲にしてのみ手に入れることができる。すべての知識を吸収しているにもかかわらず、精神と心が子供のように新鮮なままでいられる人こそ、文学において偉大な仕事をなしとげると思われる。」(15)

　教育はむしろ芸術的技能を生み出す原始的で萌芽的な創造的感情を鈍らせ独創性を抹殺する。ハーンが力説する原始的な芸術的感情は、門つけの自然発声的な歌声の絶妙な節回しが喚起する感動に他ならない。門つけの歌や音楽や旋律は、人類の原始的な感情の自然発生的な表現が進化を遂げたもので、本質的には誰にも論理で教えられない人間の本能的な喜怒哀楽の自然な発露である。ハーンは自らの独学体験と実践的文学修業から、学校教育は芸術的創作とは無縁であると同時に有害でさえあると力説した。さらに、近代の合理主義に基づく指導要領による学習課程で導かれた学校教育は、単なる無機的な不毛の知識の蓄積にすぎないと彼は警告した。独創的な芸術家を形成する見識や想像力は、理性的頭脳による知識や知的分析を否定する独自の原理に従うのであり、門つけのような職人芸こそ芸術創作の原理の具現であった。三味線を抱えた器量の悪い女の醜く歪んだ唇から、ほとばしり出た奇跡のような、心にしみ込む深く優しい歌声に彼は大変感動する。巧みな三味線の扱い、不思議な魅力を秘めた深みのある声、このような吟遊詩人のような資質にハーンは非常に感激し、その女に精霊のような不可思議さを看取し、偉大な芸術家の存在を感知した。

　　「女が歌うにつれ、聞いている人々はそっとすすり泣きはじめた。私には詞はわからない。で

も、日本の暮らしの中の悲しみや優しさや辛抱強さが彼女の声とともに心に伝わってくるのが感じられた。それは、目には見えぬ何かを追い求めるようなせつなさである。そこはかとない優しさが寄せてきてまわりで微かに波打っているようだった。そして忘れ去られた時と場所の感覚が、この世ならぬ感情と入り混じりつつ、ひそやかに蘇ってきた ── 今生の記憶の中には決してない時と場所の感覚。この時、私は歌い手が盲目であることに気づいた。」(16)

　ハーンが大いに感動した門つけの語り部の巧妙な節回しは、聞く者に魂の声として強烈な情緒と印象を伝達するが、それは単なる知識として教えられて得たものではなく、血肉となった生命的な知識として自然に習い覚えたものである。門つけはただの貧しい女であるにもかかわらず、素晴らしい技量の旅芸人であり、三味線も歌もどんな芸者も敵わない程の腕前で、しかも誰でも歌えるような気取らない調子で歌うことができたことにハーンは深い感銘を受けたのである。

　この盲目の女の歌声が与える感動こそ、不可視なるものへの思慕の念を物語り、現世を超越した感情、個人的存在を超えた深い感情、今生の記憶の彼方に続く過去の人類の時間と場所の感覚を呼び起こす。死者は決して死に絶えたわけではなく、現在する人間の心の闇の中で眠っているのであり、このような忘れ去られた死者の過去を呼び起こすものこそ、ハーンにとって戦慄するような芸術的感動であり、真に霊的（ゴーストリー）なものであった。不可思議な感動の喜びと痛みは、現在に生きている人間のものではなく、何世代もの過去の人間の感情であり、幾千万もの過去の忘れ去られた人間の記憶の反響である。

　人間の原始的感情は遺伝子に潜んだ記憶に訴えかける人類の根元的な生命の叫びであり、門つけの職人芸は全身全霊による魂の素朴な伝達様式であり、唯一の真正なる肉体的表現手段である。ハーンの霊的芸術創作理論は、日本の伝統芸術に合致したもので、古来の語り部や話芸から民話や伝承物語に彼は強い関心を抱き、自ら再話物語の創作に傾倒するようになる。盲目の旅芸人が渾身の力を振り絞って表現する喜怒哀楽の歌や物語に彼が深い感銘を覚えたのは、極貧と文盲の身でありながらひたすら全身全霊で最上の語り部となって、皮相な知識を超越した真実の生命の叫びとしての感情表現を実践するからである。門つけの歌の話芸には独特の声のリズムが存在し、肉体と感情がリズムにおいて融合し、人間の喜怒哀楽が優れた語り部による生命的鼓動となって偉大な芸術的感情に昇華されているのである。

　このような霊的芸術創作理論を応用して、ハーンは偉大な文学作品と対峙し、その創作の原点にまで遡り、作家や詩人の心理を読み取って作品の生命的本質を再現し伝達しようとする。ハーンの文学講義の特徴は、職人的作家の立場から作品を創作の原点から理解し鑑賞しようとする点である。彼にとって、文学は実地体験によってのみ習得し表現しうる妥協を許さない職人芸であり、文学に生命的感情を与え不朽の普遍性へと昇華させるのは、鍛え上げられた芸術的年季奉公による名工の職人芸そのものである。ハーンは自らが築き上げた職人的作家の体験と信念に基づいて東京帝大で講義し、同時に現役の作家として創作や批評を実践していた。彼は日本研究で得た理念や想念を抽象的概念に終わらせず、職人的なストーリーテリングの話芸による逸話や挿話に生かし、詩的想像力で生きたビジョンとして講義や作品に具現化したのである。彼の詩的散文や独特の話術はこのよ

うな職人的作家の芸術創作原理に基づいて、理念と形象が一体となって具体的作品や講義の中で生み出された。すなわち、見事な語り部の音楽的リズムや口調による話芸としての劇的効果や練り抜かれた表現を駆使して、見事な格調と統一の芸術的表現が詩的散文の世界や文学講義の世界に具現されたのである。西欧の理知主義や機械的合理主義から離反して、吟遊詩人の如く人々に普遍的感情を喚起して、魂の声を伝達する語り部の精神に基づいて、ハーンは人間の真実の姿や純粋無垢な心の叫びを鋭敏に感知し豊かな情緒で表現することが出来たのである。

　語り部としてのストーリーテリングの手法は異文化探訪や再話文学の作家としてだけでなく、教育者としても発揮されて、英作文の模範文を何も見ずに一字一句間違い無しに何度でも暗唱できたことや、東京帝大での英文学講義を小さなメモだけで、何も見ずに行ったという彼独自の授業方法に示されている。特に英文学講義はストーリーテリングの手法を十二分に発揮して学生の想像力に語りかけ、同時にその内容を正確に書き取らせていた。また、常に新しい内容を講義に取り入れ、彼は二度と同じものを繰り返しすることはなかった。この講義の準備にハーンは執筆に忙しい中でも大いに時間を割いていた。また、彼は単に英文学を講義するだけでなく、学生にとって英文学の研究が日本文学の発展に結びつくものでなければならないと考えていた。このように、来日後、異文化を独自に調査し語り部として表現する作家のみならず、彼は英語教師、英文学講師を歴任して教育者としても確固たる地位を築いていたのである。

　大都会東京の喧噪の中ですべての交友を絶ち、隠遁生活の中で著述だけに専念していた晩年のハーンにとって、瘤寺の古木や焼津の海は心和む大切な場所であった。しかし、ハーンを招聘し支援してきた外山学長が明治33年に死去したことで、彼は大学での信頼すべき支柱を失うことになった。さらに、憩いの場であった近隣の瘤寺の樹木伐採に落胆して、明治35年に新たな環境を求めて彼は西大久保に転居した。住居の近くの瘤寺は、彼にとって格好の散歩道であったにもかかわらず、境内の三本の古い杉の巨木が、近代化の波の中で突然切り倒されたのである。経済的に困窮していた寺に財政的援助さえ申し出た彼は、願いむなしく古木が伐採されたことに怒り失望し、二度と散歩に出向くことなく新たな住環境を求めて西大久保に引っ越したのである。

　さらに、明治36年1月文科大学長井上哲次郎はハーンに契約満了をもって解雇通知を送るが、7年近く献身的に奉職をした者を紙切れ一枚で首にする大学当局の非情さに彼は憤激した。来日以来長年にわたって日本を海外に紹介した著名な研究者・作家であり、熱心に学生の英文学研究を指導した優れた教育者でもあった功労者に対する不見識な非礼であったので、まもなく学生が騒ぎだし留任運動が起こった。学生のハーンに対する熱い敬愛の念は、大学当局の冷たい官僚主義とは対照的であった。ハーンの解雇については、他の外国人教師との確執が原因という説もあった。事態の収束のために大学関係者が留任を求め私邸を訪ねたが、一徹者の彼は懇願を拒否し大学との関係を断絶したのである。

　東京帝大は思慮のない官僚主義的な事務処理によって、日本のために尽力した国家的功労者を背徳的に切り捨てたので、日本に対して海外からも国家的忘恩という非難が噴出した。この騒ぎを契機として著名な日本研究家としてのハーンに英米の大学から講演依頼もあったが、大学側の様々な

事情で中止になった。講演原稿として準備していたものを著書に纏めようと決意し、健康万全とは言えない状況にもかかわらず、彼は全ての交友関係を絶って、晩年の大作『日本』の執筆に心血を注いで専念した。このように、彼は時間を惜しみ健康を犠牲にしてまで、一心に最晩年の労作の執筆に傾倒した。彼の日本研究の集大成とも言うべき大著で、まったくの助手もなしの研究と執筆は、彼の健康を損ね寿命を縮めた。祖先崇拝から古来の信仰形態を論じ、外来宗教との関係を考察し、封建制や精神史という歴史的眺望から現在を批判して未来を予測し、日本の本質を論究した彼の渾身の労作である。大作完成後、明治37年4月早稲田大学の招きに応じて再び彼は教壇に立つが、9月26日に狭心症で急逝し、54年の生涯を終えたのである。ハーンは来日以降、明治期という時代精神の中で、非常に異質な日本文化の世界に触れ熱中したが、すべてのエネルギーを日本の教育、日本研究、さらに西洋への日本紹介に使い果たし急逝した。狭心症で急死するまでの14年間妻子のためにひたすら働いたが、脱西洋の後半生をどこか浦島のように茫漠たる思いと共に日本に取り憑かれていたようなところがあった。

　特に、東京帝大を退職後、残り少ない寿命を自覚するかのように、彼は社交も義理のしがらみも絶ち、形式的なことや些末な雑事で貴重な著作活動が妨げられることを本能的に避けた。雑事や社交を絶ってのみ本当に執筆に専念できるのであり、孤独と静謐の心でのみ優れた作品が産出されるという信念を彼は実践しようとした。孤独な隠遁生活の中で残された課題を果たすべく、ハーンは日本研究の集大成としての最後の著作『日本』をあらゆる犠牲を払ってでも完成するという強い意志を抱いた。世俗から超然として、真剣に著作に専念した彼の姿勢には、自らの作家的宿命に殉ずる禁欲的求道者の気概が充満していた。また、肉親との縁薄く幼少期から辛酸を舐めた苦労人の一徹な性格は、最晩年の孤立した境遇の中で被害妄想と誇大妄想の性癖を強めた。交友絶縁による対人関係の悪化は、彼の疎外感と猜疑心を一層強めたが、不安と怒りは逆説的に孤独な執筆への献身的努力に彼を駆り立てた。逆境に強いハーンは、常にひたむきに目標に向かう節度ある生活を信条としていた。東京での失意や悲哀の中で、東京帝大からの解雇や悪化する人間関係に憤怒の念を深めても、尚一層自らの永遠の日本の幻影に慰めを見出していた。彼はあらゆる苦難を乗り越えて、心の故郷としての旧日本を探究し、新日本を透徹した洞察力で批判した。日露戦争中の日本人は心労と悲哀にあっても、決して喜怒哀楽を表面に露骨に現さない奥ゆかしさを持っていた。人生の艱難辛苦を堪え忍んできたハーンにとって、このような日本人の自己抑制の姿は賞賛すべき優れた民族の特質として写った。肉親の戦死にも貧窮にも騒がず、国の勝利のために黙々と耐えて仕事に従事する日本人の姿は、集団に奉仕し自我を滅却する自己犠牲の精神を示しており、西洋の個人主義や利己主義に慣れたハーンにとって、注目すべき希有な特質であった。

　日露戦争の勝利への代償に肉親を失った苦痛に耐える日本人の愛国心に感動したハーンは、陽気に振る舞う日本人の自己犠牲の精神を心から称えている。昔から、地震、火山、洪水、津波などの天変地異の災害に堪え忍んできた日本人は、戦争のあらゆる不幸にも冷静に対処する力を有していると彼はその忍耐力の根源を指摘した。日本古来の自己鍛錬や犠牲の精神を支える審美意識や道徳観は、醜悪な西洋の近代化の波を受けても決して失われずに残っていた。新日本に埋没し消滅しつつある旧日本の気高い精神風土を明確な著作として永遠に後世に書き残す使命感を彼は日本の誰よ

りも強く心に抱いていた。それは畏敬の念で作品化した国家愛、隣人愛、夫婦愛、親子愛などの人間愛の諸相であり、旧日本の社会に残る人間愛が永遠に不滅であるという切なる彼の祈りであり、日本民族の美的特質を欧米に知らせようとする彼の抱負の実現でもあった。

注

（1） 田部隆次『小泉八雲』（北星堂、昭和25年）p.175.

　　その他、ハーンの伝記的事実に関しては主に次の書物を参考にした。

　　E.スティーヴンスン『評伝ラフカディオ・ハーン』（恒文社、1984）

　　E.Stevenson, *Lafcadio Hearn* (1961, Macmillan)

（2） 小泉八雲『光は東方より』（講談社学術文庫、1999）p.309.

（3） 小泉八雲『明治日本の面影』（講談社学術文庫、1990）p.470.

（4） 同書、p.464.

（5） 『ラフカディオ・ハーン著作集』第7巻（恒文社、1985）p.102.

（6） 小泉八雲『日本の心』（講談社学術文庫、1990）p.353.

（7） 小泉八雲『神々の国の首都』（講談社学術文庫、1990）pp.106-107.

（8） 同書、p.381.

（9）『ラフカディオ・ハーン著作集』第14巻（恒文社、1983）p.248.

　　cf. *Lafcadio Hearn Life and Letters* 2vols.by Elizabeth Bisland (1908, Houghton Mifflin)

（10）『日本瞥見記』上巻（恒文社、1975）pp.5-6.

（11） 小泉八雲『心』（岩波文庫、1951）pp.147-48.

（12） 小泉八雲『東の国から・心』（恒文社、1975）p.206.

（13）『日本の心』p.178.

（14）『心』p.134.

（15）『ラフカディオ・ハーン著作集』第9巻（恒文社、1988）p.60.

（16）『光は東方より』p.115.

英文学講義録抄

CHAPTER I   THE INSUPERABLE DIFFICULTY

I wish to speak of the greatest difficulty with which the Japanese students of English literature, or of almost any Western literature, have to contend. I do not think that it ever has been properly spoken about. A foreign teacher might well hesitate to speak about, it — because, if he should try to explain it merely from the Western point of view, he could not hope to be understood; and if he should try to speak about it from the Japanese point of view, he would be certain to make various mistakes and to utter various extravagances. The proper explanation might be given by a Japanese professor only, who should have so intimate an acquaintance with Western life as to sympathize with it. Yet I fear that it would be difficult to find such a Japanese professor for this reason, that just in proportion as he should find himself in sympathy with Western life, in that proportion he would become less and less able to communicate that sympathy to his students. The difficulties are so great that it has taken me many years even to partly guess how great they are. That they can be removed at the present day is utterly out of the question. But something may be gained by stating them even imperfectly. At the risk of making blunders and uttering extravagances, I shall make the attempt. I am impelled to do so by a recent conversation with one of the cleverest students that I ever had, who acknowledged his total inability to understand some of the commonest facts in Western life, — all those facts relating, directly or indirectly, to the position of woman in Western literature as reflecting Western life.

Let us clear the ground it once by putting down some facts in the plainest and lowest terms possible. You must try to imagine a country in which the place of the highest virtue is occupied, so to speak, by the devotion of sex to sex. The highest duty of the man is not to his father, but to his wife; and for the sake of that woman he abandons all other earthly ties, should any of these happen to interfere with that relation. The first duty of the wife may be, indeed, must be, to her child, when she has one; but otherwise her husband is her divinity and king. In that country it would be thought unnatural or strange to have one's parents living in the same house with wife or husband. You know all this. But it does not explain for you other things, much more difficult to understand, especially the influence of the abstract idea of woman upon society at large as well as upon the conduct of the individual. The devotion of man to woman does not mean at all only the devotion of husband to wife. It means actually this, — that every man is bound by conviction and by opinion to put all women before himself, simply because they are women. I do not mean that any man is likely to think of any woman as being his intellectual and physical superior; but I do mean that he is bound to think of her as something deserving and needing the help of every man. In time of danger the woman must be saved first. In time of pleasure, the woman must be given the best place. In time of hardship the woman's share of the common pain must be taken voluntarily by the man as much as possible. This is not with any view to recognition of the kindness shown. The man who assists a woman in danger is not supposed to have any claim upon her for that reason. He has done his duty only, not to her, the individual, but to womankind at large. So we have arrived at this general fact, that the first place in all things, except rule, is given to woman in Western countries, and that it is given almost religiously.

Is woman a religion? Well, perhaps you will have the chance of judging for yourselves if you go to America. There you will find men treating women with just the same respect formerly accorded only to religious dignitaries or to great nobles. Everywhere they are saluted and helped to the best places; everywhere they are treated as superior beings. Now if we find reverence, loyalty and all kinds of sacrifices devoted either to a human being or to an image, we are inclined to think of worship. And worship it is. If a Western man should hear me tell you this, he would want the statement qualified, unless he happened to be a philosopher. But I am trying to put the facts before you in the way in which you can best understand them. Let me say, then, that the all-important thing for the student of English literature to try to understand, is that in Western countries woman is a cult, a religion, or if you like still plainer language, I shall say that in Western countries woman is a god.

So much for the abstract idea of woman. Probably you will not find that particularly strange; the idea is not altogether foreign to Eastern thought, and there are very extensive systems of feminine pantheism in India. Of course the Western idea is only in the romantic sense a feminine pantheism; but the Oriental idea may serve to render it more comprehensive. The ideas of divine Mother and divine Creator may be studied in a thousand forms; I am now referring rather to the sentiment, to the feeling, than to the philosophical conception.

You may ask, if the idea or sentiment of divinity attaches to woman in the abstract, what about woman in the concrete — individual woman? Are women individually considered as gods? Well, that depends on how you define the word god. The following definition would cover the ground, I think:— "Gods are beings superior to man, capable of assisting or injuring him, and to be placated by sacrifice and prayer." Now according to this definition, I think that the attitude of man towards woman in Western countries might be very well characterized as a sort of worship. In the upper classes of society, and in the middle classes also, great reverence towards women is exacted. Men bow down before them, make all kinds of sacrifices to please them, beg for their good will and their assistance. It does not matter that this sacrifice is not in the shape of incense burning or of temple offerings; nor does it matter that the prayers are of a different kind from those pronounced in churches. There is sacrifice and worship. And no saying is more common, no truth better known, than that the man who hopes to succeed in life must be able to please the women. Every young man who goes into any kind of society knows this. It is one of the first lessons that he has to learn. Well, am I very wrong in saying that the attitude of men towards women in the West is much like the attitude of men towards gods?

But you may answer at once, — How comes it, if women are thus reverenced as you say, that men of the lower classes beat and ill-treat their wives in those countries? I must reply, for the same reason that Italian and Spanish sailors will beat and abuse the images of the saints and virgins to whom they pray, when their prayer is not granted. It is quite possible to worship an image sincerely and to seek vengeance upon it in a moment of anger. The one feeling does not exclude the other. What in the higher classes may be a religion, in the lower classes may be only a superstition, and strange contradictions exist, side by side, in all forms of superstition. Certainly the Western working man or peasant does not think about his wife or his neighbour's wife in the reverential way that the man of the superior class does. But you will find, if you talk to them, that something of the reverential idea is there; it is there at least during their best moments.

Now there is a certain exaggeration in what I have said. But that is only because of the somewhat narrow way in which I have tried to express a truth. I am anxious to give you the idea that throughout the West there exists, though with a difference according to class and culture, a sentiment about women quite as reverential as a sentiment of religion. This is true; and not to understand it, is not to understand Western literature.

How did it come into existence? Through many causes, some of which are so old that we can not know anything about them. This feeling did not belong to the Greek and Roman civilization but it belonged to the life of the old Northern races who have since spread over the world, planting their ideas everywhere. In the oldest Scandinavian literature you will find that women were thought of and treated by the men of the North very much as they are thought of and treated by Englishmen of to-day. You will find what their power was in the old sagas, such as the Njal-Saga, or "The Story of Burnt Njal." But we must go much further than the written literature to get a full knowledge of the origin of such a sentiment. The idea seems to have existed that woman was semi-divine, because she was the mother, the creator of man. And we know that she was credited among the Norsemen with supernatural powers. But upon this Northern foundation there was built up a highly complex fabric of romantic and artistic sentiment. The Christian worship of the Virgin Mary harmonized with the Northern belief. The sentiment of chivalry reinforced it. Then came the artistic resurrection of the Renaissance, and the new reverence for the beauty of the old Greek gods, and the Greek traditions of female divinities; these also coloured and lightened the old feeling about womankind. Think also of the effect with which literature, poetry and the arts have since been cultivating and developing the sentiment. Consider how the great mass of Western poetry is love poetry, and the greater part of Western fiction love stories.

Of course the foregoing is only the vaguest suggestion of a truth. Really my object is not to trouble you at all about the evolutional history of the sentiment, but only to ask you to think what this sentiment means in literature. I am not asking you to sympathize with it, but if you could sympathize with it you would understand a thousand things in Western books which otherwise must remain dim and strange. I am not expecting that you can sympathize with it. But it is absolutely necessary that you should understand its relation to language and literature. Therefore I have to tell you that you should try to think of it as a kind of religion, a secular, social, artistic religion, not to be confounded with any national religion. It is a kind of race feeling or race creed. It has not originated in any sensuous idea, but in some very ancient superstitious idea. Nearly all forms of the highest sentiment and the highest faith and the highest art have had their beginnings in equally humble soil.

CHAPTER II   ON LOVE IN ENGLISH POETRY

I often imagine that the longer he studies English literature the more the Japanese student must be astonished at the extraordinary predominance given to the passion of love both in fiction and in poetry. Indeed, by this time I have begun to feel a little astonished at it myself. Of course, before I came to this country it seemed to me quite natural that love should be the chief subject of literature; because I did not know anything about any other kind of society except Western society. But to-day it really seems to me a little strange. If it seems strange to me, how much more ought it to seem strange to you! Of course, the simple explanation of the fact is that marriage is the most important act of man's life in Europe or America, and that everything depends upon it. It is quite different on this side of the world. But the simple explanation of the difference is not enough. There are many things to be explained. Why should not only the novel writers but all the poets make love the principal subject of their work? I never knew, because I never thought, how much English literature was saturated with the subject of love until I attempted to make selections of poetry and prose for class use — naturally endeavouring to select such pages or poems as related to other subjects than passion. Instead of finding a good deal of what I was looking for, I could find scarcely anything. The great prose writers, outside of the essay or history, are nearly all famous as tellers of love stories. And it is almost impossible to select half a dozen stanzas of classic verse from Tennyson or Rossetti or Browning or Shelley or Byron, which do not contain anything about kissing, embracing, or longing for some imaginary or real beloved. Wordsworth, indeed, is something of an exception; and Coleridge is most famous for a poem which contains nothing at all about love. But exceptions do not affect the general rule that love is the theme of English poetry, as it is also of French, Italian, Spanish, or German poetry. It is the dominant motive.

So with the English novelists. There have been here also a few exceptions — such as the late Robert Louis Stevenson, most of whose novels contain little about women; they are chiefly novels or romances of adventure. But the exceptions are very few. At the present time there are produced almost every year in England about a thousand new novels, and all of these or nearly all are love stories. To write a novel without a woman in it would be a dangerous undertaking; in ninety-nine cases out of a hundred the book would not sell.

Of course all this means that the English people throughout the world, as readers, are chiefly interested in the subject under discussion. When you find a whole race interested more in one thing than in anything else, you may be sure that it is so because the subject is of paramount importance in the life of the average person. You must try to imagine then, a society in which every man must choose his wife, and every woman must choose her husband, independent of all outside help, and not only choose but obtain if possible. The great principle of Western society is that competition rules here as it rules in everything else. The best man — that is to say, the strongest and cleverest — is likely to get the best woman, in the sense of the most beautiful person. The weak, the feeble, the poor, and the ugly have little chance of being able to marry at all. Tens of thousands of men and women can not possibly marry. I am speaking of the upper and middle classes. The working people, the peasants, the labourers, these marry young; but the competition there is just the same — just as difficult, and only a little rougher. So it may be said that every man has a struggle of some kind in order to marry, and that there is a kind of fight or contest for the possession of every woman worth having. Taking this view of Western society not only in England but throughout all Europe, you will easily be able to see why the Western public have reason to be more interested in literature which treats of love than in any other kind of literature.

But although the conditions that I have been describing are about the same in all Western countries, the tone of the literature which deals with love is not at all the same. There are very great differences. In prose they are much more serious than in poetry; because in all countries a man is allowed, by public opinion, more freedom in verse than in prose. Now these differences in the way of treating the subject in different countries really indicate national differences of character. Northern love stories and Northern poetry about love are very serious; and these authors are kept within fixed limits. Certain subjects are generally forbidden. For example, the English public wants novels about love, but the love must be the love of a girl who is to become somebody's wife. The rule in the English novel is to describe the pains, fears, and struggles of the period before marriage — the contest in the world for the right of marriage. A man must not write a novel about any other point of love. Of course there are plenty of authors who have broken this rule but the rule still exists. A man may represent a contest between two women, one good and one bad, but if the bad woman is allowed to conquer in the story, the public will growl. This English fashion has existed since the eighteenth century. since the time of Richardson, and is likely to last for generations to come.

Now this is not the rule at all which governs making of novels in France. French novels generally treat of the relations of women to the world and to lovers, after marriage; consequently there is a great deal in French novels about adultery, about improper relations between the sexes, about many things which the English public would not allow. This does not mean that the English are morally a better people than the French or other Southern races. But it does mean that there are great differences in the social conditions. One such difference can be very briefly expressed. An English girl, an American girl, a Norwegian, a Dane, a Swede, is allowed all possible liberty before marriage. The girl is told, "You must be able to take care of yourself, and not do wrong." After marriage there is no more such liberty. After marriage in all Northern countries a woman's conduct is strictly watched. But in France, and in Southern countries, the young girl has no liberty before marriage. She is always under the guard of her brother, her father, her mother, or some experienced relation. She is accompanied wherever she walks. She is not allowed to see her betrothed except in the presence of witnesses. But after marriage her liberty begins. Then she is told for the first time that she must take care of herself. Well, you will see that the conditions which inspire the novels, in treating of the subjects of love and marriage, are very different in Northern and in Southern Europe. For this reason alone the character of the novel produced in England could not be the same.

You must remember, however, that there are many other reasons for this difference — reasons of literary sentiment. The Southern or Latin races have been civilized for a much longer time than the Northern races; they have inherited the feelings of the ancient world, the old Greek and Roman world, and they think still about the relation of the sexes in very much the same way that the ancient poets and romance writers used to think. And they can do things which English writers can not do, because their language has power of more delicate expression.

We may say that the Latin writers still speak of love in very much the same way that it was considered before Christianity. But when I speak of Christianity I am only referring to an historical date. Before Christianity the Northern races also thought about love very much in the same way that their best poets do at this day. The ancient Scandinavian literature would show this. The Viking, the old sea-pirate, felt very much as Tennyson or as Meredith would feel upon this subject; he thought of only one kind of love as real — that which ends in marriage, the affection between husband and wife. Anything else was to him mere folly and weakness. Christianity did not change his sentiment on this subject. The modern Englishman, Swede, Dane, Norwegian, or German regards love in exactly that deep, serious, noble way that his pagan ancestors did. I think we can say that different races have differences of feeling on sexual relations, which differences are very much older than any written history. They are in the blood and soul of a people, and neither religion nor civilization can utterly change them.

So far I have been speaking particularly about the differences in English and French novels; and a novel is especially a reflection of national life, a kind of dramatic narration of truth, in the form of a story. But in poetry, which is the highest form of literature, the difference is much more observable. We find the Latin poets of to-day writing just as freely on the subject of love as the old Latin poets of the age of Augustus, while Northern poets observe with few exceptions great restraint when treating of this theme. Now where is the line to be drawn? Are the Latins right? Are the English right? How are we to make a sharp distinction between what is moral and good and what is immoral and bad in treating love-subjects?

Some definition must be attempted.

What is meant by love? As used by Latin writers the word has a range of meanings, from that of the sexual relation between insects or animals up to the highest form of religious emotion, called "The love of God." I need scarcely say that this definition is too loose for our use. The English word, by general consent, means both sexual passion and deep friendship. This again is a meaning too wide for our purpose. By putting the adjective "true" before love, some definition is attempted in ordinary conversation. When an Englishman speaks of "true love," he usually means something that has no passion at all; he means a perfect friendship which grows up between man and wife and which has nothing to do with the passion which brought the pair together. But when the English poet speaks of love, he generally means passion, not friendship. I am only stating very general rules. You see how confusing the subject is, how difficult to define the matter. Let us leave the definition alone for a moment, and consider the matter philosophically.

Some very foolish persons have attempted even within recent years to make a classification of different kinds of love — love between the sexes. They talk about romantic love, and other such things. All that is utter nonsense. In the meaning of sexual affection there is only one kind of love, the natural attraction of one sex for them other; and the only difference in the highest for of this attraction and the lowest is this, that in the nobler nature a vast number of moral, aesthetic, and ethical sentiments are related to the passion, and that in lower natures those sentiments are absent. Therefore we may say that even in the highest forms of the sentiment there is only one dominant feeling, complex though it be, the desire for possession. What follows the possession we may call love if we please; but it might better be called perfect friendship and sympathy. It is altogether a different thing. The love that is the theme of poets in all countries is really love, not the friendship that grows out of it.

I suppose you know that the etymological meaning of "passion" is "a state of suffering." In regard to love, the word has particular significance to the Western mind, for it refers to the time of struggle and doubt and longing before the object is attained. Now how much of this passion is a legitimate subject of literary art?

The difficulty may, I think, be met by remembering the extraordinary character of the mental phenomena which manifest themselves in the time of passion. There is during that time a strange illusion, an illusion so wonderful that it has engaged the attention of great philosophers for thousands of years; Plato, you know, tried to explain it in a very famous theory. I mean the illusion that seems to charm, or rather, actually does charm the senses of a man at a certain time. To his eye a certain face has suddenly become the most beautiful object in the world. To his ears the accents of one voice become the sweetest of all music. Reason has nothing to do with this, and reason has no power against the enchantment. Out of Nature's mystery, somehow or other, this strange magic suddenly illuminates the senses of a man; then vanishes again, as noiselessly as it came. It is a very ghostly thing, and can not be explained by any theory not of a very ghostly kind. Even Herbert Spencer has devoted his reasoning to a new theory about it. I need not go further in this particular than to tell you that in a certain way passion is now thought to have something to do with other lives than the present; in short, it is a kind of organic memory of relations that existed in thousands and tens of thousands of former states of being. Right or wrong though the theories may be, this mysterious moment of love, the period of this illusion, is properly the subject of high poetry, simply because it is the most beautiful and the most wonderful experience of a human life. And why?

Because in the brief time of such passion the very highest and finest emotions of which human nature is capable are brought into play. In that time more than at any other hour in life do men become unselfish, unselfish at least toward one human being. Not only unselfishness but self-sacrifice is a desire peculiar to the period. The young man in love is not merely willing to give away everything that he possesses to the person beloved; he wishes to suffer pain, to meet danger, to risk his life for her sake. Therefore Tennyson, in speaking of that time, beautifully said:

Love took up the harp of Life, and smote on all the chords with might,
Smote the chord of Self, that, trembling, pass'd in music out of sight.

Unselfishness is, of course, a very noble feeling, independently of the cause. But this is only one of the emotions of a higher class when powerfully aroused. There is pity, tenderness — the same kind of tenderness that one feels toward a child — the love of the helpless, the desire to protect. And a third sentiment felt at such a time more strongly than at any other, is the sentiment of duty; responsibilities moral and social are then comprehended in a totally new way. Surely none can dispute these facts nor the beauty of them.

Moral sentiments are the highest of all; but next to them the sentiment of beauty in itself, the artistic feeling, is also a very high form of intellectual and even of secondary moral experience. Scientifically there is a relation between the beautiful and the good, between the physically perfect and the ethically perfect. Of course it is not absolute. There is nothing absolute in this world. But the relation exists. Whoever can comprehend the highest form of one kind of beauty must be able to comprehend something of the other. I know very well that the ideal of the love-season is an illusion; in nine hundred and ninety-nine cases out of the thousand the beauty of the woman is only imagined. But does that make any possible difference? I do not think that it does. To imagine beauty is really to see it — not objectively, perhaps, but subjectively beyond all possibility of doubt. Though you see the beauty only in your mind, in your mind it is; and in your mind its ethical influence must operate. During the time that a man worships even imaginary bodily beauty, he receives some secret glimpse of a higher kind of beauty — beauty of heart and mind. Was there ever in this world a real lover who did not believe the woman of his choice to be not only the most beautiful of mortals, but also the best in a moral sense? I do not think that there ever was.

The moral and the ethical sentiments of a being thus aroused call into sudden action all the finer energies of the man — the capacities for effort, for heroism, for high-pressure work of any sort, mental or physical, for all that requires quickness in thought and exactitude in act. There is for the time being a sense of new power. Anything that makes strong appeal to the best exercise of one's faculties is beneficent and, in most cases, worthy of reverence. Indeed, it is in the short season of which I am speaking that we always discover the best of everything in the character of woman or of man. In that period the evil qualities, the ungenerous side, is usually kept as much out of sight as possible.

Now for all these suggested reasons, as for many others which might be suggested, the period of illusion in love is really the period which poets and writers of romance are naturally justified in describing. Can they go beyond it with safety, with propriety? That depends very much upon whether they go up or down. By going up I mean keeping within the region of moral idealism. By going down I mean descending to the level of merely animal realism. In this realism there is nothing deserving the highest effort of art of any sort.

What is the object of art? Is it not, or should it not be, to make us imagine better conditions than that which at present exist in the world, and by so imagining to prepare the way for the coming of such conditions? I think that all great art has done this. Do you remember the old story about Greek mothers keeping in their rooms the statue of a god or a man, more beautiful than anything real, so that their imagination might be constantly influenced by the sight of beauty, and that they might perhaps be able to bring more beautiful children into the world? Among the Arabs, mothers also do something of this kind, only, as they have no art of imagery, they go to Nature herslf for the living image. Black luminous eyes are beautiful, and wives keep in their tents a little deer, the gazelle, which is famous for the brilliancy and beauty of its eyes. By constantly looking at this charming pet the Arab wife hopes to bring into the world some day a child with eyes as beautiful as the eyes of the gazelle. Well, the highest function of art ought to do for us, or at least for the world, what the statue and the gazelle were expected to do for Grecian and Arab mothers — to make possible higher conditions than the existing ones.

So much being said, consider again the place and the meaning of the passion of love in any human life. It is essentially a period of idealism, of imagining better things and conditions than are possible in this world. For everybody who has been in love has imagined something higher than the possible and the present. Any idealism is a proper subject for art. It is not at all the same in the case of realism. Grant that all this passion, imagination, and fine sentiment is based upon a very simple animal impulse. That does not make the least difference in the value of the highest results of that passion. We might say the very same thing about any human emotion; every emotion can be evolutionally traced back to simple and selfish impulses shared by man with the lower animals. But, because an apple tree or a pear tree happens to have its roots in the ground, does that mean that its fruits are not beautiful and wholesome? Most assuredly we must not judge the fruit of the tree from the unseen roots; but what about turning up the ground to look at the roots? What becomes of the beauty of the tree when you do that? The realist — at least the French realist — likes to do that. He likes to bring back the attention of his reader to the lowest rather than to the highest, to that which should be kept hidden, for the very same reason that the roots of a tree should be kept underground if the tree is to live.

The time of illusion, then, is the beautiful moment of passion; it represents the artistic zone in which the poet or romance writer ought to be free to do the very best that he can. He may go beyond that zone; but then he has only two directions in which he can travel. Above it there is religion, and an artist may, like Dante, succeed in transforming love into a sentiment of religious ecstasy. I do not think that any artist could do that to-day; this is not an age of religious ecstasy. But upwards there is no other way to go. Downwards the artist may travel until he finds himself in hell. Between the zone of idealism and the brutality of realism there are no doubt many gradations. I am only indicating what I think to be an absolute truth, that in treating of love the literary master should keep to the period of illusion, and that to go below it is a dangerous undertaking. And now, having tried to make what are believed to be proper distinctions between great literature on this subject and all that is not great, we may begin to study a few examples. I am going to select at random passages from English poets and others, illustrating my meaning.

Tennyson is perhaps the most familiar to you among poets of our own time; and he has given a few exquisite examples of the ideal sentiment in passion. One is a concluding verse in the beautiful song that occurs in the monodrama of "Maud," where the lover, listening in the garden, hears the steps of his beloved approaching.

> She is coming, my own, my sweet,
>   Were it ever so airy a tread,
> My heart would hear her and beat,
>   Were it earth in an earthy bed;
> My dust would hear her and beat,
>   Had I lain for a century dead;
> Would start and tremble under her feet,
>   And blossom in purple and red.

This is a very fine instance of the purely idea emotion — extravagant, if you like, in the force of the imagery used, but absolutely sincere and true; for the imagination of love is necessarily extravagant. It would be quite useless to ask whether the sound of a girl's footsteps could really waken a dead man; we know that love can fancy such things quite naturally, not in one country only but everywhere. An Arabian poem written long before the time of Mohammed contains exactly the same thought in simpler words; and I think that there are some old Japanese songs containing something similar. All that the statement really means is that the voice, the look, the touch, even the footstep of the woman beloved have come to possess for the lover a significance as great as life and death. For the moment he knows no other divinity; she is his god, in the sense that her power over him has become infinite and irresistible.

The second example may be furnished from another part of the same composition — the little song of exaltation after the promise to marry has been given.

O let the solid ground
　Not fail beneath my feet
Before my life has found
　What some have found so sweet;
Then let come what come may,
What matter if I go mad,
I shall have had my day.

Let the sweet heavens endure,
　Not close and darken above me
Before I am quite, quite sure
　That there is one to love me;
Then let come what come may
To a life that has been so sad,
I shall have had my day.

The feeling of the lover is that no matter what happens afterwards, the winning of the woman is enough to pay for life, death, pain, or anything else. One of the most remarkable phenomena of the illusion is the supreme indifference to consequences — at least to any consequences which would not signify moral shame or loss of honour, Of course the poet is supposed to consider the emotion only in generous natures. But the subject of this splendid indifference has been more wonderfully treated by Victor Hugo than by Tennyson — as we shall see later on, when considering another phase of the emotion. Before doing that, I want to call your attention to a very charming treatment of love's romance by an American. It is one of the most delicate of modern compositions, and it is likely to become a classic, as it has already been printed in four or five different anthologies. The title is "Atalanta's Race."

First let me tell you the story of Atalanta, so that you will be better able to see the fine symbolism of the poem. Atalanta, the daughter of a Greek king, was not only the most beautiful of maidens, but the swiftest runner in the world. She passed her time in hunting, and did not wish to marry. But as many men wanted to marry her, a law was passed that any one who desired to win her must run a race with her. If he could beat her in running, then she promised to marry him, but if he lost the race, he was to be killed. Some say that the man was allowed to run first, and that the girl followed with a spear in her hand and killed him when she overtook him. There are different accounts of the contest. Many suitors lost the race and were killed. But finally young man called Hippomenes obtained from the Goddess of Love three golden apples, and he was told that if he dropped these apples while running, the girl would stop to pick them up, and that in this way he might be able to win the race. So he ran, and when he found himself about to be beaten, he dropped one apple. She stopped to pick it up and thus he gained a little. In this way he won the race and married Atalanta. Greek mythology says that afterwards she and her husband were turned into lions because they offended the gods; however, that need not concern us here. There is a very beautiful moral in the old Greek story, and the merit of the American composition is that its author, Maurice Thompson, perceived this moral and used it to illustrate a great philosophical truth.

> When Spring grows old, and sleepy winds
>   Set from the South with odours sweet,
> I see my love, in green, cool groves,
>   Speed down dusk aisles on shining feet.
> She throws a kiss and bids me run,
>   In whispers sweet as roses' breath;
> I know I cannot win the race,
>   And at the end, I know, is death.
>
> But joyfully I bare my limbs,
>   Anoint me with the tropic breeze,
> And feel through every sinew run
>   The vigour of Hippomenes.
>
> O race of love! we all have run
>   Thy happy course through groves of Spring,
> And cared not, when at last we lost,
>   For life or death, or anything!

There are a few thoughts here requiring a little comment. You know that the Greek games and athletic contests were held in the fairest season, and that the contestants were stripped. They were also anointed with oil, partly to protect the skin against sun and temperature and partly to make the body more supple. The poet speaks of the young man as being anointed by the warm wind of Spring, the tropic season of life. It is a very pretty fancy. What he is really telling us is this: "There are no more Greek games, but the race of love is still run to-day as in times gone by; youth is the season, and the atmosphere of youth is the anointing of the contestant."

But the moral of the piece is its great charm, the poetical statement of a beautiful and a wonderful fact. In almost every life there is a time when we care for only one person, and suffer much for that person's sake; yet in that period we do not care whether we suffer or die, and in after life, when we look back at those hours of youth, we wonder at the way in which we then felt. In European life of to-day the old Greek fable is still true; almost everybody must run Atalanta's race and abide by the result.

One of the delightful phases of the illusion of love is the sense of old acquaintance, the feeling as if the person loved had been known and loved long ago in some time and place forgotten. I think you must have observed, many of you, that when the senses of sight and hearing happen to be strongly stirred by some new and most pleasurable experience, the feeling of novelty is absent, or almost absent. You do not feel as if you were seeing or hearing something new, but as if you saw or heard something that you knew all about very long ago. I remember once travelling with a Japanese boy into a charming little country town in Shikoku — and scarcely had we entered the main street, than he cried out: "Oh, I have seen this place before!" Of course he had not seen it before; he was from Osaka and had never left the great city until then. But the pleasure of his new experience had given him this feeling of familiarity with the unfamiliar. I do not pretend to explain this familiarity with the new — it is a great mystery still, just as it was a great mystery to the Roman Cicero. But almost everybody that has been in love has probably had the same feeling during a moment or two — the feeling "I have known that woman before," though the where and the when are mysteries. Some of the modern poets have beautifully treated this feeling. The best example that I can give you is the exquisite lyric by Rossetti entitled "Sudden Light."

I have been here before,
But when or how I cannot tell:
I know the grass beyond the door,
The sweet keen smell,
The sighing sound, the lights around the shore.

You have been mine before, —
How long ago I may not know:
But just when at that swallow's soar
Your neck turn'd so,
Some veil did fall, — I knew it all of yore.

Has this been thus before?
And shall not thus time's eddying flight
Still with our lives our loves restore

> In death's despite,
>
> And day and night yield one delight once more?

I think you will acknowledge that this is very pretty; and the same poet has treated the idea equally well in other poems of a more complicated kind. But another poet of the period was haunted even more than Rossetti by this idea — Arthur O'Shaughnessy. Like Rossetti he was a great lover, and very unfortunate in his love; and he wrote his poems, now famous, out of the pain and regret that was in his heart, much as singing birds born in cages are said to sing better when their eyes are put out. Here is one example:

> Along the garden ways just now
>   I heard the flowers speak;
> The white rose told me of your brow,
>   The red rose of your cheek;
> The lily of your bended head,
>   The bindweed of your hair:
> Each looked its loveliest and said
>   You were more fair.

> I went into the woods anon,
>   And heard the wild birds sing
> How sweet you were; they warbled on,
>   Piped, trill'd the self-same thing.
> Thrush, blackbird, linnet, without pause
>   The burden did repeat,
> And still began again because
>   You were more sweet.

> And then I went down to the sea,
>   And heard it murmuring too,
> Part of an ancient mystery,
>   All made of me and you:
> How many a thousand years ago
>   I loved, and you were sweet —
> Longer I could not stay, and so
>   I fled back to your feet.

The last stanza especially expresses the idea that I have been telling you about; but in a poem entitled "Greater Memory" the idea is much more fully expressed. By "greater memory" you must understand the memory beyond this life into past stages of existence. This piece has become a part of the nineteenth century poetry that will live; and a few of the best stanzas deserve to be quoted,

In the heart there lay buried for years
Love's story of passion and tears;
Of the heaven that two had begun
    And the horror that tore them apart;
When one was love's slayer, but one
    Made a grave for the love in his heart.

The long years pass'd weary and lone
And it lay there and changed there unknown;
Then one day from its innermost place,
    In the shamed and ruin'd love's stead,
Love arose with a glorified face,
    Like an angel that comes from the dead.

It uplifted the stone that was set
On that tomb which the heart held yet;
But the sorrow had moulder'd within
    And there came from the long closed door
A dear image, that was not the sin
    Or the grief that lay buried before.

*   *   *   *   *

There was never the stain of a tear
On the face that was ever so dear;
'Twas the same in each lovelier way;
    'Twas old love's holier part,
And the dream of the earliest day
    Brought back to the desolate heart.

It was knowledge of all that had been

In the thought, in the soul unseen;

'Twas the word which the lips could not say

   To redeem or recover the past.

It was more than was taken away

   Which the heart got back at the last.

The passion that lost its spell,

The rose that died where it fell,

The look that was look'd in vain,

   The prayer that seemed lost evermore,

They were found in the heart again,

   With all that the heart would restore.

Put into less mystical language the legend is this: A young man and a young woman loved each other for a time; then they were separated by some great wrong — we may suppose the woman was untrue. The man always loved her memory, in spite of this wrong which she had done. The two died and were buried; hundreds and hundreds of years they remained buried, and the dust of them mixed with the dust of the earth. But in the perpetual order of things, a pure love never can die, though bodies may die and pass away. So after many generations the pure love which this man had for a bad woman was born again in the heart of another man — the same, yet not the same. And the spirit of the woman that long ago had done the wrong, also found incarnation again; and the two meeting, are drawn to each other by what people call love, but what is really Greater Memory, the recollection of past lives. But now all is happiness for them, because the weaker and worse part of each has really died and has been left hundreds of years behind, and only the higher nature has been born again. All that ought not to have been is not; but all that ought to be now is. This is really an evolutionary teaching, but it is also poetical license, for the immoral side of mankind does not by any means die so quickly as the poet supposes. It is perhaps a question of many tens of thousands of years to get rid of a few of our simpler faults. Anyway, the fancy charms us and tempts us really to hope that these things might be so.

While the poets of our time so extend the history of a love backwards beyond this life, we might expect them to do the very same thing in the other direction. I do not refer to reunion in heaven, or anything of that sort, but simply to affection continued after death. There are some very pretty fancies of the kind. But they can not prove to you quite so interesting as the poems which treat the recollection of past life. When we consider the past imaginatively, we have some ground to stand on. The past has been — there is no doubt about that. The fact that we are at this moment alive makes it seem sufficiently true that we were alive thousands or millions of years ago. But when we turn to the future for poetical inspiration, the case is very different. There we must imagine without having anything to stand upon in the way of experience. Of course if born again into a body we could imagine many things; but there is the ghostly interval between death and birth which nobody is able to tell us about. Here the poet depends upon dream experiences, and it is of such an experience that Christina Rossetti speaks in her beautiful poem entitled "A Pause."

They made the chamber sweet with flowers and leaves,
  And the bed sweet with flowers on which I lay,
  While my soul, love-bound, loitered on its way.
I did not hear the birds about the eaves,
Nor hear the reapers talk among the sheaves:
Only my soul kept watch from day to day,
  My thirsty soul kept watch for one away: —
Perhaps he loves, I thought, remembers, grieves.

At length there came the step upon the stair,
  Upon the lock the old familiar hand:
Then first my spirit seemed to scent the air
  Of Paradise; then first the tardy sand
Of time ran golden; and I felt my hair
  Put on a glory, and my soul expand.

The woman is dead. In the room where her body died, flowers have been placed, offerings to the dead. Also there are flowers upon the bed. The ghost of the woman observes all this, but she does not feel either glad or sad because of it; she is thinking only of the living lover, who was not there when she died, but far away. She wants to know whether he really loved her, whether he will really be sorry to hear that she is dead. Outside the room of death the birds are singing; in the fields beyond the windows peasants are working, and talking as they work. But the ghost does not listen to these sounds. The ghost remains in the room only for love's sake; she can not go away until the lover comes. At last she hears him coming. She knows the sound of the step; she knows the touch of the hand upon the lock of the door. And instantly, before she sees him at all, she first feels delight. Already it seems to her that she can smell the perfume of the flowers of heaven; it then seems to her that about her head, as about the head of an angel, a circle of glory is shaping itself, and the real heaven, the Heaven of Love, is at hand.

How very beautiful this is. There is still one line which requires a separate explanation — I mean the sentence about the sands of time running golden. Perhaps you may remember the same simile in Tennyson's "Locksley Hall":

Love took up the glass of Time, and turn'd it in His glowing hands;

Every moment, lightly shaken, ran itself in golden sands.

 Here time is identified with the sand of the hour glass, and the verb "to run" is used because this verb commonly expresses the trickling of the sand from the upper part of the glass into the lower. In other words, fine sand "runs" just like water. To say that the sands of time run golden, or become changed into gold, is only a poetical way of stating that the time becomes more than happy — almost heavenly or divine. And now you will see how very beautiful the comparison becomes in this little poem about the ghost of the woman waiting for the coming step of her lover.

 Several other aspects of the emotion may now be considered separately. One of these, an especially beautiful one, is memory. Of course, there are many aspects of love's memories, some all happiness, others intensely sorrowful — the memory of a walk, a meeting, a moment of good-bye. Such memories occupy a very large place in the treasure house of English love poems. I am going to give three examples only, but each of a different kind. The first poet that I am going to mention is Coventry Patmore. He wrote two curious books of poetry, respectively called "The Angel in the House" and "The Unknown Eros." In the first of these books he wrote the whole history of his courtship and marriage — a very dangerous thing for a poet to do, but he did it successfully. The second volume is miscellaneous, and contains some very beautiful things. I am going to quote only a few lines from the piece called "Amelia." This piece is the story of an evening spent with a sweetheart, and the lines which I am quoting refer to the moment of taking the girl home. They are now rather famous:

 　... To the dim street

  I led her sacred feet;

  And so the Daughter gave,

  Soft, moth-like, sweet,

  Showy as damask-rose and shy as musk,

  Back to her Mother, anxious in the dusk.

  And now "Good Night!"

 Why should the poet speak of the girl in this way? Why does he call her feet sacred? She has just promised to marry him; and now she seems to him quite divine. But he discovers very plain words with which to communicate his finer feelings to the reader. The street is "dim" because it is night; and in the night the beautifully dressed maiden seems like a splendid moth — the name given to night butterflies in England. In England the moths are much more beautiful than the true butterflies; they have wings of scarlet and purple and brown and gold. So the comparison, though peculiarly English, is very fine. Also there is a suggestion of the soundlessness of the moth's flight. Now "showy as damask rose" is a striking simile only because the damask-rose is a wonderfully splendid flower — richest in colour of all roses in English gardens. "Shy as musk" is rather a daring simile. "Musk" is a perfume used by English as well as Japanese ladies, but there is no perfume which must be used with more discretion, carefulness. If you use ever so little too much, the effect is not pleasant. But if you use exactly the proper quantity, and no more, there is no perfume which is more lovely. "Shy as musk" thus refers to that kind of girlish modesty which never commits a fault even by the measure of a grain — beautiful shyness incapable of being anything but beautiful. Nevertheless the comparison must be confessed one which should be felt rather than explained.

The second of the three promised quotations shall be from Robert Browning. There is one feeling, not often touched upon by poets, yet peculiar to lovers, that is here treated — the desire when you are very happy or when you are looking at anything attractive to share the pleasure of the moment with the beloved. But it seldom happens that the wish and the conditions really meet. Referring to this longing Browning made a short lyric that is now a classic; it is among the most dainty things of the century.

Never the time and the place
   And the loved one all together!
This path — how soft to pace!
   This May — what magic weather!
Where is the loved one's face?
In a dream that loved one's face meets mine,
But the house is narrow, the place is bleak
Where, outside, rain and wind combine
With a furtive ear, if I try to speak,
With a hostile eye at my flushing cheek,
With a malice that marks each word, each sign!

Never can we have things the way we wish in this world — a beautiful day, a beautiful place, and the presence of the beloved all at the same time. Something is always missing; if the place be beautiful, the weather perhaps is bad. Or if the weather and the place both happen to be perfect, the woman is absent. So the poet finding himself in some very beautiful place, and remembering this, remembers also the last time that he met the woman beloved. It was a small dark house and chilly; outside there was rain and storm; and the sounds of the wind and of the rain were as the sounds of people secretly listening, or sounds of people trying to look in secretly through the windows. Evidently it was necessary that the meeting should be secret, and it was not altogether as happy as could have been wished.

The third example is a very beautiful poem; we must content ourselves with an extract from it. It is the memory of a betrothal day, and the poet is Frederick Tennyson. I suppose you know that there were three Tennysons, and although Alfred happened to be the greatest, all of them were good poets.

It is a golden morning of the spring,
    My cheek is pale, and hers is warm with bloom,
    And we are left in that old carven room,
And she begins to sing;

The open casement quivers in the breeze,
    And one large musk-rose leans its dewy grace
    Into the chamber, like a happy face,
And round it swim the bees;

      *   *   *   *   *

I know not what I said — what she replied
    Lives, like eternal sunshine, in my heart;
    And then I murmured, Oh! we never part,
My love, my life, my bride!

      *   *   *   *   *

And silence o'er us, after that great bliss,
    Fell like a welcome shadow — and I heard
    The far woods sighing, and a summer bird
Singing amid the trees;

The sweet bird's happy song, that streamed around,
    The murmur of the woods, the azure skies,
    Were graven on my heart, though ears and eyes
Marked neither sight nor sound.

She sleeps in peace beneath the chancel stone,
    But ah! so clearly is the vision seen,
    The dead seem raised, or Death has never been,

Were I not here alone.

This is great art in its power of picturing a memory of the heart. Let us notice some of the beauties. The lover is pale because he is afraid, anxious; he is going to ask a question and he does not know how she may answer him. All this was long ago, years and years ago, but the strong emotions of that morning leave their every detail painted in remembrance, with strange vividness After all those years the man still recollects the appearance of the room, the sunshine entering and the crimson rose looking into the room from the garden, with bees humming round it. Then after the question had been asked and happily answered, neither could speak for joy; and because of the silence all the sounds of nature outside became almost painfully distinct. Now he remembers how he heard in that room the sound of the wind in far-away trees, the singing of a bird — he also remembers all the colours and the lights of the day. But it was very, very long ago, and she is dead. Still, the memory is so clear and bright in his heart that it is as if time had stood still, or as if she had come back from the grave. Only one thing assures him that it is but a memory — he is alone.

Returning now to the subject of love's illusion in itself, let me remind you that the illusion does not always pass away — not at all. It passes away in every case of happy union, when it has become no longer necessary to the great purposes of nature. But in case of disappointment, loss, failure to win the maiden desired, it often happens that the ideal image never fades away, but persistently haunts the mind through life, and is capable thus of making even the most successful life unhappy. Sometimes the result of such disappointment may be to change all a man's ideas about the world, about life, about religion; and everything remains darkened for him. Many a young person disappointed in love begins to lose religious feeling from that moment, for it seems to him, simply because he happens to be unfortunate, that the universe is all wrong. On the other hand the successful lover thinks that the universe is all right; he utters his thanks to the gods, and feels his faith in religion and human nature greater than before. I do not at this moment remember any striking English poem illustrating this fact; but there is a pretty little poem in French by Victor Hugo showing well the relation between successful love and religious feeling in simple minds. Here is an English translation of it. The subject is simply a walk at night, the girl-bride leaning upon the arm of her husband; and his memory of the evening is thus expressed:

The trembling arm I pressed
Fondly; our thoughts confessed
  Love's conquest tender;
God filled the vast sweet night,
Love filled our hearts; the light
  Of stars made splendour.

Even as we walked and dreamed,

'Twixt heaven and earth, it seemed

    Our souls were speaking;

The stars looked on thy face;

Thine eyes through violet space

    The stars were seeking.

And from the astral light

Feeling the soft sweet night

    Thrill to thy soul,

Thou saidst: "O God of Bliss,

Lord of the Blue Abyss,

    Thou madest the whole!"

And the stars whispered low

To the God of Space, "We know,

    God of Eternity,

Dear Lord, all Love is Thine,

Even by Love's Light we shine!

    Thou madest Beauty!"

Of course here the religious feeling itself is part of the illusion, but it serves to give great depth and beauty to simple feeling. Besides, the poem illustrates one truth very forcibly — namely, that when we are perfectly happy all the universe appears to be divine and divinely beautiful; in other words, we are in heaven. On the contrary, when we are very unhappy the universe appears to be a kind of hell, in which there is no hope, no joy, and no gods to pray to.

But the special reason I wished to call attention to Victor Hugo's lyric is that it has that particular quality called by philosophical critics "cosmic emotion." Cosmic emotion means the highest quality of human emotion. The word "cosmos" signifies the universe — not simply this world, but all the hundred millions of suns and worlds in the known heaven. And the adjective "cosmic" means, of course, "related to the whole universe." Ordinary emotion may be more than individual in its relations. I mean that your feelings may be moved by the thought or the perception of something relating not only to your own life but also to the lives of many others. The largest form of such ordinary emotion is what would be called national feeling, the feeling of your own relation to the whole nation or the whole race. But there is higher emotion even than that. When you think of yourself emotionally not only in relation to your own country, your own nation, but in relation to all humanity, then you have a cosmic emotion of the third or second order. I say "third or second," because whether the emotion be second or third rate depends very much upon your conception of humanity as One. But if you think of yourself in relation not to this world only but to the whole universe of hundreds of millions of stars and planets — in relation to the whole mystery of existence — then you have a cosmic emotion of the highest order. Of course there are degrees even in this; the philosopher or the metaphysician will probably have a finer quality of cosmic emotion than the poet or the artist is able to have. But lovers very often, according to their degree of intellectual culture, experience a kind of cosmic emotion; and Victor Hugo's little poem illustrates this. Night and the stars and the abyss of the sky all seem to be thrilling with love and beauty to the lover's eyes, because he himself is in a state of loving happiness; and then he begins to think about his relation to the universal life, to the supreme mystery beyond all Form and Name.

A third or fourth class of such emotion may be illustrated by the beautiful sonnet of Keats, written not long before his death. Only a very young man could have written this, because only a very young man loves in this way — but how delightful it is! It has no title.

> Bright star! would I were steadfast as thou art —
>   Not in lone splendour hung aloft the night
> And watching, with eternal lids apart,
>   Like nature's patient, sleepless Eremite,
> The moving waters at their priest-like task
>   Of pure ablution round earth's human shores,
> Or gazing on new soft-fallen mask
>   Of snow upon the mountains and the moors —
>
> No — yet still steadfast, still unchangeable,
>   Pillow'd upon my fair love's ripening breast,
> To feel forever its soft fall and swell,
>   Awake forever in a sweet unrest,
> Still, still to hear her tender-taken breath,
> And so live ever — or else swoon to death.

Tennyson has charmingly represented a lover wishing that he were a necklace of his beloved, or her girdle, or her earring; but that is not a cosmic emotion at all. Indeed, the idea of Tennyson's pretty song was taken from old French and English love songs of the peasants — popular ballads. But in this beautiful sonnet of Keats, where the lover wishes to be endowed with the immortality and likeness of a star only to be forever with the beloved, there is something of the old Greek thought which inspired the beautiful lines written between two and three thousand years ago, and translated by J.A. Symonds:

Gazing on stars, my Star? Would that I were the welkin,
Starry with myriad eyes, ever to gave upon thee!

But there is more than the Greek beauty of thought in Keats's sonnet, for we find the poet speaking of the exterior universe in the largest relation, thinking of the stars watching forever the rising and the falling of the sea tides, thinking of the sea tides themselves as continually purifying the world, even as a priest purifies a temple. The fancy of the boy expands to the fancy of philosophy; it is a blending of poetry, philosophy, and sincere emotion.

You will have seen by the examples which we have been reading together that English love poetry, like Japanese love poetry, may be divided into many branches and classified according to the range of subject from the very simplest utterance of feeling up to that highest class expressing cosmic emotion. Very rich the subject is; the student is only puzzled where to choose. I should again suggest to you to observe the value of the theme of illusion, especially as illustrated in our examples. There are indeed multitudes of Western love poems that would probably appear to you very strange, perhaps very foolish. But you will certainly acknowledge that there are some varieties of English love poetry which are neither strange nor foolish, and which are well worth studying, not only in themselves but in their relation to the higher forms of emotional exprssion in all literature. Out of love poetry belonging to the highest class, much can be drawn that would serve to enrich and to give a new colour to your own literature of emotion.

CHAPTER III   BEYOND MAN

It seems to me a lecturer's duty to speak to you about any remarkable thought at this moment engaging the attention of Western philosophers and men of science, — partly because any such new ideas are certain, sooner or later, to be reflected in literature, and partly because without a knowledge of them you might form incorrect ideas in relation to utterances of any important philosophic character. I am not going to discourse about Nietzsche, though the title of this lecture is taken from one of his books; the ideas about which I am going to tell you, you will not find in his books. It is most extraordinary, to my thinking, that these ideas never occurred to him, for he was an eminent man of science before writing his probably insane books. I have not the slightest sympathy with most of his ideas; they seem to me misinterpretations of evolutional teachings; and if not misinterpretations, they are simply undeveloped and ill-balanced thinking. But the title of one of his books, and the idea which he tries always unsuccessfully to explain, — that of a state above mankind, a moral condition "beyond man," as he calls it, — that is worth talking about. It is not nonsense at all, but fact, and I think that I can give you a correct idea of the realities in the case. Leaving Nietzsche entirely alone, then, let us ask if it is possible to suppose a condition of human existence above morality, — that is to say, more moral than the most moral ideal which a human brain can conceive? We may answer, it is quite possible, and it is not only possible, but it has actually been predicted by many great thinkers, including Herbert Spencer.

We have been brought up to think that there can be nothing better than virtue, than duty, than strictly following the precepts of a good religion. However, our ideas of goodness and of virtue necessarily imply the existence of the opposite qualities. To do a good thing because it is our duty to do it, implies a certain amount of resolve, a struggle against difficulty. The virtue of honesty is a term implying the difficulty of being perfectly honest. When we think of any virtuous or great deed, we can not help thinking of the pain and obstacles that have to be met with in performing that deed. All our active morality is a struggle against immorality. And I think that, as every religion teaches, it must be granted that no human being has a perfectly moral nature.

Could a world exist in which the nature of all the inhabitants would be so moral that the mere idea of what is immoral could not exist? Let me explain my question more in detail. Imagine a society in which the idea of dishonesty would not exist, because no person could be dishonest, a society in which the idea of unchastity could not exist, because no person could possibly be unchaste, a world in which no one could have any idea of envy, ambition or anger, because such passions could not exist, a world in which there would be no idea of duty, filial or parental, because not to be filial, not to be loving, not to do everything which we human beings now call duty, would be impossible. In such a world ideas of duty would be quite useless; for every action of existence would represent the constant and faultless performance of what we term duty. Moreover, there would be no difficulty, no pain in such performance; it would be the constant and unfailing pleasure of life. With us, unfortunately, what is wrong often gives pleasure; and what is good to do, commonly causes pain. But in the world which I am asking you to imagine there could not be any wrong, nor any pleasure in wrong-doing; all the pleasure would be in right-doing. To give a very simple illustration — one of the commonest and most pardonable faults of young people is eating, drinking, or sleeping too much. But in our imaginary world to eat or to drink or to sleep in even the least degree more than is necessary could not be done; the constitution of the race would not permit it. One more illustration. Our children have to be educated carefully in regard to what is right or wrong; in the world of which I am speaking, no time would be wasted in any such education, for every child would be born with full knowledge of what is right and wrong. Or to state the case in psychological language — I mean the language of scientific, not of metaphysical, psychology — we should have a world in which morality would have been transmuted into inherited instinct. Now again let me put the question: can we imagine such a world? Perhaps you will answer, Yes, in heaven — nowhere else. But I answer you that such a world actually exists, and that it can be studied in almost any part of the East or of Europe by a person of scientific training. The world of insects actually furnishes examples of such a moral transformation. It is for this reason that such writers as Sir John Lubbock and Herbert Spencer have not hesitated to say that certain kinds of social insects have immensely surpassed men, both in social and in ethical progress.

But that is not all that it is necessary to say here. You might think that I am only repeating a kind of parable. The important thing is the opinion of scientific men that humanity will at last, in the course of millions of years, reach the ethical conditions of the ants. It is only five or six years ago that some of these conditions were established by scientific evidence, and I want to speak of them. They have a direct bearing upon important ethical questions; and they have startled the whole moral world, and set men thinking in entirely new directions.

In order to explain how the study of social insects has set moralists of recent years thinking in a new direction, it will be necessary to generalize a great deal in the course of so short a lecture. It is especially the social conditions of the ants which has inspired these new ideas; but you must not think that any one species of ants furnishes us with all the facts. The facts have been arrived at only through the study of hundreds of different kinds of ants by hundreds of scientific men; and it is only by the consensus of their evidence that we get the ethical picture which I shall try to outline for you. Altogether there are probably about five thousand different species of ants, and these different species represent many different stages of social evolution, from the most primitive and savage up to the most highly civilized and moral. The details of the following picture are furnished by a number of the highest species only; that must not be forgotten. Also, I must remind you that the morality of the ant, by the necessity of circumstance, does not extend beyond the limits of its own species. Impeccably ethical within the community, ants carry on war outside their own borders; were it not for this, we might call them morally perfect creatures.

Although the mind of an ant can not be at all like to the mind of the human being, it is so intelligent that we are justified in trying to describe its existence by a kind of allegorical comparison with human life. Imagine, then, a world full of women, working night and day, — building, tunnelling, bridging, — also engaged in agriculture, in horticulture, and in taking care of many kinds of domestic animals. (I may remark that ants have domesticated no fewer than five hundred and eighty-four different kinds of creatures.) This world of women is scrupulously clean; busy as they are, all of them carry combs and brushes about them, and arrange themselves several times a day. In addition to this constant work, these women have to take care of myriads of children, — children so delicate that the slightest change in the weather may kill them. So the children have to be carried constantly from one place to another in order to keep them warm.

Though this multitude of workers are always gathering food, no one of them would eat or drink a single atom more than is necessary; and none of them would sleep for one second longer than is necessary. Now comes a surprising fact, about which a great deal must be said later on. These women have no sex. They are women, for they sometimes actually give birth, as virgins, to children; but they are incapable of wedlock. They are more than vestals. Sex is practically suppressed.

This world of workers is protected by an army of soldiers. The soldiers are very large, very strong, and shaped so differently from the working females that they do not seem at first to belong to the same race. They help in the work, though they are not able to help in some delicate kinds of work — they are too clumsy and strong. Now comes the second astonishing fact: these soldiers are all women — amazons, we might call them; but they are sexless women. In these also sex has been suppressed.

You ask, where do the children come from? Most of the children are born of special mothers — females chosen for the purpose of bearing offspring, and not allowed to do anything else. They are treated almost like empresses, being constantly fed and attended and served, and being lodged in the best way possible. Only these can eat and drink at all times — they must do so for the sake of their offspring. They are not suffered to go out, unless strongly attended, and they are not allowed to run any risk of danger or of injury. The life of the whole race circles about them and about their children, but they are very few.

Last of all are the males, the men. One naturally asks why females should have been specialized into soldiers instead of men. It appears that the females have more reserve force, and all the force that might have been utilized in the giving of life has been diverted to the making of aggressive powers. The real males are very small and weak. They appear to be treated with indifference and contempt. They are suffered to become the bridegrooms of one night, after which they die very quickly. By contrast, the lives of the rest are very long. Ants live for at least three or four years, but the males live only long enough to perform their solitary function.

 In the foregoing little fantasy, the one thing that should have most impressed you is the fact of the suppression of sex. But now comes the last and most astonishing fact of all: this suppression of sex is not natural, but artificial — I mean that it is voluntary. It has been discovered that ants are able, by a systematic method of nourishment, to suppress or develop sex as they please. The race has decided that sex shall not be allowed to exist except in just so far as it is absolutely necessary to the existence of the race. Individuals with sex are tolerated only as necessary evils. Here is an instance of the most powerful of all passions voluntarily suppressed for the benefit of the community at large. It vanishes whenever unnecessary; when necessary after a war or a calamity of some kind, it is called into existence again. Certainly it is not wonderful that such a fact should have set moralists thinking. Of course if a human community could discover some secret way of effecting the same object, and could have the courage to do it, or rather the unselfishness to do it, the result would simply be that sexual immorality of any kind would become practically impossible The very idea of such immorality would cease to exist.

 But that is only one fact of self-suppression and the ant-world furnishes hundreds. To state the whole thing in the simplest possible way, let me say the race has entirely got rid of everything that we call a selfish impulse. Even hunger and thirst allow of no selfish gratification. The entire life of the community is devoted to the common good and to mutual help and to the care of the young. Spencer says it is impossible to imagine that an ant has a sense of duty like our own, — a religion, if you like. But it does not need a sense of duty, it does not need religion. Its life is religion in the practical sense. Probably millions of years ago the ant had feelings much more like our own than it has now. At that time, to perform altruistic actions may have been painful to the ant; to perform them now has become the one pleasure of its existence. In order to bring up children and serve the state more efficiently these insects have sacrificed their sex and every appetite that we call by the name of animal passion. Moreover they have a perfect community, a society in which nobody could think of property, except as a state affair, a public thing, or as the Romans would say, *a res publica*. In a human community so organized, there could not be ambition, any jealousy, any selfish conduct of any sort — indeed, no selfishness at all. The individual is said to be practically sacrificed for the sake of the race; but such a supposition means the highest moral altruism. Therefore thinkers have to ask, "Will man ever rise to something like the condition of ants?"

 Herbert Spencer says that such is the evident tendency. He does not say, nor is it at all probable, that there will be in future humanity such physiological specialization as would correspond to the suppression of sex among ants, or to the bringing of women to the dominant place in the human world, and the masculine sex to an inferior position. That is not likely ever to happen, for reasons which it would take very much too long to speak of now. But there is evidence that the most selfish of all human passions will eventually be brought under control — under such control that the present cause of wellnigh all human suffering, the pressure of population, will be practically removed. And there is psychological evidence that the human mind will undergo such changes that wrong-doing, in the sense of unkindly action, will become almost impossible, and that the highest pleasure will be found not in selfishness but in unselfishness. Of course there are thousands of things to think about, suggested by this discovery of the life of ants. I am only telling the more important ones. What I have told you ought at least to suggest that the idea of a moral condition much higher than all our moral conditions of today is quite possible, — that it is not an idea to be laughed at. But it was not Nietzsche who ever conceived this possibility. His "Beyond Man" and the real and much to be hoped for "beyond man," are absolutely antagonistic conceptions. When the ancient Hebrew writer said, thousands of years ago, "Go to the ant, thou sluggard, consider her ways," he could not have imagined how good his advice would prove in the light of twentieth century science.

小泉八雲略年譜

　ラフカディオ・ハーン54年間の人生は、ヨーロッパ時代（1850-69年）、アメリカ時代（1869-90年）、日本時代（1890-1904年）に大きく分かれる。

【ヨーロッパ時代】
アングロ・アイリッシュ系イギリス人の父とギリシア人の母との間に誕生するが、両親の離婚後、悲惨な運命に曝され、19歳で孤立無援で渡米するまでの苦難の幼少年の時期。

1850年　6月27日、ギリシャのレフカス島（リューカディア）でアイルランド人の父チャールズ・ブッシュ・ハーンと、ギリシア人の母ローザ・アントニア・カシマチとの間に誕生。軍医の父親が軍務で赴任先にいる間に、母親と共に父の実家のあるアイルランドのダブリンへ移住する。

1853年　10月8日、3年4ヶ月ぶりに父が赴任先グラナダからダブリンに帰ってくるが、ハーンも母親ローザももはや愛されていなかった。日本ではペリーが浦賀に来航。

1854年　4月、父親はクリミア戦争へ出征する。同年の夏、精神的に疲弊して望郷の思いに駆られた母親はギリシアへ帰り生き別れとなる。実質的な父母の離婚によりアイルランド・ダブリンの厳格なカトリック信者の大叔母サラ・ブレナンに引き取られる

1857年　1月1日にイギリス新離婚法成立。両親の離婚が正式に成立する。父チャールズは母ローザと離婚し、7月18日、アリシア・ゴスリンと再婚し、8月4日、新妻とその娘二人を連れて、歩兵第一連隊とともにインドに赴任する。

1861年　フランス、ノルマンディーのイヴトーのローマ旧教の寄宿学校に短期間送られた。（就学時期も学校も不明な点が多い）

1863年から1867年までの間、ハーンは大叔母の屋敷から引き離され、イギリス北東部のダラム郊外のアショー・カレッジ校に送られる。

1866年　アショー校に在学中にジャイアント・ストライドという遊戯をしている最中に、縄の端が左眼を強打して失明し、生涯隻眼になる。父がインドからの帰国途中、船上で死亡する。

1867年　10月、大叔母の破産によりアショー校を中退する。

1868年　その後、大叔母からも父方の親族すべてからも見放されて、ロンドンに追い出されて、かつての女中の家に寄宿するが、路頭に迷って放浪生活をする。

【アメリカ時代】
　苦難の雑役生活の後、16年間の新聞記者生活の中で文学研究や作家修業に励んで、記者・作家としての名声を高めたが、弱肉強食の過剰な競争社会のアメリカ物質文明を批判して、脱西洋の思想を深めて異文化や東洋への関心を強めるようになり、日本と運命的な出会いをするまでの21年間にも及ぶ時期。

1869年　ロンドンで浮浪者同然の放浪生活をするハーンに愛想を尽かした親族の指示で、片道の旅費を貰って単身アメリカへ渡り、ニューヨークを経てオハイオ州のシンシナティへ移住する。行商、電報配達、ホテルボーイ、召使い、使い走り、ビラ配り、コピーライターなどの職を転々として、どん底の貧乏生活の中で艱難辛苦する。

1874年　24歳のとき、日刊新聞『シンシナティ・インクワイヤラー』の記者となる。6月21日、挿絵画家ヘンリー・ファニーと『イ・ジグランプス』を発刊する。

1875年　6月14日、混血黒人女性アリシア・フォーリーと結婚。　7月、この結婚を理由に解雇され仕事を失う。

1876年　『シンシナティ・コマーシャル』社へ以前より低い俸給で転職する。フランス文学の翻訳を始め、文学評論家としても活動するようになる。シンシナティからの転居願望が高まり、温かい南部の新世界に憧れるようになる。

1877年　10月コマーシャル社を辞職し、シンシナティーを去り、メンフィス経由でルイジアナ州ニューオリンズへ移転するが、すぐに職に就けず貧窮生活を余儀なくされる。

1878年　6月15日、小新聞『アイテム』に入社し、副編集者の職を得る。

1879年　3月2日頃、何でも5セントの『不景気食堂』を開店するが、3月23日、共同経営者に売上金を持ち逃げされ閉店する。

1880年　5月16日から『デモクラット』にも投稿を始める。

1881年　12月、『タイムズ・デモクラット』の文芸部長として迎えられ、エリザベス・ビズランドと知り合う。

1882年　チェンバレンが英訳『古事記』を出版。　12月、ハーンの母ローザがギリシアのコルフ島の精神病院で死亡。

1884年　6月、『飛花落葉集』を出版。12月、ニューオリンズで開催された世界産業博覧会で日本政府事務官の服部と出会う。

1885年　4月、『クレオール料理』、『ゴンボ・ゼーブス —— クレオール諺小辞典』を出版。

1887年　2月24日、『中国怪談集』を出版。　7月上旬、西インド諸島のマルティニーク島へ取材旅行に出かける。　9月上旬、ニューヨークに一旦帰るが、10月2日に再びマルティニークに向かう。　その後、西インド諸島のマルティニーク島サン・ピエールで2年ほど暮らし、熱帯生活の中で熱心に取材し作品を執筆する。

1888年　ローウェルが『極東の魂』を出版。

1889年　5月1日頃、ニューヨーク行の船に乗る。　9月27日、『チタ』出版。

1890年　1月、翻訳『シルヴェストル・ボナールの犯罪』を出版。　3月8日、日本取材のためにニューヨークを出発。　3月17日、カナダのバンクーバーから横浜行きの汽船アビシニア号に乗る。　3月18日、『仏領西インド諸島の二年間』を出版。　5月12日、『ユーマ』出版。

【日本時代】
　ハーンが40歳で来日してから54歳で死去するまでの14年間の時期で、日本研究の作家であると同

時に英語英文学の教育者として活躍した。1890-91年の松江時代、1891-94年の熊本時代、1894-96年の神戸時代、1896-1904年の東京時代の三つの時期に大別できる。

［松江時代］
東京帝大のチェンバレンの紹介や博覧会で出会った官吏服部の計らいで、島根県松江尋常中学校と師範学校へ英語教師として赴任し、また生涯の伴侶小泉セツにも出会って、人生で初めて幸福な家庭を持つ。

1890年　4月4日、横浜に到着する。『ハーパーズ・マンスリー』誌からの依頼で挿絵画家ウェルドンと共に特別派遣記者として来日するが、不当な契約内容に憤激しハーパー社と絶縁する。友人マクドナルドの紹介でチェンバレンに就職の斡旋を依頼する。　7月19日、東京で松江の島根県尋常中学校及び尋常師範学校の教師となる契約を結ぶ。　8月30日、米子を経て、汽船にて松江に到着する。　材木町（現在末次本町）の冨田屋旅館に滞在する。　9月2日、学校に初出勤。翌日から授業を開始する。　10月26日、島根県私立教育会において「想像力の価値」と題して講演をする。10月末、末次本町の織原家の離れに転居。
1891年　2月12日、島根県私立教育会にて「西インド諸島雑話」の講演をする。　4月5日、西田と共に、武内神社、六所神社、真名井神社、神魂神社、八重垣神社をめぐる。　6月14日、島根県私立教育会にて「道徳哲学」の講演をする。　6月22日、北堀町塩見縄手にある武家屋敷（根岸邸）へ転居。　10月27日、島根県尋常中学校及び尋常師範学校を辞任する。　11月15日、熊本第五高等中学校赴任のため松江を去る。

［熊本時代］
松江の冬の寒さに困り、また、家族のためにも倍の俸給の熊本第五高等中学校に転任するが、松江での旧日本讃美から一変して、新日本に変貌する熊本を批判し、日本の教育制度や教科書問題を鋭く糾弾しようとした時期。

1891年　11月19日、熊本に到着。　同月25日、手取本町に居を定める。
1892年　8月、美保関で西田に再会する。　11月、手取本町から坪井西堀端町へ転居。
1893年　7月、長崎旅行。　11月、長男一雄誕生。
1894年　9月、日本での第一作『知られぬ日本の面影』を出版。　10月、熊本第五高等中学校を辞任する

［神戸時代］
きつい仕事量と満足できない教育環境であった熊本第五高等中学校との契約満了と共に、精神的に安心できない熊本を離れて『神戸クロニクル』で再び記者となる。神戸の欧米文明模倣や西洋追随の風潮を忌み嫌い、ますます日本の現状を憂うようになる時期。

1894年　8月1日、日清戦争始まる。　10月、『神戸クロニクル』の論説記者となる。

1895年　1月30日、眼病のため神戸クロニクル社を退社する。　3月、来日第二作『東の国から』を出版。

1896年　2月、帰化手続完了し、46歳にして小泉八雲と改名。　3月、『心』を出版。

［東京時代］

東京帝国大学で6年7ヶ月の間に及んで英文学の講義を行った時期。同時に寸暇を惜しんで執筆に没頭し、一連の日本研究の著書を次々に完成させる充実した時期。帝大解雇の後、早稲田大学に迎えられる。

1896年　9月、外山学長からの要請により、東京帝国大学の講師となり、市ヶ谷富久町へ居をさだめる。　6年間人力車で本郷まで毎日通い、19世紀英国ロマン派詩人を中心とした文学講義を行う。

1897年　3月、松江以来の親友で相談相手あった西田千太郎が逝去。　夏を焼津の海で過ごすようになる。　9月、『仏の畑の落穂』を出版。

1898年　12月、『異国情緒と回顧』を出版。

1899年　夏に再び焼津の海へ出かけ、山口乙吉宅に逗留する。　9月、『霊の日本』を出版。

1900年　招聘し支援を続けた外山総長が逝去したため、大学内での孤立化を深める。12月、『明暗』を出版。

1901年　再び、夏を焼津の海で過ごす。　10月、『日本雑録』を出版。　散策を楽しんでいた瘤寺の老木が切り倒されたことに憤慨する。

1902年　3月、西大久保へ転居。夏を焼津の海で過ごす。　10月、『骨董』を出版。

1903年　3月、東京帝国大学講師を辞任する。予想外の解雇通知に激怒する。その後学生の留任運動が勃発する。後任には英国留学帰りの夏目漱石が赴任する。

1904年　2月10日、日露戦争始まる。　4月、早稲田大学（東京専門学校）文学部に出講する。4月、『怪談』を出版。　夏は恒例の様に焼津の海へ出かける。9月26日、早稲田赴任の6ヶ月後、狭心症のため逝去。　10月、『日本 ── 一つの解明』を出版。

1914年　7月28日、第一次世界大戦勃発。

1932年　2月18日、小泉節子夫人逝去。

1939年　9月1日、第二次世界大戦起こる。

1945年　8月14日、ポツダム宣言受諾。

あとがき

　19世紀末の異郷趣味と世紀末的退廃の世相をうけたハーンの脱西洋の思想は、20世紀初頭の西洋至上主義の揺らぎの変化に先見的に呼応している。コスモポリタン的視野で人間への深い同情や共感を培った彼は、東西の融合を模索して異文化への探訪を実践した先駆者的人物であった。ハーンのような巨視的観点から、東西文化の相互理解と異文化間の有機的関連を真剣に実践し考察すれば、日本を世界史的展望や東西比較文化の視点で捉えることが可能となる。比較文化研究の立場で異文化体験や知識を積み重ねることによって、ハーンは日本の特殊な様相に普遍的なものを、地域的なものにグローバルなものを洞察して、異文化探訪や比較文化における日本研究に貢献することができた。言葉や習慣や環境や人種の問題など、日本研究における多くの不利な点にもかかわらず、ハーンは日本文化を西洋に紹介する目的で現地に取材してジャーナリステックな手法を取るという利点を持っていた。アメリカから来日してまもなく英語教師として日本の教育の現場にも精通するようになり、生徒との交流を通して日本文化の伝統に誰よりも関心を抱くようになった。また、彼はより客観的な民族学的視点でも考察し、庶民の生活感情に密着した事実を丹念に調査し、伝統芸能や伝説、神話や風俗習慣、民話や伝承、迷信や祭祀などから日本独自の精神を抽出することができた。他国の異文化理解には、西洋至上主義ではなく心からの共感と同情を有する受容の精神がなければならない。西洋のアイデンティティを保持しながらも、西洋を絶対的なものではなく相対的なものとして捉える公平な判断力がなければならない。ハーンの異文化理解の手法は、異郷の体験から複眼の眼を育て、相互理解の精神と客観的な洞察力を生み出すのである。自文化を絶対視せず、異文化を偏見で判断しない公平な客観性とは、日本文化を西洋の優越感で眺めるのではなく、日常的現実において庶民の生活と同じ目線に立って、未知の世界をあるがままに把握しようとする意識の拡大に他ならないと言える。

　詩人的な審美感、宗教的精神、科学的探究心、哲学的考察などの多様な活動をしたハーンの業績は、アメリカの記者・作家という初期の国家的制約を超越して、日本研究、文学研究、哲学研究、宗教研究へと広がり、日本でもアメリカでもない独自の世界文学的な異文化探訪の様式を作り出している。人間の歴史的変遷を世界的な視野から眺めて比較文化の諸問題を考察したハーンは、東西文化を股にかけてコスモポリタン的な立場から、文学と哲学と宗教の融合する領域を求める文化的求道者の姿を漂わせている。文化の諸問題に対する彼の評言や言説は、時代を超えて生き残るだけの永遠なる普遍性を有している。

　進化論や仏教や神道やロマン主義思想を考察する中で、哲学と宗教と文学が融合する時、ハーン独自の世界観と人間観が生まれた。分断され部分化された近代文明の人間に、全的人間としての尊厳を取り戻し再統合をもたらすことによって、新たな人類の可能性を明確に示し出そうと彼は敢然と立ち向かった。皮相的なアカデミズムに知的安住を見出すのではなく、人類が遠い過去から伝達してきた原初的な魂の遺伝的記憶を常に体内に保持しようとした点で彼には他の追随を許さないものがある。

ハーンのスペンサーへの傾倒は、詩的芸術家としての思索に有益な示唆を求めた結果であり、広大な宇宙意識への力強い暗示を与えるものとして、自己の言説の思想的背景としたのである。スペンサーの思想を想像力で読み解き、人類の総合的記憶という審美意識を得た時、彼は霊的なるものの存在を一層深く洞察した。さらに、霊的想像力を駆使して、進化論と仏教を融合させて、日本古来の文化の精神的構造を看破し、東西文化の対立と和解について真摯に考察したのである。

　すべて独学で飽くなき探究心によって試行錯誤を繰り返しながら、真に独創的な思索のために既成概念に囚われることなく、ハーンは常に大胆な所説を打ち出した。また、日本人に対して日本人として英文学を鑑賞する方法を解説してみせた彼の手腕は、彼に独自の批評家・教育者としての位置を与えている。さらに、優れた文体を模索する実験的な試みとしての初期の華麗な衣装の文章は、アメリカの異国趣味のために多大な貢献を果たし、東洋世界への関心を喚起する道筋を切り開いた。異国や異郷への探訪は、彼の精神的冒険であり、その知的探究は単なる学者的な知識や情報の取得に終わるものでなく、自己改革、自己発見、自己実現への吟遊詩人的な旅路であった。ハーンの偉大な点は、人生の芸術家として深い情愛と魂の共感力を有していたことである。すべての優れた芸術の背後には悲哀の涙があるというゲーテの詩の引用は、芸術家としての彼自身の詩人的感性や情愛そのものを説明している。

　　　涙ながらにパンをたべ
　　　悲しみの夜々を寝床に起きて
　　　泣き明かしたことのない者は
　　　天の恐ろしい力を知らぬ
　　　　　　　　　　　　　『ラフカディオ・ハーン著作集』第9巻（恒文社、1988）pp.45-6

　真の芸術は象牙の塔の学者からではなく、実人生を悪戦苦闘し、多様な諸相を体感してきた人生そのものから創造されねばならない。ハーンは単に東西文化の様々な時代精神を反映した人物というよりは、あらゆる文化の統合を可能にするような人生と芸術の基盤を探し求めていた求道者であった。この様な独自の立場から、人生の詩的芸術家として、批評家、教育者、異文化探訪の文学者という多様な役割を彼は果たすことができたのである。

　本書の各章を構成する論文の初出は次の通りである。本来独立した論考であるので、それぞれの章の論旨としてまとめるに際して、全般的に加筆、訂正を行うべきであった。しかし、その時間的な余裕はなかったので、可能な限りの部分的な修正を加えた。また、各論考はその時々の研究における意見であるので、根本的に変更することも出来なかった。各論文は初出の時の独立した考察なので、幾つかの重複した部分があることをご了承願いたい。なお不備な箇所やお気づきの点については読者諸賢からのご教示を仰ぎたい次第である。

第一章　西洋世界と日本　　島根大学教育学部紀要第38巻（平成16年12月）

第二章　小泉八雲のアメリカ時代　　島根大学教育学部紀要第40巻（平成18年12月）

第三章　教育者としての小泉八雲　　島根大学教育学部紀要第39巻（平成18年3月）

第四章　小泉八雲の異文化理解　　島根大学教育学部紀要第41巻（平成19年12月）

　島根大学でも研究拠点として全国に情報発信するべくハーン研究会を立ち上げることになった。また、同時に地域に開かれた大学として貢献するために、八雲会をはじめ地元研究者と共に読書会、講演会など様々な企画を立案していくことになっている。会員をはじめ関係者の皆さんの献身的な努力に期待し、今後の研究活動の発展を祈念するものである。

高瀬　彰典

学歴：東洋大学、甲南大学大学院
職歴：日通商事、熊本商科大学教授、京都外国語大学教授、
　　　富山大学教授、島根大学教授

著書一覧

〈単著〉

小泉八雲の日本研究：ハーン文学と神仏の世界

小泉八雲の世界：ハーン文学と日本女性

小泉八雲論考：ラフカディオ・ハーンと日本

コールリッジ論考：付録 詩と散文抄（英文）

コールリッジの文学と思想：付録 ミルのコールリッジ論（英文）

イギリス文学点描：
　　第Ⅰ部 ロレンスとエリオット、第Ⅱ部 ラムと前期ロマン派訳詩選

抒情民謡集：Lyrical Ballads, 序文と詩文選, 注釈解説

A study of S.T. Coleridge：コールリッジ研究（英文）

D.H. ロレンスの短編小説と詩（英文）注釈解説

〈共著〉

ロレンス随筆集：フェニックス（英文）注釈解説

ロレンス名作選：プロシア士官、菊の香（英文）注釈解説

教育者ラフカディオ・ハーンの世界：主幹

想像と幻想の世界を求めて　―イギリス・ロマン派の研究―

国際社会で活躍した日本人 明治～昭和 13 人のコスモポリタン

小泉八雲論考
ラフカディオ・ハーンと日本
付録　英文学講義録抄（英文）

2021 年 8 月 8 日　初版発行

著　　者　高瀬　彰典

発　　行　ふくろう出版
〒700-0035　岡山市北区高柳西町 1-23
友野印刷ビル
TEL：086-255-2181
FAX：086-255-6324
http://www.296.jp
e-mail：info@296.jp
振替　01310-8-95147

ISBN978-4-86186-830-6 C3093
©TAKASE Akinori 2021

定価は表紙に表示してあります。乱丁・落丁はお取り替えいたします。